中国书籍文学馆·散文苑

破茧而出

李冬梅 著

中国书籍出版社
China Book Press

图书在版编目（CIP）数据

破茧而出/李冬梅著 .—北京：中国书籍出版社，2014.3
（中国书籍文学馆 . 散文苑）
ISBN 978-7-5068-3979-2

Ⅰ.①破… Ⅱ.①李… Ⅲ.①散文集—中国—当代Ⅳ.① I267

中国版本图书馆 CIP 数据核字（2013）第 305248 号

破茧而出

李冬梅　著

图书策划	武　斌　崔付建
责任编辑	卢安然
责任印制	孙马飞　马　芝
出版发行	中国书籍出版社
地　　址	北京市丰台区三路居路 97 号（邮编：100073）
电　　话	（010）52257143（总编室）（010）52257153（发行部）
电子邮箱	chinabp@vip.sina.com
经　　销	全国新华书店
印　　刷	三河市华东印刷有限公司
开　　本	650 毫米 × 940 毫米　1/16
字　　数	235 千字
印　　张	20.25
版　　次	2014 年 10 月第 1 版　2019 年 1 月第 2 次印刷
书　　号	ISBN 978-7-5068-3979-2
定　　价	62.00 元

版权所有　翻印必究

序

李敬泽

"中国书籍文学馆",这听上去像一个场所,在我的想象中,这个场所向所有爱书、爱文学的人开放,不管是白天还是夜晚,人们都可以在这里无所顾忌地读书——"文革"时有一论断叫做"读书无用论",说的是,上学读书皆于人生无益,有那工夫不如做工种地闹革命,这当然是坑死人的谬论。但说到读文学书,我也是主张"读书无用"的,读一本小说、一本诗,肯定是无法经世致用,若先存了一个要有用的心思,那不如不读,免得耽误了自己工夫,还把人家好好的小说、诗给读歪了。怀无用之心,方能读出文学之真趣,文学并不应许任何可以落实的利益,它所能予人的,不过是此心的宽敞、丰富。

实则,"中国书籍文学馆"并非一个场所,它是一套中国当代文学、当代小说的大型丛书。按照规划,这套丛书将主要收录当代名家和一批不那么著名,但颇具实力的作家的长篇小说、中短篇小说集和散文集等。"中国书籍文学馆"收入这批名家和实力作家的作品，就好比一座厅堂架起四梁八柱，这套丛书因此有了规模气象。

现在要说的是"中国书籍文学馆"这批实力派作家，这些人我大多熟悉，有的还是多年朋友。从前他们是各不相干的人，现在，"中国书籍文学馆"把他们放在一起，看到这个名单我忽然觉得，放在一起是有道理的，而且这道理中也显出了编者的眼光和见识。

当代文学，特别是纯文学的传播生态，大抵集中在两端：一端是赫赫有名的名家，十几人而已；另一端则是"新锐"青年。评论界和媒体对这两端都有热情，很舍得言辞和篇幅。而两端之间就颇为寂寞，一批作家不青年了，离庞然大物也还有距离，他们写了很多年，还在继续写下去，处在最难将息的文学中年，他们未能充分地进入公众视野。

但此中确有高手。如果一个作家在青年时期未能引起注意，那么原因大抵有这么几条：

一、他确实没有才华。

二、他的才华需要较长时间凝聚成形，他真正重要的作品尚待写出。

三、他的才华还没有被充分领会。

四、他的运气不佳，或者，由于种种原因，他的写作生涯不够专注不够持续，以至于我们未能看见他、记住他。

也许还能列出几条，仅就这几条而言，除了第一条令人无话可说之外，其他三条都使我们有足够的理由对这些作家深怀期待。实际上，中国当代文学的丰富性、可能性和创造契机，相当程度上就沉着地蕴藏在这些作家的笔下。

这里的每一位作者都是值得关注、值得期待的。"中国书籍文学馆"收录展示这样一批作家，正体现了这套丛书的特色——它可能真的构成一个场所，在这个场所中，我们不仅鉴赏当代文学中那些最为引人注目的成果，而且，我们还怀着发现的惊喜，去寻访当代文学中那相对安静的区域，那里或许是曲径幽处，或许是别有洞天，或许是，众里寻他千百度，蓦然回首，那人却在，灯火阑珊处……

纸蝴蝶（代序）

十多年前，有位老教师见我教书热情很高，就问我："你喜欢教师这个职业吗？"我不假思索地回答："喜欢！"他满意地点点头："只有热爱教师这个职业，才能成为好教师。"喜欢当教师并非唱高调，是发自肺腑的。

当教师，你永远不会感到孤独，每一天面对的都是清泉般的眼神，灿烂的笑容，稚嫩的言语。上课时，他们会睁大求知若渴的眼睛，目不转睛地盯着你。下课后，他们会围着你的办公桌，似乎每个人都有说不完的心事，"叽叽喳喳"，宛如一群快乐的小鸟。我一一了解了他们的快乐，或烦恼后，他们又像一群鸽子，在上课铃声响起的时候，"呼啦"一下飞回教室。身处他们中间，你永远是年轻的，你也会觉得自己是如此重要。

在每个节假日，短信流水似的，流淌着远方学子的祝福和问候，我应接不暇。有时，还会接到陌生的电话，很唐突的一句话，让我摸不着头脑："老师，我回来了，猜猜我是谁！"我的意外，我的感动，随着每一个学生的节拍跳动着。

教师这个职业，就是个爱心储蓄银行。你给予的爱心，不仅仅从这一届学生中得到回报，以后接踵而来的学生，也会从他们的哥哥、姐姐，或者亲戚朋友那里得知你的为人。如我带七年级时，总会有很多学生托人打电话，或者干脆就直接跟我说"我就想在你们班！"这是对我最高的奖赏。

从教已有16年的光景，常常遇见一些朋友得知我还在农村中学教书，关切地问："怎么还没有上来啊？"我只是一笑而过，其实，想教好书，无所谓在城里还是乡下。在我看来，农村的孩子更需要我这样的老师，想要坚守教育事业，农村有最适合我的土壤。

近年来，农村经济结构调整，很多学生的家长外出务工，村里剩下的不是老人就是孩子，这些留守孩子，更需要老师的关爱、熏陶和引导。

教师的责任不仅仅是教书，还需育人。写培训心得时，一时粗心，将"育人"错打成"愚人"。因为这两个是同音词。我的心猛地一惊，教师的责任如此重大，如果不能好好教书育人，就会导致"愚人"的恶果。我不敢懈怠自己的工作。

教育是一个漫长的过程，教师的职业如同一个火炬手，沿途将火焰逐一点燃，一个人的力量看似微薄，但若干年后，蓦然回首，会发现身后已是星光璀璨。以知识去传授知识，知识会开花结果；以爱心去浇灌爱心，爱心会源远流长。

爱最能影响人，爱也最能感染人。在我看来，教育也是一种宗教。教育除了传播知识，还布施爱心，让学生有良好的素质，优秀的品质和高尚的情操。

在我作为学生的生涯中，有幸遇到几位虔诚于教育事业的老师，他们对我道德层面上的影响，从某种程度上来说，大于知识的影响。

高中补习班时，就遇到这样一位好老师——尹耀华，热情真诚，想学生所想，帮助任何一个需要帮助的学生。还深入做学生的思想工作，并且坚持每天早晨担任租住在民房里的学生叫早的任务，后来听说他在雨雪天的早晨，叫学生起床时，冰坚雪滑，摔断了腿。不知道如我一般对他心存感激的人究竟有多少？一个人的执著是单薄的，一旦成为精神，感召的力量就如同阳光雨露。我是受过尹老师关爱的人，或许从那时那刻，我的内心就定格了好教师的模式。

学生得遇一位好老师，往往会改写他们的人生。班级有位女生，因为父母离异，寄养在祖父母家。从小缺乏关爱和正确的引导，养成了爱撒谎的毛病。通过对她的跟踪调查，我发现了一种教育现象——爱撒谎其实也是弱势的表现。

爱撒谎并非与生俱来的，是在某种特定环境下，慢慢形成的行为惯性。对于学生来说，撒谎很大程度上是为了逃避责任，避免惩罚。就拿我们班那个女孩子来说，每次作业没有交，问她原因，她的理由总是一箩筐，但她始终不会说出"我不愿意写"的实情。一般教师都没有耐心深入追究下去。

出于对她身世的同情，我觉得她的不良习惯，与缺乏关爱有很大关系。在家庭中缺乏关爱，缺乏引导。倘使在学校，我们就这样轻易放弃了，那她就更没希望了。

我常常找她谈心，她穿了新鞋，我会夸赞她鞋子漂亮；她能够坚持交作业，我会额外给予她一两块糖果作为奖赏。还明确告诉她，撒谎是不可取的。给她多一点关爱，培养她的责任心，让她明白是非曲直的标准，对于她来说，比简单地责备更行之有效。

还有一位在城里中学读高中的学生，她曾经是我的学生，一天深夜突然发来短信，倾诉她心中的苦恼。作为她的老师，我很理解她家庭的处境，更担心她因此耽误了学业。从那个晚上的交流后，我都定期给她发一些鼓励的短信，希望她把家庭变故暂时搁置一边，她还只是个孩子，没有办法去解决这些问题，她能做的就是完成自己的学业。一个人在孤独无助时，一句温馨的话语，胜于春风。小女孩听了我的话，终于可以抚平内心，不去理会家庭矛盾了。

教育是一种宗教，因为教育需要宗教式的关爱和宽容。每一个进校园的孩子，都是来接受教育的，他们身上除了知识的缺乏，还会存在这样那样的缺点。对他们要有耐心，也要允许孩子犯错误。

教师需要有母亲般的仁慈，也需要有父亲般的严厉。如何让孩子对老师又敬又爱，那就需要教师自己站得正，立得直。"立德树人"是广大教育工作者必须牢记的根本任务。它要求我们教师要坚持德育为先，加强学生思想政治道德教育，同时培育他们的创新精神、专业技能和实践能力，使他们德才兼备、全面发展。

作为农村中学的教师，我可以感受到优秀教师的分量，很多家长来到学校，心怀感激却无从表述，最淳朴的话语就是："老师，就当你多生养了一个吧！"这句话的分量，细细掂量，何等沉重。如不尽心尽责，哪里能承受得起这份重托呢？

坦白地说，当教师不仅仅是付出，你往往会获得比付出多得多的回报，多得让你感动，让你心怯，担心你是否承受得起这份涌泉。

曾经带过的班级，有一位男同学，父亲因病去世，家里背上沉重的债务。第一眼看见他的母亲，最醒目的就是洗得发白的裤子膝盖上补了两个补丁，即便在农村，这也是很难一见的。从他母亲的衣着上，我明白他家的窘迫。除了积极帮助他向学校申请减免学费以外，我还将自己一些不穿的、但质量尚好的衣物送给他的母亲。这本来都是无心之举，我只是同情那个坚强的女人。端午节，那个男孩子拎来一串粽子，小巧玲珑，十分精致，小男孩说："我妈妈本来想带点糯米给你包粽子的，怕你不会包，就直接包好，要你一定收下！"捧着粽子，我心潮澎湃，这些憨厚淳朴的乡亲，我不好好教授他们的孩子，怎么对得起这块热土地上的父老乡亲。

教师节那天，上完课，一群女生围住我，将一支支纸质的百合花放在我的怀抱里。有的是带彩色圆点的卡纸折叠而成的，还有虽然是练习簿纸做成的，但用蜡笔涂上饱满的颜色，这是他们美术课的杰作。捧着五颜六色的百合，我仿佛是凯旋的英雄。

到办公室里，将纸花插在笔筒里，竟成了办公室的亮点。每一位同事见了都会惊叹："这么漂亮的花！"

有位男同事打趣地说："城里的孩子都送鲜花，我们农村孩子送纸花！"鲜花妩媚，纸花常开不败。鲜花有鲜花的好，纸花有纸花的好。这束花一直摆放在我的案前，备课、批改作业辛苦时，抬头见花，心是暖的。

每天面对着纸百合，我有一种冲动，想化身一只纸蝴蝶，以纸为花，点墨为爱，传递书香，让我的羽翼散发着书卷的气息。

目录

第一辑 留一段风景做向往

留一段风景做向往 / 002

总有一趟车你追赶不上 / 004

寻找幸运草 / 006

错过是另一种邂逅 / 008

俯仰之间 / 010

安逸如酒 / 012

有多少春天经得起错过 / 014

你拥有几样奢侈品 / 016

人生不妨"淬"一回 / 018

别人也在疼 / 020

人生只有一两步 / 022

第二辑 爱是一种修行

爱是一种修行 /026

一元钱的捐助 /028

一个拥抱的距离 /031

父亲的守望 /034

爱的寻觅 /036

仰视父爱 /039

一　面 /041

真水无香 /044

人人心中有尊佛 /047

石榴红了 /049

第三辑 爱的姿势

爱的姿势 /052

落花有声 /054

破茧而出 /056

像狐狸一样爱孩子 /058

爱心是最好的佐料 /060

送学记 /062

天使的眼神 /064

行走的风景 /066

闲庭栀子香 /068

儿子打工记 /070

儿子去军训 /072

第四辑 纸上旧时光

纸上旧时光 /076

怀　霜 /078

厚土苍生 /081

老　井 /084

山中闲居 /087

锦　年 /090

乡　音 /092

舌尖上的童年 /094

薯　忆 /096

笑靥如花 /098

冬至雨 /100

开花的老树 /102

那时中秋月也明 /104

故　园 /106

青春如茶 /109

童年丑事—箩筐 /111

记忆不敢老去 /114

带我们走进春天的老师 /116

把名字刻进别人的记忆 /119

记忆中的三位物理老师 /121

那些年，我们参加过的高考 /123

天　井 /125

年饭根 /128

第五辑　凡草皆敬畏

凡草皆敬畏 /132

一味稻花香 /134

陌上秋 /136

乱　红 /139

有一朵花叫禅 /141

望　春 /143

拈花时节 /145

采　青 /147

赶　春 /150

恰似故乡槐花香 /152

一个人的夜晚 /154

读　秋 /156

拾　秋 /158

满　秋　/ 160

秋日絮语　/ 162

花未央　/ 165

雨是花蕾雪是花　/ 167

残　雪　/ 169

雪　痕　/ 171

守望冬季　/ 174

冬季到哪里去看雪　/ 176

芦花似雪　/ 178

开花的树　/ 180

女儿茶　/ 182

第六辑　养心的妙药

养心的妙药　/ 186

坐在我对面的英雄　/ 188

他们的爱情　/ 191

闲情文字　/ 193

敬畏文字　/ 195

一世书缘　/ 197

讲故事的人与看戏的人　/ 199

青春的距离　/ 202

勇者无畏 /205

格局决定结局 /207

幸福条约 /209

绿　茶 /211

第七辑　临窗禅

临窗禅 /216

三重境 /218

清　欢 /222

学会与自己分享 /225

低处的幸福 /227

醉　月 /229

幸福的加减法则 /232

转身俯拾即幸福 /234

幸福来敲门 /236

平安是福 /238

倾听"大象"的歌声 /240

脱身琐碎 /242

芳　邻 /244

简单最好 /246

蹭生活 /248

听　雨 /250

善待微笑 /252

删除好友 /254

不如跳舞 /256

第八辑　好心情是自己给的

好心情是自己给的 /260

四月啜翠 /263

秋风吹过的村庄 /265

潜川，潜川 /268

魅力湘西 /273

徽州俏姻缘 /276

烟雨江南秋色里 /278

又见炊烟 /280

他　乡 /282

晚来的春 /284

鹊都青岛 /286

大山更深处 /288

紫竹茶人 /296

人生也如一段景致，未必时时要达到巅峰，留一些未竟的理想作为渴望，未必不是一个大境界！

第一辑 留一段风景做向往

留一段风景做向往

八月盛夏，去庐山旅游，第三天下午安排的景点是三叠泉。两天半的行程，足够让人疲惫不堪了，何况我还带着个孩子。原本打算原地休息，等候团队旅游归来，但导游听说我不打算去三叠泉，十分郑重地说："不到三叠泉，等于没到庐山，三叠泉是庐山的精华所在，不能不去！"在众人的劝说下，我打起精神，领着儿子踏上征程。

到处青峦叠嶂，石骨蹉峨，一步一风景，让人惊叹不已。为了安全，导游一再强调："看景不走路，走路不看景！"向山谷下行的阶梯狭窄陡峭，石阶沿绝壁而生，一面临着深谷，尽管有栏杆，但"险"字还是提在心坎儿上。为了确保安全，我让儿子靠绝壁的里面走，自己一手扶着栏杆，另一手紧紧地拉着他的小手。峡深壑险，峭壁耸挺，我们颤颤巍巍地拾阶而下，生怕一失足，骨碌到山涧里去了。台阶有如天阶，下山时，走在你前面的人，仿佛是在你的脚下；返回的时候，走在你前面的人，又仿佛是踏在你的头顶上了。

"无限风光在险峰"，倘若不踏入这幽深的峡谷，怎么可以领略到庐山第一奇观呢？站在三叠泉前，瀑布琼花碎玉般乱溅着的晶莹多芒的水花，清凉剔透。古人赞曰："上级如飘云拖练，中级如碎石摧冰，下级如玉龙走潭，散珠喷雪，真天下绝景。"抬头仰望，瀑布抛珠溅玉，宛如白鹭千片，上下争飞；又如百副冰绡，直挂长空，万斛明珠，九天飞洒。果真是"不到三叠泉，不算庐山客"。儿子沐浴在清凉的泉水中，许久不肯离去。

最后一个景点是小天池诺那塔院。一听说是"小天池"，大家摩拳擦掌，急切地想揭下小天池的神秘面纱。我也未去过天池，却听说过她的宁静与纯美，宛如蓝色宝石，镶嵌山巅，清纯得让人有夺魄之感。可惜长白山的天池遥不可及，眼下一个小天池替代，也算了却了一段心愿。

不过，临下车时，导游对我说："天气热，这个景点你们可以不去了！"因为带着个小孩子，导游一路上提供了很多方便，自然对他也产生了一种信赖。我听取了他善意的劝告，和儿子躲在空调大巴车里，等候其他游客的归来。

还没有到导游规定的集合时间，去小天池的游客陆续返回了，个个大汗淋漓，从他们的议论中，我得知，所谓的小天池，不过是一泓已经变了质的池水，一点没有预想的那样山青水碧，林壑幽美。归途中，他们一直都在抱怨，责备景点不应该假以这样的美名来诱惑游客。而我，因为没有亲眼目睹，心中仍保留了一点想象的空间，那小天池，在我的心目中，依然美丽如初。三叠泉轰鸣的瀑布，依旧荡漾襟怀。旅游归来，我带回最美好的记忆，还保留了少许向往，庐山在我的记忆中愈加完美了。

游览景点，未必要处处尽兴，留一段风景，作为向往，虽说有点遗憾，却不影响整体的完美与情趣。

人生也如一段景致，未必时时要达到巅峰，留一些未竟的理想，作为渴望，未必不是一个大境界！

总有一趟车你追赶不上

作为上班一族，每天的必修课就是追赶公交车。为了让时间最优化，尽可能少地将时间浪费在路途中，我总是刻意把时间安排到最后一刻，好让自己踏上站台的最后一秒，4路公交车恰好在面前戛然而止。这是最理想的设计，最好上车还可以有座位，那结局就更加完美了。

不过，更多的时候，是远远地看见公交车在站台上停靠，还没等我赶过去，车子却徐徐启动了。驾驶员丝毫没有怜香惜玉之情，全然不顾及我还穿着高跟鞋，在一车之隔处穷追猛喊。公交车头也不回地绝尘而去，只剩下我无奈地站在一片尴尬之中。

我开始后悔，倘若早半分钟出发，完全是另一种结局。无数种可以改变现状的假设在头脑中涌现：假使我可以跑得再快半拍，假使驾驶员可以给我半秒钟的等候，假使有更多的乘客在门前拥堵一会……但所有的设想都在现实面前宣告破产。我唯一可以做的，就是明天提早半分钟出发。

第二天，为了给自己留下足够的时间，我刻意提前出门。但运气并不见好转，4路公交车再次与我擦肩而过。原来我提早出发，后一趟公交还没有来，前一辆才刚刚走。公交车冷漠地从我身边驶过，没有给我留下丝毫缓和的余地。

终于有一天，我发现，在这世界上，总会有我赶不上的那趟车。纵使我再提前10分钟、20分钟，同样有可能错过某一趟班车。路的前方还有前方，前方是没有止境的。

环顾周遭，熙来攘往的车辆，宛若旅途中川流不息的机遇。机遇接踵而来，恰似拥堵在站台上的公交车。每辆车都有着各自的方向，不同的车辆，为不同路线的乘客提供方便。载负着他们，驶向各自的终点。人生如路途，车辆如机遇，有了车行的速度，路途变得更加快捷便利。

站台前公交车一拨又一拨，为站台上的乘客提供大小不一的机遇，而我们常常会搭错车。不适合自己的机遇，非但不能给予我们捷径，反而会导致我们偏离既定的方向。当公交车停驻在脚下，却与你的方向背离时，很少有人只为了乘车，而随意踏上其中的一辆。但生活中，却有很多的人，会因为刻意谋取所谓的机遇而轻易迷失方向。

有时候，我们刚到站台，机遇就接踵而来，我们的路途因此异常顺畅。但更多的时候，机遇如同你我追赶不上的车辆：即便与她撞个满怀，她也不会因为我们的招手，随时随地为我们停泊。机遇不会招手即停，我们可以做的，就是毫无条件地在站台上守候下一个希望。

大街上流动的车河，宛如俯拾即是的机遇。机遇虽多，属于我的却很少；属于我的，我可以追赶得上的，少之又少。人在旅途，总有一些机遇我们会错过。

寻找幸运草

这是一种寻常草，小区和校园的草坪上，随处可见，我从未留意过它们的身影，它们太寻常了。直到有一天，爱人移栽一束于花盆中，我好不诧异：这样的野草，怎么配登堂入室呢？

为了打消我的困惑，爱人向我解释：这种三叶草学名叫苜蓿草，通常只有三瓣叶子，长出四瓣叶子的机率只有十万分之一，谁要是找到四叶的苜蓿草，就意味着谁找到了幸福，会得到上天的眷顾。因此，四叶草又被称为"幸运草"。"幸运草"之名，相传源自拿破仑：一次，他正带兵经过草原，发现一株四叶草，甚觉奇特，便俯身摘下。恰在他弯腰的刹那，刚好避过一枚向他射来的子弹，逃过一劫，从此他便称四叶草为"幸运草"。倘若幸运之极，还可以找到五瓣叶子的，也就是五叶草，它被喻为"可拥有统治大地的权力"。

这个美丽的传说，引发了我对幸运草的狂热，晚上散步的时候，总喜欢流连在草地上，期盼着能够如愿找到一片幸运草。时间久了，幸运草的概念，在我的心头逐渐根深蒂固，我心目中的四叶草，已经不是一片寻常草，而是喻示着幸福与机遇。皇天不负有心人，我终于找到了一片幸运草。欣喜若狂的我，小心翼翼地将这片叶子压制塑封为一枚书签。那段时间，我天天沉浸在幸运草的幸福与快乐之中，还不时向身边的朋友展示幸运草的风采。

一天下午，下班等校车的时候，我和同事阿华在校园的草地上散步，看到一丛丛长势旺盛的三叶草，忍不住又俯身仔细找寻。阿华在我的带动下，也开始寻找四叶草。我们俩的埋头苦寻，惹来很多同事好奇的目光，甚至还有人加入了我们的行列。

细雨过后，小草微微含露，折射着夕阳的碎金。这种不起眼的小草，居然有这么美丽的外形，心形的叶片，交叠在一起。迎着阳光，还可以看到翠嫩的叶片上一层细细的绒毛，在迎风摇曳，煞是婀娜。我顺着草丛，找过来，又寻过去，却是苦寻无踪。为了不放过每一片叶子，我用一片较大的三叶草做比对，一行一行地筛选。正在这时，阿华叫我："你看看这是不是四叶草！"我跑过去一看，天啦，这居然是一片五叶草——代表着拥有统治大地的权力的五叶草。五叶草在同事们的手中传递着，他们都好像在欣赏幸福与权力一样，认真地端详着它，并区分着它与三叶草的不同。

我们都赞叹着，祝福阿华找到了权力和幸福。我叮嘱她，把这片五叶草夹在书中定型，最好塑封保存。而她，却随手将这片五叶草递给我："给你吧，我不会塑封！"我接过来对她说："那我把它定型塑封好再带给你！"她笑着说："不必了，送给你了，你是有情调的人，它对你有意义，但对我而言，只不过是一片草而已！"

这句话连同那片五叶草，一同被我塑封珍藏起来，因为我是真正找到并领悟幸福的人。按照同事的话，我眼里的幸福，在别人的眼里或许只是草芥。可我的理解却是，别人心中的寻常事，我却是可以当成幸福来享受的。也许幸福的最高境界，就是"山非山，水非水，花非花，草非草"！

错过是另一种邂逅

像我这样生长于农村，吃过油菜秧，掐过油菜花，还在油菜地里捉过蜜蜂蝴蝶的人，特意驱车五个小时去婺源看油菜花，是不是有点矫情？何况春色将尽，半个月前，爱好摄影的朋友就去那里采过风了。

油菜花花期通常是半个月左右，倘使运气好，还能赶上看看，一路上我暗自思忖。

车往南行，我的心一点一点地往下沉，沿途油菜花渐次稀疏，未到婺源，已是繁花凋敝，田里只有青绿的秸秆。从地图上看，两地只有两厘米的距离，纬度相隔不到3度，几乎感觉不到温差，花期怎么就相差这么多呢？真是好花不常开，好景不常在？倘使早来半个月，就定不会"无花空折枝"了。油菜花是婺源一景，缺了此景，心头仿佛被人无端咬了一口。

外出旅行，最希望天气晴朗、风和日丽。早几日就在网上查询婺源周末的天气，天公不作美，竟然是大雨。几位没有带雨伞的同伴，被大雨淋成落汤鸡，游兴尽消。我们虽带了雨伞，但雨中观景有诸多不方便，因为雨大路滑，有的风景只得驻足遥看，行程大打折扣。

连日阴雨叨扰,去卧龙谷时,我们已十分疲惫。初入峡谷,清凉透彻,雨后山谷,寒气直逼。沿着山路向深山进发,沿途水声轰鸣。连日雨水,上游储水量倍增。又因卧龙潭上下落差很大,形成的瀑布挂在绝壁上,宛如轻盈的白练。山绿水清,白色瀑布,艳色映山红,蓝瓦瓦的潭水,与九寨沟相差无几。本以为连日雨水扰了雅兴,谁知歪打正着,这些瀑布更丰盈盛大、有生命力了。

深涧水清,悬崖边有成片玫红色的野花,水滋养着,娇艳欲滴。仿佛在伸手可及处,当你探下身子,却发现她始终与你有一臂距离,或许美的东西都是看似切近。不到园林,怎知春色如许?

导游说"婺源"乃是"婺水"之源,而卧龙谷便是这源头所在。婺与"务"同音,本意是美丽的意思。"婺"字从矛从文,意指女子文武双全,这样的女子云集,婺源自然成了美丽之源。

树养人丁水养财,高大的香樟,清澈的溪水,是婺源随处可见的景致。去李坑时,还未进村,但见溪水九曲连环。河道中停了几只竹排,见游客过往,船家热情招呼着。缘溪而上,不到半里便是李坑。村中多明清古建筑,青石古道,小桥流水,倒有几分古雅。在陌生地方,我很容易转向。若不是导游介绍,我竟没发觉这溪水竟然向西流淌。

古往今来,"一江春水向东流"似成惯例。溪水西行也有范例,蕲水清泉寺前的兰溪便是西向而流,这还引发东坡居士"谁道人生无再少?门前流水尚能西"的感慨,今日得以亲见,其中感慨又多几重。

好景随缘取,从来不相负。只以为误了花期又蒙阴雨阻隔,是错过,却成就了另一番邂逅。人生何尝不是这样?

俯仰之间

"去药店买药,一定要蹲下来!"近日,一条微博热传开来。其实,这早就是公开的秘密了。药店里习惯将价格低的都放在药架最下方,而顾客基本上不看货架下方的药,销售人员趁机拼命推销昂贵的药品。所以,到药店买药,一定要蹲下来,才可以买到价廉物美、性价比高的药。

不独是药店,商场也如此,摆在醒目地方的商品一般都是价格比较高的或者有其他原因的。每次去买酸奶时,都习惯于顺手从上面拿一盒,朋友告诉我一个小秘密,摆放在上面的酸奶,一般都是日期较长的,而那些刚上架,标注着新近日期的,都被压在下面了。不妨弯弯腰,就可以买到更新鲜的物品。得此密传后,屡试不爽。

要想买到好东西,需蹲下来;为人做事,有时也需要蹲下身子。

一位专业的摄影朋友在摄影时,总喜欢从上下左右各个不同的角度拍摄,有时还匍匐在地上仰拍,大有恨不得钻进泥土里的势头。我笑他夸张,不必把自己放得那么低微吧?在他看来,一副照片就是一篇文章,要有内容还要有思想。放低视觉角度,你可以更全面地打量模特,从主体寻找突破,才能抓住主体的灵魂,发现别人不易觉察到的亮点。这句话对我,倒是很有启示。

为人处世，蹲下身子，不仅可以扩大视觉范围，也是一种态度。孟买佛学院是印度最著名的佛学院之一，它之所以著名，不仅因为学院具有悠久的历史和优质的教学，还有一个独特的地方，就是正门旁边那扇只有1.5米高的小门。1.5米高的门，普通成年人要想经过，就必须弯腰侧身。新入学的学生，教师都要引领他们从这扇小门通过，并且告诫他们：很多时候，我们要出入的地方未必都是宽敞的大门，面对着矮小的门楣，要学会弯腰侧身，只有暂时放下尊贵和体面，才能顺利通过，否则，你就会被高高拦在院墙之外。正是这种独特弯腰侧身的教学启示，让学生从中顿悟，从而终身受益。

高山仰止，学会谦卑，才会常怀敬畏心。昂首仰视，方知对方高大，才不会迷失自我。人生有时需要俯视，你才能在缤纷万象里多一份从容；有时则需要仰视，你才能从群星璀璨中多一些汲取。

安逸如酒

近日，朋友相见，总少不了问一句："最近可好？怎么很少见你的文章？"她们以为我肯定遇到不顺心的事，干扰了写文章的情绪。我赶紧为自己找托辞："忙！"果真忙？不见得，也不曾遭遇烦恼事。整体而言工作顺利，生活安逸。抑或是安逸使人疏懒，读书写字这类坐冷板凳的事，不屑去做了。

大学刚毕业，日子最为艰苦，一穷二白。下班后唯一做的事就是看书，准备考研，另谋出路。常常一两个星期不出门。最奢侈的休闲，莫过于黄昏时分，站在走廊上眺望远处的青山绿野。然而，那段时间却是最充实、收益最大的，大量阅读记诵的专业书籍和经典作品，为我日后的写作奠定了基础。只是今非昔比，物质生活越丰裕，越难唤起潜藏的韧性。

体育中考时，我校学生安排在周日下午，电视中播报的温度是33摄氏度。但下午两点钟的温度远不止33度。太阳毒辣辣的，白得刺眼。站在校园里的水泥地上，就像站在热水中，热气直往上熏，刚喝下去的矿泉水，在身体里打个转就化成汗水流了出来。学生长跑后，脸色发白，真担心他们会突然晕倒。

后几天考试的学生幸运多了。气温突降，穿两件衣服站在风口，都觉得凉意袭人。很羡慕这些学生，得天时，在这么舒适的环境下，肯定能超常规发挥，考出好成绩。但体育老师的话，让我受益匪浅："天气热一些，机体的爆发力会增强；气温低了，反而难以达到亢奋状态！"事实证明，那天下午考出的整体成绩，是很不错的。原来身体的每个细胞也都是个小偷懒鬼，条件稍微舒适点，就会疏懒，失去战斗力。

想起鲁迅先生，他的生活一直十分简单。虽然为官十几年，教书十几年，但他从来不曾沾染别人无法避免的无聊娱乐，如赌博、旧戏、妓院。他平时只穿旧布衣，像普通的大学生。西服的裤子总是单薄得很，北平的冬天很冷，但他依旧穿30年前留学时穿的棉裤，而且补过很多次。无论他的母亲怎么劝说，鲁迅先生都不肯换上老母亲为他准备的棉裤。不仅衣着简朴，住宿也如此，就连被子，也是多年的老棉花，不愿意换成厚褥子；床是铺板的，他是从来不睡藤绷或棕绷床的。朋友孙伏园曾经试图说服他，但鲁迅以"生活太安逸了，工作就被所累了"这一理由拒绝了。

或许我就是为安逸的生活所累了。安逸如酒，小酌怡情，痛饮易醉。安逸这杯美酒淘尽身上的锐气，我们还能做些什么呢？

有多少春天经得起错过

三月初，因病卧床修养了半个月，只有中午天气暖和的时候，才被允许起床，在屋内转悠一下。终日关在家里，很久没有出去透透气了，心情憋闷得很。于是，趁着中午风平日暖，下楼放飞一下蜷缩的心情。

只隔十多天，外面的世界，就起了翻天覆地的变化：十天前还是草色遥看近却无，现在已是芳草萋萋，如茵似褥了；十天前，还是花蕾淡淡着枝头，此时，草地中央的几树海棠，正妖娆地吐红纳蕊，绚烂得让人心惊魄动。

春，饱满地绽放在海棠枝头。朵朵花色温润甜美，个个花形俏丽张扬，片片花瓣娇艳欲滴，只见红肥，不见瘦绿。另一丛不知名的花树，粉红色细小轻盈的花瓣，琐碎地洒得满树都是，仿佛覆盖了一层粉色雪花。花蕊微微颤动，花瓣脉脉含情。只短短的几日，春如奔腾的火焰，将大地灼烧成花红柳绿的缤纷世界，春来得如此迅猛。套用小沈阳的一句名言：这眼一闭一睁，噢，春天就来了！

上班的路上，有一树桃花，我总以她为季节变更的标志，来推算田野里油菜的花期。但那日，我惊讶地发现，满树桃枝，竟全披拂着一串串嫩黄的叶子。我又错过了一季的桃花春讯。

刚分配那两年，为了考研究生，工作之余，我都埋头读书，常常一两个礼拜不出学校的大门。只在春天的黄昏时分，站在宿舍的走廊上，眺望着远处铺天盖地的油菜花。那时的春天，宛如我憧憬的梦想：看似很近，却又缥缈得难以触摸到。我多么希望有时间，徜徉在油菜花海里，狠狠地呼吸一下四野的芬芳。但那时，春天不属于我的。因为经济条件拮据，我与爱人之间，必须有一个退出考研。生活和学习的费用，是不能指望双方贫瘠的家庭的，我们得自食其力。理所当然由我退出那场胜利在望的战争，做一个女人的本分工作——相夫教子。

爱人顺利地考上了，我不需要一份居高临下的爱。为了缩小我与他的差距，放弃考研的我，并没有丢下课本，我希望通过自学考试，获得第二学位，来弥补我心底的缺憾。一边工作，一边照料孩子，还要找机会去看书，对我来说，这是一个挑战。通过八年的奋战，我终于如愿以偿，但欣喜，却没有预想得那么炽烈。或许，付出的代价太多了，我错过了那么多美丽的春天。

去年春天，我答应儿子带他去看桃花的，可惜又被周末琐事耽搁了。本想今年来弥补遗憾的，可惜，今年的意外，又让我们错过一季桃花。

细细想来，人这一生，有的错过了，还可以挽回，或者找个替代。但更多失去的，就成了永久的遗憾。

人生如此短暂，有多少春天，经得起我们年年错过呢？

你拥有几样奢侈品

邂逅一家奢侈品销售商场。出于好奇,小心地走进去一看究竟。设计华美的展厅里,陈列着琳琅满目的精美物品,在富丽堂皇的灯光映衬下,格外雍容华贵。商场里的导购员对我们不屑一顾,或许凭着职业的敏感,她们已经断定我们没有经济实力去购买这类高档的奢侈品。看见一件世界品牌服装,不由自主地伸手轻轻摩挲,款式与质地都是一流的。看出我的流连之态,售货员亲切地说:"喜欢可以试一试!"顺手翻看价格条码,标价19980元,我连试穿的勇气都没有了,便仓皇而逃。从此,我对奢侈品心存敬畏。对于我这样的工薪阶层来说,让人咋舌的价格,就应该算得上是奢侈品了。我的心中萌生的"奢侈品"的概念就是:价高,普通老百姓不能拥有。

偶然,在网上看见一组题为"25件奢侈品你拥有几样"的图文。看完之后,才发觉自己的肤浅:我的心目中,奢侈品无外乎高档的服饰,华美的珠宝,名表名车之流。但归纳于这篇文章的奢侈品绝非我设想的高档物件。

这25件奢侈品,分别是健康的体魄,快乐的心情,懂得珍惜与感恩,向往自由,纯真浪漫;学会爱与被爱,拥有亲人的关爱和爱人的体贴，知心的朋友、可爱的孩子；有积极乐观向上的心态，真诚守信，善于取舍，敢于承担和享受生活，懂得欣赏等等。纵使寻常百姓，也可以轻松拥有这些奢侈品。只是我们已经太习惯于它们的存在，故而忽视了它们蕴涵的价值。

一位病中的朋友告诉我，他刚住院没几天，同病房患肝癌的病人就去世了，留下孤独无助的妻儿，病友的死亡让他异常恐惧。他又说道："我看见的不仅是疾病对患者的摧残和折磨，还有对其家人，乃至一个群体的拖累。"他是如此憎恨疾病。病中的他体重只有90斤，憔悴得如同风中飘忽的叶片。翻看以前的照片，他站在上饶灵山前，挥动着双臂，是那么地富有生气和活力。而如今疾病却如大山，顷刻间将一个如此健壮的人轰然压垮。面对着他间或骤然而起的疼痛，谁能质疑，健康不是一件奢侈品呢？

一直以来，我都以为只有女人才会把爱情和婚姻当成事业去经营，没有想到，很多位高身贵的男士，也把家庭放在首位。任何人都需要家庭的温暖和亲情的呵护。国外专家研究，说经历一次离婚的打击，这种伤痛等同于坐了5年的牢。面对破碎的情感，你可以否认真爱不是奢侈品吗？

人的一生中，最奢侈的东西并非是用金钱购买来的。金钱可以换来婚姻，却未必能赢得真爱；金钱可以让你纸醉金迷，却不能让你真正开心快乐；金钱可以买来豪宅名车，但未必能使你延年益寿。可以用金钱交换的，都不是真正意义上的奢侈品。真正的奢侈品，是金钱买不来的。

面对生活，我们最应该做的是去发现、欣赏和珍惜生命中真正能让我们有发自内心喜悦的"奢侈品"。

人生不妨"淬"一回

很久没有见过打铁的了,以为这门手艺早就成为绝学了!傍晚,却在立交桥下的暮霭之中,又见一炉旺旺的火,两个铁匠抡着铁锤,"丁丁当当"地敲打着铸件。

记得小时候,外公打铁时,我与哥哥都争抢着为他拉风箱。我喜欢听风箱"扑哧扑哧"地喘着粗气,炉塘里的煤块,被这喘气的气流,一下又一下地顶起来,像一只调皮的小老鼠,在洞口探头探脑,一副"欲出还休"的模样。

外公将废铁块埋在煤块下面,再拿出来的时候,铁块也燃烧起来了,像流动的火,外公用铁锤敲打着铁块,铁块就在这千锤百炼中,锻造成了新的器械。然后,外公将铁器轻轻地浸入水中,水便冒出一股青烟,伴着"嘶嘶"的声响。

一直以为,将铁块浸入水中,只为了快速地冷却,却不知道这个流程原来就叫做"淬火"。经过淬火的程序,不仅使铸件迅速冷却,还增加了铸件的硬度。

生活中,从牙牙学语开始,人的成长过程,就是一个不断加温锻造的过程。有表扬,有激励,我们会融入这暖暖的春意中,人生因此更加美好,生命也更加精彩,但成长的过程,绝不可以止步于此。

松下公司在招聘的过程中，因为电脑统计的失误，将本该被聘用的第一名，错误地统计为第二名，当公司更正了这一失误的时候，才知道，这位本该被录用的"第二名"。因为承受不了打击，跳楼自尽了。公司的管理人员表示：像这样不能承受打击的人，即便在以后的工作中，也会出现这样那样的问题，他因为一次小的挫折，就跳楼自尽，这样的人，公司不用是正确的。

生命的长河中，顺境较之逆境，少之又少，可以一帆风顺地走完人生历程，毕竟不多。所以，承受打击的能力，也是诸多能力中的一项。

面对挫折，有人皱着眉头，有人怨天尤人，孰不知，经受一次挫折，就像被"淬火"的铸件，可以逐渐增强我们的"硬度"。正如歌中所唱"不经历风雨，怎能见彩虹"，人们渴望彩虹，却畏惧彩虹前的风雨。假使面对风雨，我们坦然面对，以平常心，去期待风雨后的彩虹，那么风雨也将会成为你生命历程中的另一道风景。

铸件被锻造，少不了淬上一把火。人生在世，面对困境，不妨笑对，权当是被"淬"了一回吧！

别人也在疼

春寒料峭,乍暖还寒,这个季节是疾病的多发期。早上八点,前来就医的病患者已经排成了长队。

生平最怕去的地方就是医院,门厅前的那个偌大的"静"字,庄严肃穆,提醒的是人们内心的凝重。医生总是神情淡定,似乎看惯了病人的生死,不再惊诧于任何的疾病;护士则目无表情地来来去去穿梭着,或许她们也习惯于病痛者那扭曲的面部神情,已经不再如我一般的心惊胆寒了。

排在我前面的是一个十四五岁的小姑娘,她手中握着病历卡,不时回头张望,眼神中有掩饰不住的焦虑。顺着她的目光,我看见走廊的长椅上,斜依着一位中年男子,他一手撑着长椅,一手按着腹部,双眼紧闭,疼痛在他那张脸上写满了皱褶。他或而蹲下来,双手趴在长椅上,或而横卧下来,但无论哪种姿势,都不能减少他的疼痛。透过他紧锁的眉头,可以看出他正遭受着怎样的疼痛煎熬。我的心随着他莫名疼痛起来。

忍不住问前面的女孩:"他是你爸爸吗?"小女孩看着我,没有说话,只是很认真地、用力地点了点头,算是回答。

"你可以与前面的人商量一下,让你爸爸先看病啊!"想必她还只是孩子，不能体会到大人的病痛，抑或是她还没有勇气向别人开口寻求方便。我向她提出建议，并用眼神鼓励着她，希望她能够更勇敢点，可以如冰心笔下的那个会制作小橘灯，会照顾她妈妈的那个勇敢、镇定、乐观的小姑娘。

但小姑娘犹豫片刻后的回答让我大失所望，"还是排队吧！"感觉自己的好心遇到了鹅卵石，重重地被弹了回来。

"别人也在疼！"停顿了一下，她补充道。是啊，"别人也在疼"！经过她的提醒，我才发现，很多病者，脸上都堆积着痛苦，我们太介意自我了，很少留心他人的苦痛。

"别人也在疼！"这么简单的一句话，却会让我们的心灵为之震颤。很多时候，教育我们的，不是长者，而是"稚"者。

人生只有一两步

鸡笼山，又名凤台山，因山有石状如鸡笼而得名。这次巢湖文艺家、新闻记者赴"三区"采风，和县是第一站。大巴在山路上辗转前行，峰回路转，苍山绿莽之间点缀着素净的棠梨花，颇有韵味。

转过藏经阁，是一段青石铺设的"百步梯"。为了安全，文联王主席请求几位年事已高的艺术家就地休息，对年轻人却是一路鼓励。

仰望峭壁，笔陡的天阶上，行人宛如贴在悬崖上，前面的与后面的，几乎是在叠罗汉。站在石壁下的人看得惊险，忍不住高声提醒："拉开距离啊！"去过庐山的"三叠泉"，那里到处青峦叠嶂，石骨嵯峨，一步一风景，以为那就是人间险境。没想到鸡笼山比三叠泉的台阶还要狭窄陡峭。

年轻属"天时"，众人的激励是"人和"，我因为脚穿高跟鞋，不具备"地利"之势。徘徊在进退之际，东山临阵退却了，同行的女士也彻底打消了登山的念头。我也想退缩，后面跟上来的朋友一个劲地撺掇："不上山顶会后悔的！"心中几乎熄灭的火焰刹那间又被点燃。此时，进一步，就可以登峰造极，退一步，前功尽弃。是超越，还是畏缩，只在一念之间。无限风光都在险峰，最终，我选择勇往直前。

把包背好，鼓足勇气，双手牢牢地抓住铁索，小心翼翼地在只容半足的石阶上，探寻着稳妥的落脚点。不敢低头俯视，也无暇仰视，只是谨慎于眼前。如同一只缓慢的昆虫，殷勤于当下，在石阶和铁索之间挪动着脚步。

捱过"南天门"，穿过"一线天"，居然就是顶峰了，刚才攒足的力气，只用了一半。回头看看来时路，艰险处相对整个登山路径，只算区区。以胜利者的姿态站在最高峰，就连刚才爬山时的狼狈，都成为我骄傲的谈资。想起平时对学生的说词："要敢于把拦路石当成垫脚石！"攀登"南天门"时，每一个绝壁上凿出的石阶，何尝不曾是拦路的巨石呢？

山巅上，一座天坛式的木亭阁矗立在鸡笼山的最高处，这就是"三和坛"。坛基两层，设汉白玉围栏。坛身三层，圆锥形结构，红木抱柱，雕栏画栋，色彩明艳。坛内第一层，供奉着三尊背靠背、笑容可掬的大肚弥勒佛，徜徉四周，无论从哪个方向，面对的都是一张灿烂的笑脸，它仿佛在昭告众生：容得烦恼事，万物和自生。

第二层倒挂一口大钟，让人感受到晨钟暮鼓的氤氲。要登上第三层，就无路可走了，只有一架木梯，斜靠在三层的入口处，几位摄影师为了选择最佳角度，爬上梯子，构建着艺术的画面。有好奇者，想爬上第三层，探究上面的秘密。沿着木梯而上，在快接近入口处，停下了脚步。原来，木梯上半部损毁了一个横档，要想顺利爬上三层，没有那一阶借步，想上去是不可能的。所有跃跃欲试者，都止步于缺失的那阶木梯。

原来人生如此简单，虽然漫长，但成败只在这一两步之间。

第二辑 爱是一种修行

爱,其实是一种修行。有爱的付出,就会有爱的获赠。我们的爱,都是有内涵的。

爱是一种修行

上世纪70年代时,她还年轻,孩子也才一周岁。每天早晨,凝望着儿子酣睡的娇态,倾听着他均匀的呼吸,她的心里有说不出的欣喜。幸福,随着儿子的降临日趋浓郁。怀抱着牙牙学语的儿子,她觉得生活才刚刚开始。

谁都不曾料想,她居然身患胃癌。这个噩耗,如同晴天霹雳,重创着她的身心,她感觉天旋地转。

望着儿子灿烂的笑容,她的病痛减轻了许多。一岁大的孩子,还不解人世间的伤痛,他不清楚厄运已降临到妈妈身上,也不知道一家人正被妈妈疾病的阴霾遮住了蓝天。妈妈抱起他,宛如捧着价值连城的珠宝,儿子是她全部的爱和希望。她不知道撒手后,这株稚嫩的幼苗,能否茁壮成长。

肿瘤被切除后,经过一段时间的观察,癌细胞并没有扩散。但这对于癌症患者来说,仅仅只是判了死缓,她还得扛过5年的考验。

在病床上,疼痛稍微减轻点,她就给儿子织毛衣。一套一套地织,3岁的,5岁的,7岁的,9岁的,11岁的,14岁的……每个年龄段,她都织了一套毛衣。入夜,孩子睡熟后,她就在灯下,一针一针地织。爱人心疼地对她说:"早点休息吧,别累坏了,你现在要多休息……"她笑了笑:"你先睡吧,我想再给儿子多织一件毛衣……"夜阑人静,她专心地编制着精致的图案,也将母亲对孩子的疼爱和期许,一针针织进毛衣,即便自己不能守候在儿子身边,至少有这些温暖的毛衣,陪伴着孩子幸福地成长。她就这样孜孜不倦地编织着母爱,忘记了病痛,忘记了自我。

她给儿子织的毛衣,足足有一大箱时,她竟然神奇地逃脱了死神的魔掌,安全度过5年的缓冲期。接下来,又顺利度过一个又一个的缓冲期。如今,她已是两鬓花白的老人,那个襁褓中的孩子,也成家立业。

当年,与她同病房的另一位病友,也是身患胃癌。医生诊断后,宣布他还有半年的时间。结果,他只活了一个多月。医生说,他不是病死的,是被自己吓死的。原来,当他得知病情后,一想到自己将不久于人世,食不宁,寝不安,最终加剧了病情。他太注重自己了。

爱,其实是一种修行。有爱的付出,就会有爱的获赠。我们的爱,都是有内涵的。

一元钱的捐助

面包车在狭窄的河堤上颠簸着,同行的年轻女同事很担心地问:"车子掉进河里怎么办?我可不会游泳啊!"她的话让车内的气氛骤然紧张起来。路面太窄了,一辆车就占据了整个路面,纵使对面是一个行人,也很难交错。更何况,路两边都是一人多高的芦苇,车子宛如一只小船,小心地穿梭在芦苇中间。

坐在前排的主任指着前方问我:"路边站着的小姑娘是你们班的吗?"透过车窗,我看见雅雅站在草丛中,她在避让我们的车辆。我打开车门,让她上来。

为了家访,我们一大早就出发了,因为道路生疏,走了不少冤枉路。为了更快地找到雅雅家,我一路询问,还与她母亲保持电话联系,在她母亲的遥控下,我们总算没有迷失方向。雅雅是个有心的孩子,她竟步行了一里多路,到河堤上迎接我们。

小姑娘见到我很高兴。她是班级成绩顶尖的学生,我一向很喜欢她。但前段时间,因为一件小事,改变了我对她的看法。

临近小学的一位学生身患绝症,对方发来倡议书,希望我们学校能够给予爱心捐助。在班会上宣读倡议书后,担心没人响应,我又强调:钱是次要的,哪怕是一元两元,关键是一份爱心。

下午，雅雅在办公室前徘徊了很久，最后好像鼓足了勇气，走进办公室，小心翼翼地问我："老师，爱心捐款是不是规定要交多少钱啊？"

我笑着回答："怎么会呢，爱心捐助是没有限制的。"

"那——我捐一元钱可以吗？"她迟疑了一下，嗫嚅着问道。

她的话让我猝不及防，隔壁班最少也交了5元，她这样品学兼优的学生，关键时刻怎么能打退堂鼓呢？

心里虽然这么想，但嘴上还是应允着："钱不拘泥多少，关键是捐一份爱心！"小女孩伸出右手，摊开紧攥的拳头，里面是一枚带着体温的一元硬币。

我总觉得，一滴水可以折射蓝天，细微之处也可以见人根本。并非刻意为之，但自从那一元钱的捐助后，我对雅雅的态度淡了许多。

汽车不知道拐了多少个弯，终于在村头停了下来。这是一座偏僻的小村庄，不到此走一遭，我根本无法体会到孩子们上学的艰难。上周一，雅雅上学迟到，为了显示公正与公平，我对雅雅也不手软，罚她站在教室门口。

很显然，小姑娘今天很高兴，她兴奋得像一只活蹦乱跳的小兔子，在她妈妈面前也抑制不住心中的快乐。她的母亲是一位淳朴的乡下女子，一个劲邀请我们进屋喝杯水，为了赶时间，我谢绝了。

雅雅的身边还站着一个七八岁的小女孩，我问雅雅："你妹妹？"她抿着嘴笑着点点头。

一声刺耳的尖叫让空气凝固片刻，坐在台阶上的三四岁小男孩，用他方式表达着愤怒。似乎在提醒大家，"别忽视了我"。小男孩挣扎着站起来，蹒跚着走了两步，雅雅赶紧上前扶住他，很明显，小男孩是个患了脑瘫的孩子……

回去的路上，我的脑海里一直浮现着这一家人的音容笑貌，还有雅雅捐献的一元钱。两学期快结束了,我对这位小女孩的了解真的是太少了,仔细回想一下,我从来没有看见过雅雅在学校里买过零食,这是她与其他孩子的不同之处。

还有璐璐,另一位同样捐助一元钱的小姑娘,今天家访时,从村民口中得知她家的生活也很不易。父母离异,父亲还摔断了腿。

突然间,我发现自己的浅薄和无知。此时,我最想做的,就是向她们深深地鞠一个躬。

一个拥抱的距离

她叫豆豆,已经是初中生了,看起来却仍然像个小学生。纤瘦,胳膊细得让人不敢碰,担心一不小心就折断了。个头也不高,典型的营养不良。头发乱乱地系着,不知道是刚才打架弄乱的,还是早晨压根就没有梳理好。有一股倔强的野性,这是我第一眼见到她的感觉。

打架,对于这个女孩子来说,已经不是第一次了。开学不到一个星期,她就给了班级一位男生下马威。

把她叫到办公室,她的嘴巴像贴了封条似的,既不为自己申辩,也不肯承认错误。一看就知道是久经沙场的铜豌豆。无奈,只好从侧面了解情况。同村的学生告诉我,豆豆的父母很早就离婚了,各自有了新家庭,又都在外地打工,豆豆跟着爷爷奶奶过。大家都知道,豆豆是个没人要的孩子。刚才就是因为那个男生笑"豆豆妈妈跟人跑了",豆豆才咬了他一口。好在只是几个清晰的牙印,并没有咬破。

再次把豆豆"请"进办公室,她已经平静多了,不再像刚才那样"呼呼"地喘着粗气。一个女孩子跟男同学打架,自始至终都没有掉一滴眼泪,这个豆豆真够泼辣的。

她看着我,眼神很渺远,像在看遥远的地方。其实,我与她只是一桌之隔。

"过来吧,我帮你梳梳小辫子!"她机械地移过来,并不说话。

头发稀疏发黄,发根还散发着浓烈的汗馊味。我小心地给她梳理着,怕把她弄疼。"给你梳两个小辫子吧?"我觉得她梳两条小辫肯定更机灵。她很果断地回绝了:"就梳一个,我想显得成熟点!"小姑娘很有主见。

隔三差五,我都会借给她梳辫子的机会,与她交流一下。她的话很少,准确地说,那些算不得说话,简洁得就剩下词了。尽管如此,我可以从她坚定的词语中,感受到她的坚强,又略带着些悲伤。

忍不住把她揽进怀里,她那么瘦小,抱在怀里,就像是拥着一段冰冷的树桩。她伏在我的肩头,安静得像一只小猫。我可以感觉到她离我很近,拥抱缩短了心与心的距离。

渐渐的,豆豆的话多了起来。一次,她见我的办公桌上摆放着一张喜帖,竟然说:"你要带喜糖给我们吃哦!"她走后,同事批评她,"跟老师说话没大没小的"。我笑了笑,"她是没妈妈疼爱的"。似乎因为这,她所有的放纵都可以宽容。

有一点很肯定,豆豆闯祸的频率越来越低了,现在几乎没有人来告状,说豆豆又做了什么错事。因为这,我常常把她叫到办公室里,从抽屉里拿两个糖果奖励她。

一次上体育课时,我在办公室改作业,有个学生急匆匆地跑进来,还没进门就喊:"老师,老师,豆豆爬树掉下来了……"

我跑过去,体育老师已经在那里了,他查看了豆豆疼痛的地方,说:"没事,只是脚踝崴了,这个丫头是个机灵鬼,摔不到她的!"广玉兰树干有两米多高,不知道这孩子怎么想起来要爬树摘花的。

我把豆豆扶进办公室,让她坐在椅子上,一边给她搓揉着脚踝,一边责问她:"为什么要爬树,校园的花不允许摘,你不知道吗?"她眨巴眨巴眼睛,竟然掉下一串眼泪,没见过她服过软,怕是脚疼得厉害吧?

"老师,我的脚不疼了。我看见树上的花开了,就想摘一朵送给你……"都怪我,那天跟她说广玉兰像莲花一样洁白美丽,还说我喜欢莲花。有一些自责,又有一些感动,情不自禁地把她拉到跟前,轻轻地拥入怀中。她伏在我的耳边悄悄地说了一句,我好想叫你一声妈妈!

父亲的守望

每隔一段时间，我们都会回家看望父母。父亲得了消息，总会早早地守候在村头的老榆树下，驻足张望。

汽车转过山坡，远远地便可以看见村头的老树下，有个瘦削的身影。我的眼睛近视，不过，凭着直觉，我就知道那是父亲在守望。高大的树冠下，微驼的身形愈加瘦削。父亲痴迷地守望着我们归来的方向，老树与老人相伴，犹如一副黑白剪影，成为这座村庄最诱人的书签。

牵着父亲的手，那双满是老茧树枝一样、枯燥有力的大手，少了几分血性阳刚。记忆中，父亲的手是温暖的，背脊也是笔直的。牵着他的手，走到哪里，我都不会恐惧。他结实的后背，是儿时梦境的温床。

小时候，脑子里充满幻想，也可能是谍战片看多了。父亲在我的心目中，是无所不能的。有敏锐的洞察力，甚至还有些魔法，可以对我做过的每一件事情了如指掌，还能分辨出我仓皇的话语中有几成真，几成假。在父亲面前，我就是白纸上的黑字，任何掩饰都是徒劳。仿佛背后总有一双眼睛望着我，这种错觉一直陪伴在我的成长之路上。

母亲被转为商品粮户口,我们家最后一名成员跳出了农门。但这并没有给父母带来多少欢喜。二轮土地承包,收回了家中最后一份土地,就连那块像点样的两分田的菜地,也被觊觎已久的人指名要去了。父亲是位侍弄田地的好手,经他调教的土地,肥得流油,种什么,丰收什么。

土地成了稀罕物,但父亲永远不愁没地种。他带着一把铁锹,山坡上,河埂边,平整几锹土,就是一块小菜地。几户在外打工的人家,争着把农田无偿留给父亲耕种。

父亲种的田地,从来不会荒芜。人勤地不懒,父亲在土地上精心绣着他的生活,把泥土绣成庄稼,又把庄稼绣成快乐。纵使冬闲,田里没有农活,一天不去田头看看,他的心就痒痒的,仿佛田里长的不是庄稼,是他一手带出的千军万马。

偶尔,我也会跟随父亲去视察他的"兵"。远远就可以看出他种的庄稼与众不同,不是花果多一筹,就是穗粒大一截。父亲指着隔着一条田垄,长满杂草的麦田,像是惋惜庄稼,又像是在责备耕者:田哪能这么种?

父亲的心里,土地是有情有义的汉子,你流多少汗水,它就馈赠你多少收获。他如同一位骁勇的将军,终日守卫着他的田地。父亲离不开土地,我能读懂他对土地的依恋。

我连大麦和小麦都分不清,也看不出土地厚薄,但我知道,无论多单薄贫瘠的土地,经过父亲的精心耕作,都能够长出不薄的庄稼。把庄稼种好,才对得起土地,这是父亲的原则。庄稼长势旺盛,父亲笑眯眯地看着它们,酒醉似的酣畅,似乎田里种的不是庄稼,而是他生养的孩子。

常常去看庄稼,久而久之,我被父亲同化了,觉得自己也是父亲田里的一棵庄稼。我若不能茁壮生长,也对不住麦田的守望者。

爱的寻觅

你可以从成百上千匆匆走过的人群中,找寻到你要找寻的人么?我的父亲可以。

一年一度的高考,又要拉开序幕了。每到此时,我总会想到父亲。每次我带考时,考试结束,学生离校的刹那,总喜欢在我带领的学生中,任意选一个特定目标,然后在人的海洋中去寻找。但成功的几率几乎为零。我不能在散场那短暂的几分钟内,找到预设的目标。

与我同行的人很奇怪,为什么我有这样的爱好呢?

我向他讲述一段我经历过的高考。

那年七月,雨水格外肆虐。门前的田地都成了汪洋大河,白浪一片。内陆的水排不出去,天上的雨还忘乎所以地下着,并不惜情。灾情十分严重。

为了不给家里添更多的负担,我执意跟随学校组织团队去县城参加高考。去县城的路被洪水阻隔成一段一段的。本来去那里只需要一个多小时的车程,那天却在辗转中费了大半天的时间,下午2点多才到达目的地。

沿途我们不断地变换交通工具。汽车可以到的地段真是太少了,遇到被洪水淹没的地方，就乘小船渡过。有的地方连汽车、三轮车都没有，只得步行。一路行程坎坷，老师鼓励我们：人生无坦程，这就像考大学一样，只有经历过苦难的磨砺，才能达到胜利的彼岸。我觉得他说得很对，坐在小船上，我仿佛看见彼岸之花，果真有一种被"渡"的感觉。

考完试回家，父亲早早等候在车站。一见父亲，忍不住大诉行程中的艰难和委屈，父亲只是笑了笑。

回到家中，母亲告诉我：你父亲去考场看过你！他不放心，还是悄悄去了趟县城。我笑父亲，县城那么大，你连我们住哪里都不知道，如何找到我呢？

但父亲果真去过。因为他听了传闻，说县城里的灾情更严重，随时有破圩的危险。父亲终究放心不下，第二天早早启程了。临行时，他与母亲商量："要是水太大，就把丫头带回来，明年再考也不迟！"

进了城，虽然汛情的确不容乐观，但绝对没有传闻所说的水淹县城的地步，父亲稍稍放了心。但既然来了，不亲眼看到我，就这样回去了，又很割舍不下。

于是，他到我考试的二中考点门口，一直守候到考试完毕学生散场。为了试卷的安全，学校必须等到监考老师收好试卷无误后，才可以打开大门给学生放行。一道大铁门，里面是黑压压的学生，外面是焦急等待的家长们。大门一打开，就像河水开了闸，学生、家长两股河流汇集到一处，成了汪洋的海。

父亲在大门前，选了一处高台阶，踮着脚张望。他居然从人山人海中寻到了我。看见我与另一位女同学说笑着走出来，他彻底安心了。为了不影响我考试，他竟没有与我打招呼，甚至连午饭都没有吃，就匆匆赶回家。那天晚上，他到家时，已经是夜里十一点多了。父亲的脚上有厚厚的老茧，我总觉得有一层老茧是为我磨的。

我的心中一直有个结，为什么父亲可以在千军万马中寻找到我，而我不能？倒是同事一句话，帮我释了疑。"你父亲用心去寻找你的，而你，只是在做一种游戏，缺少了爱心，你找不到是必然的！"

时隔多年，我仍然怀念父亲那次爱的寻觅。

仰视父爱

儿时,仰视父亲,是因为身高的差距。父亲是一棵挺拔的大树,矗立在我的世界中,那茂密的浓荫是我奋飞的起点和支点。

那时,在我心中,父亲俨然是一本内涵丰富的百科全书。天上的云彩,地上的花朵,花开花落,冬去春来……睿智的父亲都会作出圆满的解释。经他的巧手指点,世间万物都赋予了生命与情感。物我相映,是快乐祥和的本源,我可以与花儿为伴,蝶儿共舞,生命自然相携为趣。青葱年少的我,满世界都是童话般的美好。

犹记夏日黄昏时,父亲常牵着我的小手,在落日的余晖里,一直散步到厂区后面的学校。尽管只是高中,却是当地最高学府。校园内的操场上,总有高高大大的学生,生龙活虎般地争抢着篮球。还有三三两两苦读的学生,零星地点缀着校园外的草地和田垄。我幼小的思想暗自萌发了朴素的意愿,一定要与书香为伴。感谢父亲,为我的人生蓝图巧妙地安排细节。

父亲从不打骂我们,但他的眼睛极具威慑力。做了错事,父亲眼角的余光,就足以让我们震慑。不过,父亲极为大度,他允许我们犯错误,毕竟,我们只是孩子,但他绝对不允许我们犯同样的过错。回望这三十多年的历程,父亲充当的角色,不仅是父亲,是老师，是镜子，更是朋友。

在我踯躅不前时，父亲总以他丰厚的阅历，诠释我心中的迷惘。高考那年，因为做模拟试卷不理想，我对自己的能力产生了怀疑。父亲洞察出我的沮丧，以书桌上的墨水瓶与文具盒为例，向我演示一个看似浅显却让我终生受益的道理："在解题过程中，你想到的是墨水瓶，别人想到的是文具盒，各有千秋，不要把目光停留在自己的不足上……"这句话，不仅渡我高考，还伴我以后的人生旅程，无论得失，我都能辨证对待。

威严的父亲从不乏慈爱。小时候，尽管生活拮据，父亲却会在我生日那天，给我一枚散发着余温的煮鸡蛋。长大后，父亲为了支持我上大学，不惜举债。而今，我的孩子已经上小学了，刮风下雨，总会惹起父亲无端的愁绪，他担心我接送孩子不方便。父亲常是笑着说："父亲，就是付不清啊，付不清这本儿女账啊！"其实父亲说反了，付不清的，应该是为儿女的。岁月的厚重，将父爱酝酿成一首无韵的诗歌，无需韵脚与脚注，低头，便可回味他经年的香醇。

父亲是乐善的，他因此广受敬重。即便现在，已是双鬓如烟的他，乐于助人的品德，依旧保持，并在我们身上得到传承。去年夏天，父亲到城里小住。一天傍晚，天气突变，乌云夹着狂风，低低地压境而来。在小区门口，遇见一个卖西瓜的中年汉子，他央求父亲把车里剩下的几个西瓜都买下，这样他就可以回家了。父亲转身望着我，我懂得他的心思，毫不犹豫地买下那些瓜，成全了父亲那颗乐善的心。

岁月荏苒，宛如清风，将父亲这本古雅的图书，越翻越薄。倘若将逝去的流光还原成册，串掇成一本厚重的日历，页页都记载着不尽的父爱。

不知何时，父亲的脊背佝偻起来，他愈发的瘦弱单薄了。可无论何时，看他，还是需要仰视！

一 面

我与她只见过一面。

她是一位旧式的江南妇人,头上扎着一帕蓝白相间的旧式方巾,身形瘦小、苍老,身上的衣服洗得发白,却也干净整齐。

初见她时,我分明看见她笑容背后的羞涩。接下去,居然不见她的影踪,只听得阁楼上"咚咚咚"的响声,有人在上上下下地跑着,过了一段时间,她终于出现了,端来了一碗热腾腾的茶叶蛋,原来她跑来跑去地忙,是急于煮好待客的茶叶蛋。江南的习俗,贵客登门时,要以茶叶蛋款待的。

她是深山里的女人,一辈子没有出过远门,集镇就是她去过的最远、最繁华的地方。或许这是她怕见生人的原因。第一次见到陌生的我,竟也羞赧。

我与她只见过那一面,却牢牢记住了这位旧式的女子。记住的不仅是她的笑容、她的羞涩,还有她的谦恭。

记忆中,她倚着门框,看我们在厅堂里说话,吃葵花子。她却像一个怯懦的少年,不肯与我们同坐一起,可是她却显得不知所措。

旧式的江南女子,是没有身份与地位的,无论长幼,即便自己的孩子也是直呼其名的。爱人与他的姐弟们当时都呼她为"娥",我竟不知如何去称呼她，我是不忍心直呼这位母亲名字的。尽管这是当地的习俗。

其实我如何称呼她，并不重要，因为她不懂普通话，我也不会说江南的方言。倘若没有爱人在中间翻译，我们之间的交流只是微笑。微笑是她最简洁的语言，她那淡淡的、满含羞涩的笑容，一直烙印在我心里最温柔的地方。记忆中的她，总是那么温和，没有主妇通常的那种喧嚣。即便在她的孩子面前，她也低微得像个仆人。

从她的神色中，我可以看出她的快乐，她是想接近我们的，但她终没有跨出那道门槛，只是远远地、微笑着看着我们，像是害羞的孩子。每次发现我也在打量她时，就又匆匆地回到厨房，好像那里突然又有很多的事情在等着她。

她有两个儿子，一个是抱养的，一个是亲生的；一个比较懂事，一个相当调皮；一个是大学毕业，一个连初中都没有读完；一个备受她的偏袒，一个总埋怨她偏心。那个得宠的大学生却不是她的亲生儿子。对她而言，是不是她亲生的无关紧要，关键都是她从襁褓中一手拉扯大的，她亲眼看着这孩子一天天地长大，这才是做母亲最值得骄傲的地方。或许，当她开始承担起做母亲的责任时，她就没有把他当别人的孩子。特定的环境，制约着山里人的经济，生活异常拮据，她却将这个抱养的孩子供养到大学毕业。还总在这个孩子回学校的时候，再悄悄地塞给他一些私房钱。她舍不得这个孩子在外面冻着、饿着。这个抱养的孩子，就是我的爱人。

她没有读过书，却喜欢别人能够多读书，爱人一直是她的骄傲。可惜她去得突然，我们还没有来得及回报她，她就这样匆匆离去。

整理她的遗物时，爱人说找到一罐剥好的葵花子仁，她是准备让他捎给我的，因为她看见我特别喜欢吃她亲手炒的葵花子。爱人把那罐葵花子仁带给我时，我的心里，就默默记下了这位很少言语、操劳一辈子，却从来没有过怨言的江南旧式女子。

十几年前的初见，我只是她儿子的女友，所以不曾称呼她为"妈妈"，还没有等到我们结婚，她就猝然逝去。留给我们的仅仅是一张办理身份证时多余的一寸照片，这也是她一生中唯一的照片。她就是我无缘的婆婆。

很多年以后，重拾起这段记忆，因为又是一年清明时。

真水无香

午休时，突然接到母亲的电话，问我什么时候有空回家。通常我都是每月回去一次，不知道这次母亲着急询问，是何缘由？

再三追问，母亲都说"没事"，我工作忙，她是知道的。沉吟片刻，她又以商量的口吻问："斌这几天要出差吗？让他顺便回来一趟吧？"我的答案依旧是否定，她似乎有点失落。沉默是明证。我不放心，又问一句："家里有事吗？"母亲迟疑了一下："也没什么事，就是想让你们回来带点蔬菜……"我可以听出她的失望。

或许最近接连出现的食品安全问题，让老太太不放心了。安慰了她几句，就挂了电话。

傍晚，母亲又打来电话，像是下了很大的决心："我明天早晨去你那里！"听说外婆要来，儿子欢欣鼓舞。平时想接她进城小住几天，都被她以农活忙推辞了。是的，季节是不等人的，一年二十四时节，打了春分，就得亦步亦趋地紧跟时令，母亲永远是忙碌的。

听说母亲特意给我们送点蔬菜来，先生笑着说："来回车费够买几篮子蔬菜了！"我也觉得母亲不会算账。不过，既然她要来，就让她来吧，平日请都请不来的呢！或许送蔬菜只是个托词，她想来看望我们，尤其是儿子，自幼从她手心里长大的，一段时间看不到，祖孙之间都会想念。

中午下班，厨房里已香味四溢了。母亲总是这样，走到哪里就忙到哪里。厨房里，堆放着各种蔬菜，足够我们吃半个月了。我笑她："怎么不把菜园子搬来？"她也不生气："不要紧，吃不了就送些给邻居。"

纸盒里整齐地摆放着俊秀匀称的土鸡蛋，都是母亲逐个挑选的，还有两只清洗好的鸭子。鸭子是母亲的宝贝，乖巧伶俐。早晨，天一亮它们就"嘎嘎嘎"地催促母亲让它们下池塘。黄昏，还会回家围着母亲讨食，一点不烦心。春季是鸭子下蛋最佳时节，母亲怎么舍得杀掉它们？

"要春耕了，怕鸭子下别人家的秧田，就赶紧杀掉了。"母亲最怕给人惹麻烦。"那你们就留着自己吃呗，这么大老远的，就是送鸭子来的？"在母亲的眼里，我们还只是没有长大的孩子。

对于我的责备，母亲并不介意，倒是很高兴地说："今天车上人特别多，我怕他们碰坏了鸡蛋，就把纸盒子抱在怀里。我刚才把鸡蛋鸭蛋都清点了一下，一个都没有破！"

母亲体质弱，有晕车的毛病。又带这么多东西，中途还需转车，真不知道她是怎么挪过来的？

想起海子的母亲，她从老家安庆带着一只装满50个鸡蛋的布包去北京看海子，经过几天几夜的颠簸，到北京居然一个鸡蛋也没有破。母亲一直抱着那个装着鸡蛋的布包。她相信儿子吃了鸡蛋，苍白的脸上会多一丝红润。我不知道那位老太太的姓名，我只知道她有一个名字——母亲。

母亲只在我家住了一晚，第二天就匆忙离去，说是不放心父亲。又说，本来是应该叫你爸来的，这几天他脚上长了个疖子，走路一瘸一拐的，不方便。我塞给她一些钱，她拉破口袋都不愿意要，倔强地说：“你爸交代过了，绝对不能要你的钱！”

母亲回去了，我不再讨论她此行值与不值。真水无香，真爱无价，母爱到底有多重，是金钱难以衡量的。

人人心中有尊佛

小时候，我们兄妹三人，带着母亲特许的一笔意外之资——5角钱，去商店买汽水喝。汽水是2角钱一瓶的，喝完退瓶子。倘使不退瓶子，需要3角钱。要打开玻璃瓶上的铁盖子，得用专门的开瓶扳，但二哥等不急商店的老头，开完第一瓶再去开第二瓶，效仿大人，在桌角边一磕，瓶盖被磕下来了，但瓶口也弄缺了口。老人眼见瓶口破损，急了。要我们再付一角钱，赔偿破损的瓶子。手里只有一角钱了，但二哥和我都不想给他，瓶子只缺了一点口，就让我们付一角钱，这太不合算了。

老人看我们磨磨叽叽，看穿了我们想赖账的心思。厉声问道："你们是哪家的孩子？"做错了事，不敢再撒谎，只得老实交代了父亲的名字。不料，老人听道父亲的名字后，神情缓和了许多。"你们是轧花厂的？文革时，你爸爸在我们村宣传队，做了不少好事。就冲着你爸爸的为人，瓶子不要你们赔了。"二哥与我感恩戴德，没想到，父亲的名字，也能救急。不过，还是大哥年长懂事点，他觉得越是这样，越不能抹杀了父亲的好名声，他坚决让我把手中的一角钱，放在柜台上。

在我成长的过程中，也深切地感受到，父亲的好声誉，给我们带来的荫护。我逐渐明白，行善积德，未必是为别人，而是为自己，为子孙后代。你会在不经意中，享受意料之外的回报。尽管你当初并非刻意去做这件事。如《易经》所说："积善之家必有余庆，积不善之家必有余殃。"

在我们的心中，都有一尊佛，我们扪心自问时，问的不是别人，而是这尊佛——心中的"大我"。

今年中考成绩出来后，我赶紧与学生联系，帮助他们在第一时间电话查询分数，得知几位同学考出优异的成绩，以绝对优势升入省重点中学时，我高兴得手舞足蹈。在场的一位朋友笑我："你太天真了，这么值得高兴呀？有几个学生记住初中老师，他们印象中最深刻的一般都是小学和高中教师，你对他们好，他们还以为是应该的……"坦白地说，我没有想着要谁记得我，这只是我的分内事而已。中考结束后，接到一条没有署名的短信："谢谢您这三年来，不仅教我们知识，还教我们如何做人……"不知道是哪位学生发的，也没有追问，我不想打破这种意境。能有这份心，就足够了。

下班后，我将文件包丢在家里，顺便去超市购物，儿子接过我手里的东西，很老成地问："不进来喝杯茶吗？"一个年幼的孩子，居然学会了关心别人，我忍不住笑了。他很认真地反问道："你不是经常这样对别人说吗？"

我知道，父亲心中的那尊佛发光了，它不仅点亮了我，也照耀着我周边的人。

石榴红了

又是金秋石榴红的季节。想起外婆家的门前,也有一棵石榴树。小时候,尤其是九月,很喜欢去外婆家,因为石榴红了,熟透的石榴,会咧开嘴,露出一排排晶亮的石榴米儿,每一个果实就是一个诱惑。

听说这棵石榴树是舅舅从很远的深山里挖来的,刚栽种的时候,它还很瘦小。经过舅舅精心的培植,这棵石榴树逐渐枝繁叶茂了。外婆很喜欢这棵树,倒不是因为它的果实,而是因为五月的石榴花开,一树红花,一片火红。外婆把它看成是吉庆的祥云,说这肯定是一个好兆头。

花谢后,果实就蠢蠢欲动了。从一个指甲大的小球儿,逐渐长成拳头大小。果实还没有成熟,就陆陆续续被邻家孩子摘去了很多,外婆也不阻拦,只要来年的花,依旧开得那么鲜亮,外婆的脸上仍然会荡漾起会心的微笑。

石榴花开了几个春秋,随着枝干的粗大,花也越开越多,越开越艳了。

可是,有一年春天,石榴树无端地死了半边,五月的石榴花也开得稀稀落落,经过一个漫长的雨季,只有很少的花蕾,成长为丰硕的果实，有的虽然已经长到拳头那么大，也会莫名地从枝头坠落，拣起来一看，原来是雨季的霉菌早已经将它侵蚀了。

那年深秋，舅舅便大病不起了。好似花也懂人心一样，它感激于舅舅将它从贫瘠的深山里移栽到肥沃的土地上，并且这么多年来，始终如一地对它精心呵护，所以，当它"预知"到舅舅的疾病时，也惨淡零落至此了。我们一家人，更加器重这棵石榴树了，觉得它就是神使的化身。

舅舅去世的那天夜里下了一场大雪，大雪淹没了送行人的脚印。他就这样一去不归了。

舅舅去世后，外婆在情感上对那株石榴树产生了依赖，在她看来，那株树就是舅舅的化身，是舅舅冥冥之中的安排才种下这棵树，为了陪伴她，安慰她。自此，她对石榴树的照顾就更尽心了，春来灌溉，夏来捉虫，秋来施肥，冬来整枝，催它入眠。虽然是一棵树，却像是对儿女的一片心。

一年又一年过去了，外婆精心地呵护着它，让它在春天把花开得最艳，在秋天把果实结得丰硕。石榴树成了一根线，一头牵着地下的舅舅，一头连着记挂他的亲人。

去年清明，给舅舅上坟的时候，竟然发现他的坟头，竟长出一棵细小的石榴树，或许是舅舅以此告慰思念着他的亲人吧。

又逢石榴红时，路旁几株自生的石榴树上，一个个干瘪瘦小的果实，铃铛似的挂在枝杈上。大概是因为土地贫瘠，且缺少雨水的灌溉，石榴干涩瘦小，才无人问津的。看着这些石榴，似故人又在眼前。

第三辑 爱的姿势

最美的爱的姿势是什么？是拥抱？是亲吻？还是化蝶以后的翩翩飞舞？在我的眼里，永恒的爱的姿势，就是在危难之际的奋不顾身，在意外面前的挺身而出……

爱的姿势

最美的爱的姿势是什么？是拥抱？是亲吻？还是化蝶以后的翩翩起舞？在我的眼里，永恒的爱的姿势，就是在危难之际的奋不顾身，在意外面前的挺身而出……

灾难悄然降临，母亲在无法抱着孩子奔脱危境的情况下，双膝跪地，双手伏地，以她并不宽阔的脊梁，为孩子撑起一片天空。救援部队发现母亲的时候，她已经停止了呼吸，但她怀抱下那个三四个月大的婴儿，却安然无恙。突如其来的地震，并没有让母亲惊慌失措，她选择了最具保护力的曲膝弓背姿势，诠释了爱的深刻内涵。

爱的姿势，是年轻母亲为新生宝宝创造生还机会的姿势。

废墟下面，还有一个已经没有生命体征的母亲，但孩子依旧被拥在胸前，吮吸着乳汁。母亲在临死之前，最后一次将母爱倾注给她的孩子。

爱的姿势，就是把爱毫无保留地倾注的那个姿势。

一位老师在地震袭来的时候，将四名学生塞到讲台下面，自己用双手死死护住了讲台，救援人员赶来的时候，为了解救出讲台下的四名学生，但无论怎么用力，都扳不开老师护住讲台的手。他就以这样的姿势，定格了老师对学生永久的爱。

爱的姿势，是将生的希望留给别人，以自己的身躯为学生挡住死亡的那个姿势。

为了拯救废墟下的幸存者，战士们用手刨开坍塌的楼房，指尖流着鲜血，自己累了垮了，全然不顾，仍然哭着对着搀扶他的战友说："求求你，让我再救一个吧！"

爱的姿势，就是在别人危难之际的奋不顾身。

一只只素不相识的手，纷纷向捐款箱投入了自己对灾区人民的爱心。一位老人，将自己搬煤饼换来的血汗钱捐献出来；许多孩子，打破了自己的储蓄罐，将平时积攒的零用钱，全部投进了捐款箱。

爱的姿势，就是在他人遭受灾难时的慷慨救助。

一双双颤抖的手捧着蜡烛，为灾区人民默默祈福；一根根摁在汽车喇叭上的手指，以经久不歇的长鸣为灾难的5·12沉痛哀悼；一个个满是泪痕的脸庞，记住了这举国的哀思；一声声"汶川，加油！"的口号，寄托着中华大地心系汶川的深情。

所有这些姿势，都以它特有的方式，筑就着爱的丰碑。

一场无情的灾难，给我们带来了无尽的哀痛，灾难面前，我们的不退缩，不放弃，同时也放大了人性的完美，放大了人与人之间的真情，唱响了大爱无疆。举国上下，老人与孩子携手同行，穷人与富人同行，熟悉的人与陌生的人同去，以这些永恒的姿势，预示着祖国的明天与希望。

落花有声

校园大门边，有一株高大的广玉兰，硕壮的树冠，伞似的撑起好大一片阴凉，是歇脚的好地方。

初夏，广玉兰开得正欢。洁净的花儿，半隐半露地展示着少女的娇羞。花心朵朵朝上，让我想起五心向上的肉身菩萨。莲一样的花，也与佛有解不开的缘。

花开无声，仿佛阳光下婉转的笑容。微风吹送，馥郁的花香一浪拍打着一浪。有型又有味，我喜欢花开的姿势，如同树梢上高高挂起的灯盏。

落花，是有声音的。花瓣坠地，"砰"的一声，仿佛轻叩心门。我喜欢站在树下，低头谛听生命的韵律。也喜欢站在高楼上，俯瞰低处的花树。每一个有关生命的主题都可能成为一道风景。

看门的老人，一手拿着扫帚，一手端着箕畚，仔细地把每一片刚落下的花瓣清扫起来。树下，永远干干净净。收拾了残花，树又是年轻的。老人神色怡然，对落花丝毫不见嫌恶之情，仿佛不是在清扫垃圾，而是在完成一项庄严的使命。花开得勤，落花纷纷，整个上午，他一遍又一遍重复着同样的工作，乐此不疲。

树叶的缝隙中，还零星地夹着几瓣泛黄的落花，老人取来一根竹竿，小心地将花瓣剔下来。他的动作很轻缓，似乎是怕弄坏了叶子或者其他花朵。接着，老人又搬出一条长凳，坐在树荫下看报纸。

来来回回地从树下经过，树上树下，都被老人收拾得井然有序，树崭新崭新的。我对老人，又多了一重感激。

今天中午放学时，他的老伴特意叫住我，夸奖我"真是文化人"。我的信件和稿费单都是经由老人签收的，他们对我的物品格外慎重，每次都是单独放进抽屉里。别人的信件，都是按照常规放在橱窗里的。

久而久之，我与老人之间多了几许默契，每次有我的信件，从他的眼神中我就可以判断出来。偶尔，无信件的日子，老人也仿佛安慰我似的添上一笔注脚："你的信还在路上！"见到老人时的心情总是愉快的。

喜欢老两口不仅因他们对我格外地照顾，更多的是他们那份勤谨与谦恭。传达室里有很多杂物，但老人可以把它们各就各位，传达室依旧是整洁的。遇到阴雨天，那里还有浓郁的桂花香味。起初并未留意，次数多了，忍不住要问一句："怎么这样香啊？"他笑着解释："老太婆怕阴雨天，房间味道不好闻，就洒了点香水！"其实，我们都是匆匆过客。

老人是个勤快人，歇不下来。闲暇时，时节不同，他们从家里带来的东西也不同，初夏的桃子和栀子花，九月的桂花，深秋的柿子……老人不吝啬，更不市侩，他们总是用脸盆装着摆放在我们签到的桌子上，签过到的人，随手就可以拿几个。我们还常常开玩笑说：签到的有奖赏。这奖赏，是老人给的。

暑假就要开始了，两个月的假期，不知道如何安置桌上的吊兰。思前想后，传达室是最好的地方。把花盆端进去传达室，老人心领神会地接过去，指着花盆承诺似的说：要定期浇水！看看屋后的窗台，已摆放了好几盆花。他们比我来得还早。

把花交给老人，再放心不过了。

破茧而出

小时候，家里一只老母鸡孵小鸡。母亲要去上工，就叮嘱我看好母鸡，以免母鸡不小心把刚孵化出来的小鸡踩死了。有些没有经验的鸡妈妈，时常会犯这样的错误。小鸡出了壳，焐干了绒毛，就必须拿出来，单独放进一只塞着棉絮的小木桶里。

我喜欢小动物，对小鸡也不例外。为了最大限度地照顾好这些小鸡，我每隔一段时间就把老母鸡抱出来，看看小鸡有没有破壳而出。自然是神奇的，一只鸡蛋里竟然可以生长出一只小鸡，对当时的我来说，是太玄妙了。小鸡天生就会啄壳，虽然有的蛋壳完好无损，放在耳边细听，就可以听见微弱的啄壳声"笃，笃，笃……"它们耐心地啄着壳，像是在敲一扇通往世间的大门。

大多数小鸡都可以破壳而出，但有的就没这么幸运。我想，是不是它没有力气啄开壳，才闷死在壳中。为了给予它们更多生的机会，我把剩下的鸡蛋挑出来，从鸡喙啄破的地方，把余下的蛋壳一点点剥离，让它们畅快地降临到这个世界。

不过，后果不是我预想的。被我拉进这个世界的小鸡，很快就悄然离世了，它们甚至连站立的机会都没有过。我不知道其中的玄机。

长大后，才明白，原来啄壳的过程虽然痛苦，但这个历程，却是小鸡成长时不可缺少的重要的阶段。因为这个过程的磨砺，小鸡会更茁壮。后来，我再见到小鸡费力地啄着蛋壳时，我会带着喜悦的心情在一旁凝听，宛如倾听生命的足音。

再后来，儿子与我犯了同样的错误。他养了几条蚕，但他等不急蚕蛾自己从茧里钻出来，就撕开蚕蛹。结果呢？蚕蛾没有像蝴蝶那样飞起来，它们的翅膀太脆弱了，身体也太虚弱了。

早晨上班时，看见一位朋友骑着车，送他上高中的孩子上学。我很好奇，高中生了，还需要这样呵护？朋友笑了笑，为了给孩子节约时间嘛！不止如此，孩子除了学习，连挤牙膏、打洗脸水之类的事情，都由父母包办了，孩子成了单纯的读书机器。这让我又想起那些被我剥离蛋壳的小鸡，它们是那么的脆弱。

作为家长，总希望孩子一路顺风，少走弯路。所以尽可能地去帮助他们，恨不能有捷径可以超越。但他们忽视了一个现实，孩子成长的过程中，除了知识的增长，还有阅历的增长，有时候还需要走一些弯路，就像一阵风吹过，树苗在左右摇摆的过程中，根基才更扎实，枝干才更有韧性。以苦难作为垫脚石，脚下的路会走得更踏实。

美丽的蝴蝶都会飞起来的，因为它们有过破茧而出后的坚强。你会不会让你的孩子自己"破茧而出"呢？

像狐狸一样爱孩子

包饺子时剩下一点菜馅,还得再添些饺皮。但傍晚我下班时,饺皮一般都卖完了。突然想起儿子上学的路上,有一家卖饺皮的店,干脆让他顺便帮我买点饺皮。可是,儿子看着钱,一脸无奈:"我不知道在哪里买啊?"看他那神情,就知道他想偷懒,不愿意帮我做事情。通常,这种情况下,我肯定会说:"那就算了吧!"但老公不依不饶,对他吼道:"那你就在街上一家一家地问!"儿子见老爸生气了,知道是躲不过去,只得悻悻地接过钱。

下班的路上,我一路琢磨着:儿子买回饺皮的可能性会超过百分之五十吗?虽然十岁了,但我一直把他当幼儿养活的。就连换一双袜子,他都会大喊着:"妈妈,快帮我拿袜子啊!"我和他都习惯了这样的呵护。

儿子终于回来了,还没有进门,就高高地举起饺皮对我炫耀说:"妈妈,你看!"他还真将饺皮买回来了,让我始料不及。儿子一边换鞋子,一边说:"我把钱给她,还对卖饺皮的人说:'别少给称啊,我经常在你这里买东西的哦!'"这句话是我经常对菜市场的卖菜人说的。没想到,他竟然悄悄记在心里,适时模仿了,我忍不住"哈哈"大笑起来。

晚上，我很得意地对老公说："儿子真的长大了，买东西还会让别人不能少斤两了！"老公看了我一眼，半是嘲弄地说："你以为儿子是弱智啊，你总是把他当低能儿待，他迟早要被你愚化的！"他总是反对我做"全职妈妈"，对儿子的事大包大揽。

是我低估了儿子的能力，他本来可以有更大的空间去表现自己的，但机会被我扼杀了。看来，不是儿子能力有限，是我们限制了他的能力。为了让儿子有更多的成就感，我刻意安排他做更多的事情。有几次，看见儿子毛手毛脚地洗碗，笨拙地收拾自己的房间时，我都忍不住想去帮他，但最终还是被老公制止了。我问老公："他都急得要哭了，我们还假装没看见，是不是太狠心了？"他不屑地说："随你了，你希望儿子永远长不大，你就去帮他了！"我明白他话中的意思。

日本电影《狐狸的故事》讲述的是一个关于北方红狐狸养育、教育孩子的故事。老狐狸在小狐狸刚刚长大的时候，却一反常态，拼命将它赶出家门。最终，无奈的小狐狸一步三回头，远远地离开了，开始它们的独立生活。事实证明，没有老狐狸的"狠心"，小狐狸最终会被淘汰的。

像狐狸一样爱孩子，我想，这大概是爱孩子的最高境界。

爱心是最好的佐料

喜欢回家,吃母亲做的饭菜。菜还没有端上桌子,厨房飘出扑鼻的香味,就让人食欲大增。

结婚后独立生活,最先困扰我们的,就是谁来担任厨房"煮人"这一角色?一般情况下,我们都是通过"锤子、剪刀、布"的形式来解决。偶尔一次,亲眼目睹爱人炒韭菜的时候,加上少许水,然后盖上锅盖焖烧。炒韭菜变成水煮韭菜,难怪他炒的菜总是惨不忍睹。从此,爱人因为这一"劣迹"被解甲归田,剥夺了他掌厨的权利。我顺理成章地荣升为一家之"煮"。不料他却因为放下"厨"刀,立地成佛了。现在想来,"水煮韭菜"或许就是一场阴谋。

长年累月从事"煮妇"工作,难免消极厌战。投机取巧是常有的事,尽可能降低厨房里的劳动量。我敷衍着做,他们硬着头皮吃。吃饭,对于我们来说,只是必须的生活流程,没有多少诱惑可言。

总是很奇怪,为什么母亲做的饭菜那么可口诱人呢?就连炒青菜,吃起来都很爽口。一向挑食的儿子,回家吃饭也乖多了,不需要我拿着棍棒,吆喝着"你吃不吃,一二三……"为了儿子,我决定向母亲讨要秘籍。

母亲慢条斯理地说:"哪里有什么秘籍啊,就是用心做呗!"乍一听，这句话似乎很平淡，但仔细一推敲，却暗藏玄机。母亲每次做饭，都能站在每个人角度去考虑：父亲牙齿不好，所以有的菜要炖烂一点；爱人是南方人，不喜欢吃辣的，她会兼顾到他的饮食习惯；儿子挑食，母亲总是变着花样做菜，从形式上吸引儿子。平日里，做饭对我来说，是件头疼的事。心不在焉，肯定做不出可口的饭菜。

于是，我尝试着用心去烹饪。为了翻新花样，我还在电脑上学了很多做菜的新方法。面对花样推陈出新的饭菜，儿子大感新奇，挑食的儿子不再皱着眉头吃饭了。以前，纵使菜做得味道还可以，但因为看着平淡无奇，他连尝一尝的念头都没有。

有一次，我做了一盘清蒸水豆腐，再撒上一些芫荽。色香味俱全，儿子一边吃，一边问："妈妈。这道菜又是你从电脑上学的吗？"或许在儿子的心目中，电脑中学来的烹饪方法，就是最高级的。我赶紧点头称"是"。儿子又好奇地追问："那么这道菜叫什么呢？"我倒被问住了，总不能直接说"清蒸水豆腐"。于是，脑筋一转，给菜起了个名字——"青葱白玉"，显然，儿子被这道菜名吸引了。

望着大口大口吃着家常豆腐的儿子，爱人好奇地问我："你妈妈是不是给你什么秘密配方了？"我诡秘地笑了笑说："她教我炒菜的时候添加一道佐料！"

青年教育家林格认为，运用心灵感应教育孩子的过程中，称职的母亲每天要为孩子和家人，毫无怨言地做一顿晚餐。看来，这晚餐中，还包含着爱心艺术。要做好每顿饭，毋庸置疑，爱心是最佳的烹饪佐料。

送学记

又逢桂子飘香时,多少学子,几经沙场鏖战,终于突破重围,如愿以偿地拿到一张通往高等学府的"门票"。

沉寂一个夏天,冷清的交通路线又沸腾起来,无论是火车站,还是汽车站,到处是拥挤的人群,大包小包的行李。长长的买票队伍,甚至一直排到售票大厅外。

哥哥的孩子也成为百万高考大军中的幸运儿,更巧的是,侄女竟考入我曾就读过的大学。为了让她在大学有更好的照顾,母亲敦促我和爱人,开车送侄女去报到,就这样,连同哥嫂,我们一行五人,浩浩荡荡开赴学校。可惜车子只能乘坐五个人,否则,我的儿子也会同行的。那样的话,我们的送学队伍,还会更加壮大。

虽然毕业十多年,但母校并不陌生,尤其是当年的恩师,与我们的感情依旧深厚。岁月荏苒,校园确是变化万千的。在校警的指挥下,我们将车子停泊在临时开辟的停车场上,其实,这本来是个大操场,偌大的场地齐刷刷排列着大小车辆。看牌照,可以看出它们来自祖国的各地。本以为我们车开送学,是引领时代潮流的,没曾想,原来这已不足为奇了。

打电话联系当年的班主任,说我们已经到了停车场,他居然询问："在哪个停车场？"原来几个校区，都分别开辟了停车场。还有一辆辆大客车，源源不断地将四方学子以及他们的家长运送过来。站在连接南北两校区的彩虹桥上，俯视校园，到处是黑压压的人群。

走在拥挤的校园内，不禁纳闷，怎么这么多人呢？安排侄女住宿的那位老师笑着说："我们学院现有在校生一万多人，这几天，加上学生家长，这里至少有两三万人！"我和爱人相视一笑，看看我们家的送学队伍，就可以窥校园全貌了。

校园里到处是忙碌的人群，车来人往。我和嫂子忙里忙外，领来寝具，收拾床铺。爱人和哥哥则忙着将侄女的随行日用品搬上来。侄女的日用品好像特别多，箱子、包裹塞满了后备厢，大包小包搬上来，竟占据了半个寝室。

嫂子一刻不停地忙着收拾着，侄女木然地站在旁边，一副手足无措的样子。担心嫂子收拾好东西，侄女以后自己找不到，我执意让侄女亲自动手，嫂子看着女儿慢腾腾地整理着自己的日用品，又是一脸的不舍，好像是让孩子遭受了委屈一样。

正在这时，宿舍里又来了一位苏北的同学，她在另一个同学陪同下，领好自己的日用品，就开始整理床铺了。除了学校配置的日用品以外，她的行李很少，一个背包，两个塑料袋，便是她全部的家当。

这的个子不高，瘦削的小女孩，竟是独自从遥远的家乡，千里迢迢前来报到的。看着她爬上爬下，麻利地收拾着自己的东西，我忍不住去帮她一把，她羞赧地笑着说："我行，阿姨！"

回程中，很长一段时间我们都默默无语，想着各自的心事：哥嫂还沉浸在离别女儿的难过中，而我，则一直在回味爱人的那句话："迟早要断奶的！"事实上，第一次单飞的燕子很多，只是有的是早已断奶，翅膀坚实的燕子，可以熟练地驾驭航线；有的，还只是个没有脱离"奶嘴"的小孩。不知道这是家长的过，还是孩子的错？

天使的眼神

那次老公阑尾炎手术住院，因为住院部人满为患，找了熟悉的人，才勉强在另一个病房里给我们添加了一个床位。同住的两个人中，一个也是阑尾炎病人，不过，快要拆线出院了；另一个是位身患多种疾病、将不久于世的老人。

快过年了，那位患阑尾炎的老人病愈出院了，但另一位却一天比一天病得沉重。老公刚做了手术，我就在医院陪护。到了晚上，那位老人突然呼吸不畅，陪护他的老伴警觉地发现了。却因为年龄原因，一时不知所措。老人的响动，把我也惊醒了。一边安慰老太太，一边赶紧按响床头的报警铃。但迟迟不见值班护士出现。难道她们睡着了？我按捺不住内心的愤怒，直奔值班室，想去拿她们试问。值班室里空无一人，正在纳闷，一阵急促的脚步，一位小护士拿着刚换下来的空药水瓶回到值班室。另一位护士正在照看危重病人。来不及细想，拉着她就往病房里跑。她熟练地给老人配了呼吸机，又给他配了心电监控仪。并在老太太的帮助下，把病人弄脏的床单换下来。小护士往返穿梭在病房与值班室之间，给老人打掉针。老人的情况逐渐缓和下来，嘈杂的病房又恢复了安静，只听见老人微弱的鼾声。

当小护士再次回到病房时，我细细打量着她，大口罩遮住半张脸，却掩饰不住她的青春韶华。忽闪的大眼睛，不时看看掉瓶中的药水和心电监控仪上的数据。花季年华，她们本应该在阳光下璀璨，但她们选择了护士这一职业，选择了与满脸愁容、痛苦不堪的病人打交道。我一直看着她，看她麻利的动作，清澈的眼神，感觉永远是那么不慌不忙，有条不紊。

中午，我去买饭。等我回来时，看见一位护士正坐在我老公的病床前，原来是我的文友刘芳。那天我在楼梯口与她不期而遇，今天下班时，特意过来看看我，正好我去买饭了。她就留下来等我，也帮我照看着老公。刚才来不及收拾的病房已经拾掇干净。我总觉得病人的东西都是污秽之物，让朋友料理，实在说不过去。

然而，刘芳的话，让我诧异中又平添了几分敬意："没关系的，哪里有那么多讲究的？我们都习惯了，做护士的，早就超越了这些概念。天天与病人打交道，不是大小便，就是呕吐流血，要是嫌肮脏，那你天天连饭都别吃了……"想起我的大嫂，她也是护士。似乎没有看见过她在家里过过年，几乎每年大年三十，或者正月初一，她都在值班。作为护士长的她，总是以身作则。

眼前这位文友，身穿着粉色的护士服，头戴着白色的护士帽，在纯白的病房里，抿着嘴微笑着，柔和的目光显现出她的娴静温淑。我终于明白，为什么大家都称呼她们为"天使"了！

行走的风景

暑假不算短，七事八事总在忙，似乎永远不得空闲探望双亲，虽然只隔百里。假期快结束，才把探亲事宜提到第一要务。儿子心血来潮，要骑自行车前往，此举遭到一致反对，担心天气炎热中暑。另外，路途遥远，怕他体力不支，毕竟还是个孩子。但他似乎决心已定，我也认为人生需要有不同的体验，不论结果如何。最终我成了他物质和精神上的后盾。

为了避免暑热，天刚破晓就动身，从市区进入湖滨大道，我拍了许多照片，此时朝阳还未现身，霞光已经染红天际。远处工厂的烟囱高高地擎起一柱青烟，风轻云淡，烟聚拢着，浓浓地一笔划过天空，仿佛大漠里一队旌旗飘扬的彪骑军。

出了城，世界好像突然开阔。湖边桥头车辆盘踞，影影绰绰中人头攒动，声音嘈杂，他们眺望湖面似有等待。今天开湖，这些鱼贩子早早等在船闸，静候渔船打回今年第一船鱼。印象中很多画面都是夕阳下晚归的渔船，满载一船收获。歌曲《洪湖水浪打浪》中唱道：清早船儿去呀去撒网，晚上回来鱼满舱。有谁知道，巢湖的晨曦中鱼帆点点，不是出航，是凯旋。这是一次概念性的颠覆。

本来开车跟随儿子，是怕他中途坚持不住，随时准备收容残兵败将，不想他越战越勇，我只需要前面开路。走走停停，竟有了几多意外收获。一处荷塘里莲花开得正旺，满池塘粉红的莲花喧宾夺主，硬生生将莲叶比衬下去。沿途还有连片的荷塘铺天盖地，望不到尽头。夏日我曾想趁着去赏荷，却苦于寻觅不到合适的地方。无意中在此邂逅，忍不住要感慨，哦，原来你在这里！

我是典型的拍客，拍下的每一组照片都能成就一段散文，每一组照片都是情投的过往记忆，翻阅，心驰骋，与往昔意合。有时还能幸运地捕捉到精彩镜头，青岛栈桥边海鸥缭绕的蓝天碧海，还有成山头气势恢弘的雪浪击石，好多朋友都引用做了电脑桌面。

心在哪里，哪里就有风景。熟悉的地方也不例外，黄昏行走在"故乡"这个稔熟的字眼里，周身笼罩着薄暮朦胧的紫，晚霞妩媚，焕发年轻的色彩，散射到地面变成靛青雾幔，近处的田垄和乡村已经静默成昏黑。庄凝，对，就是这个词，油然而生，在我心头激荡起一浪高过一浪的神圣。

夏季的时候，回江南深山里，给去世周年的婆婆上坟，本不是好差使，天气炎热，沿途路径难走。不过换种心境，就大不相同。陌生的地方景色多，我一路走一路拍摄，把这次苦旅当成一次文化采风，照片发到博客上，大家竟以为我又去名山大川旅游了。

雪妮问我最喜欢哪两个字，闪念中，就定下了"山水"这两个字。朝山谒水，没有比这更能开阔胸襟。《古兰经》中，一位禅师懂得移山大法，众人都想一睹为快。禅师打坐，口中念念有词，却不见远处青山移步过来，众人大失所望。禅师起身走向青山，有人问其故，禅师说：山不过来，我就过去。

在我而言，走到哪里，哪里就是风景，风景不过来，我就过去！

闲庭栀子香

传达室的盛氏夫妻，也是喜爱花木之人，听老先生说家有一株硕大如蓬的栀子花。总在花开时节，一日一篮地摘来放在传达室里，来此签到的老师都喜欢拿几朵，花总是人见人爱的。有一次我去晚了，篮子里零星地散落着三五朵开得过盛发黄的栀子花。老妇人赶紧差遣老先生把里屋养在水里的几朵新鲜的送予我。

倒不是得人好处，才处处说人好话，老夫妇素来为人和气。老先生还很有才华，虽未投师拜学，却能做得一手好盆景，前段时间还受人之托，塑了几只鹤，立在花坛里，我疑心点了彩就会飞走。自从看过金庸的《天龙八部》，每每见他清扫校园，忍不住暗地里揣度老先生的前世今生，寻思他是不是隐逸乡野的扫地神僧？

前几日从《三柳轩杂识》偶得，元程棨尊栀子为花中"禅客"，仔细端详，花开玉白，温婉持重，素净若荷，果然是仙风道骨。无论花形花色，抑或氤氲芳香，都给人脱俗宁静之感。于身色有用，与道气相和，着实配得上这个"禅"字。乡下的女人们总喜欢将栀子花别在衣襟的扣眼上，匆匆从身边走过，擦出的风也是妙香袅袅。

我对花的喜好不只是停留在视觉的享受上，私下里还会扯了花瓣细细咀嚼。经年累月倒是得了些心得，花瓣厚实、色彩淡雅的吃起来才有滋味；单薄的花瓣，绚丽的色彩，往往味若嚼蜡。

学妹王璐是金华人，提到她，别人会想到金华火腿，但我的印象里却是师妹常说的"黄瓜山栀子花面"，还邀请我去品尝，向我描述黄瓜爽口，山栀子花清苦，吃了舒筋活血，有健体强身、解除疲劳的功效。还一再强调，山栀子花是当季的最佳。

我竟不知栀子花亦可入菜，那日从乡下采了一袋栀子花，怕花蔫掉，一股脑塞进冷冻室里。早晨再打开冰箱，花瓣冻得脆如薯片，花色亦微黄，想来低温也保存不住她的刹那好光阴。怨自己那日未趁着新鲜，仿照师妹传授的做法，清炒了做菜。省得家人笑我，生着法子做怜花人。

我是喜欢侍弄花的，因为花，纵使将自己低微到泥土里，也从不厌嫌。只是不能精通花性，常误了花卿性命。好在栀子花命贱，落地生根。儿时喜欢邻家的栀子花，约她给我分根，结果给我的竟只是一段桠枝，并无根须。为了掩饰光秃秃的枝干，用一团秧泥包裹着送予我。当着面不好怯她的情，勉强将花枝栽插在泥土里。数日后居然成活，萌了新芽。回头想一想，妄自揣摩了人家一份好意，少不得一番自责。后来才知道，栀子花生命力极强，以一枝浸在水中就可做成盆景，还有个美名叫"水横枝"。

喜欢明代石屋禅师的禅诗《山居》：过去事已过去了，未来不必预思量。只今便道即今句，梅子熟时栀子香。庭前栀子，疏篱木樨，原来处处都是无隐的禅理。

儿子打工记

去年暑假，孩子们特别流行溜冰，我给儿子买了一双一百多块钱的溜冰鞋，但儿子总嫌不好，说轮子是塑料的，滑行速度跟不上，小朋友一起滑的时候，他总是因为鞋子质量问题而掉队。经不起他的软磨硬泡，最终还是给他买了一双塑胶轮子的，面料也柔软多了。不料，爱人却因此大发雷霆，批评我把儿子惯坏了。他的口头禅是："穷养儿，富养女！"对待男孩子，一定严格要求，不能他想要什么就给什么。我觉得他的话也不无道理。

今年春天，小孩子们又时兴骑自行车了，每到周末傍晚，一群孩子相约在广场上骑车子。我们家的车子太高，儿子脚够不着。他想要一辆20寸的小型车子。有了上次的教训，我不敢轻易做主。经过再三的磋商，爱人决定以打工的形式，让儿子自己赚钱买车，用汗水换来金钱，他就知道金钱来之不易了。

儿子很高兴地答应了。他以为赚钱是件很轻松的事情。我们公布劳务费用：每天叠一次被子5角钱，洗一次碗1元钱，做一次好事1元钱……儿子在心里一合计，这样打下去，到年底也未必买得起一辆车。他提出异议，要求抬高工资水准。譬如，洗一次碗15元，拖一次地20元……

这是不合理的要求。底薪家庭怎么可能雇佣高薪保姆呢？儿子见我们态度坚决，担心提多了要求，这桩"买卖"泡了汤，只好妥协。为了确保我们不漏发工资，每天他做完事情，就在日历上做个记号。但几天的热情过去了，他已不再是抢着做事情了，看他懒洋洋地躺在沙发上的模样，我故意扬言要终止合同，儿子慌忙从沙发上跳起来，赶紧去做事情。

　　闲暇的时候，儿子开始盘算着他的小九九。照这样的打工速度，买辆他心仪的自行车，春花落了，秋果熟了，也未必成行。于是，儿子又开始讨价还价，要求我们提前预支工资，先帮他买了车子，余下的欠款，他继续打工偿还。这个要求也不太过分，为了不使"和谈"破裂，我们各自让了一步，车子先买，钱务必要还，儿子爽快地答应了。

　　经过几个月的努力，儿子基本还清了债务，看他如释重负的神情，我们暗自偷着乐。不仅因为他学会了做家务，更重要的是，在他的身上，已经有一定的责任心和信誉度了。

　　快放假了，我想让儿子继续他的打工之路，于是启发他："儿子，你确定了新的目标了吗？暑假你还可以继续打工赚钱啊！"儿子不屑地摇摇头："要赚钱，也不想靠打工赚了，体力劳动赚钱的速度太慢，也很辛苦，我想好了，要凭脑力劳动赚钱！"我很好奇，不知道他小小年纪，如何靠脑力赚钱。儿子解释道："那很简单啊，就是凭考试赚钱啊，我们同学，考100分他爸爸奖励他100元，考95分就奖励50元……"

儿子去军训

开学之初,儿子首先要参加一周的军训。这一周时间,吃住都在学校,并且禁止家长探视。孩子长这么大,从未离开过我们,他过惯了"衣来伸手,饭来张口"的懒汉日子。冷不丁把他送到一个陌生的环境中,要求一切自理,真担心他坚持不下来。

报到前,我花了半天的时间做准备工作。首先是采购,"东市买骏马,西市买鞍鞯",按照清单列的,把儿子喜欢吃的、用的一一备齐。即便如此,还是担心儿子摸不着方向,分不清哪个东西是他自己的,或者分不清物品的作用,毕竟只是个十岁的孩子。我在每个物品上贴了个小标签,写上儿子的名字和用途,连毛巾上都绣了标志。

其实准备工作早在半个月前就开始了,教儿子怎么洗衣服,如何晾晒,千叮咛万嘱咐,儿子都嫌我烦了。没想到,临出门时,儿子竟问了个让我哭笑不得的问题:"妈妈,到底是先洗衣服,还是先洗澡?"

虽然只是新生军训,但校园里的热闹劲,赶得上开学了。到处都是家长和孩子。报到后,找到宿舍,教儿子把日用品一一归类。第一次住校,儿子感觉还是挺新鲜的。

刚领来的衣服和鞋子都大了，裤子穿到胸前，拿去更换，老师说："这是最小号的了！"无奈，儿子是提前入学的，比他大一两岁的男生都高他一头了，"小不点"在人群中，十分扎眼。鞋子换成小码，衣服将就着穿：腰带系紧一点，裤脚卷几道。军装像一个大套子似的，罩着儿子，我的心里突然又涌起些许"不忍"。

这时宿舍管理员来检查柜子，发现很多食品和饮料，她生气地说："不是规定不准带吗？除了牛奶和水果，其他的，教官检查到，都要扔掉的！带这么多东西，一个月都吃不掉，你们是送孩子来幸福的？"儿子惶恐地看着我，小声地埋怨着："都怪你！"

要清校了，家长要全部离校，我让儿子到楼梯口打水处打水。并非是口渴，只是想让儿子熟悉一下取水的地方。

就要走了，独自留下儿子，在这一周里，我将不知道他一点讯息。以前儿子去外婆家，我都会每天打电话询问。心里酸酸的，实在不知道该说什么。我怕自己会掉眼泪，或者我走时，儿子哭了，我该怎么办？换个轻松的话题："留点零用钱吧？"他摇摇头，但却提出一个要求："妈妈，你给我买张电话卡吧？想你时还能打电话！"老公断然拒绝："不就一个星期的时间吗？"但我，不能拒绝。

晚上，手机自动关机了，突然想到儿子："假使他遇到什么问题怎么办？"于是，重新启动，一天24小时为儿子开着手机。我的耳朵时常出现幻觉，一点响声都误以为是手机的铃声。就这样恍恍惚惚中度过一整天。老公安慰我道："儿子是去军训，又不是上战场！别这么紧张，男人就是这么成长的。"

小鸟长大了，总是要飞的，我的翅膀遮不住他全部的天空。"学着放手吧"，我告诫自己。

第四辑 纸上旧时光

　　突然也想留点纸质的东西，一张写了备注的黑白照片，一封满纸情长的平信，或者是一本签了名的赠书，若干年后，思念不会成奢望。

　　岁月流转，这些纸上的旧时光，挥之不去。

纸上旧时光

母亲终于下定决心,把家里别无用途的旧书都卖掉。

她是念旧的人,一张老照片,一件旧衣裳,都能勾起她的记忆。家里读书的人,燕子一样,一只接一只地飞走了,留下两位守着巢的老人。但书,依旧多。我们读过的课本,小学到大学的,母亲都觉得重要;儿时看过的连环画,还有一些陈年的杂志,也一本不少地收藏进书箱。母亲守着这些书,打发着接踵而来的琐碎时光。

收废品的纳闷:"你们家怎么有这么多书?"这句话又足以让母亲骄傲半天:"两个大学生读了十几年的书,能不多吗?"如今,村中能一下拾掇出这么多书的,恐怕只有母亲一人了。不知道从何时,读书突然不时尚了,很多孩子初中毕业,就外出打工赚钱,家长也乐意多一个赚钱的帮手。村里的书香味越来越淡。

大哥挑了几本封面完整的连环画收藏,还放在太阳下晾晒消毒,我觉得他是在晒童年。说也奇怪,搁了三四十年无用的东西,打算变卖时,突然样样又值钱起来了。

我也不舍,挑来挑去,找出几本《毛泽东选集》。因为厚实,当年母亲拿来夹鞋样的。还有一两片旧鞋样,遗落其中。扬一扬纸鞋样,问母亲:"要不要了?"母亲比我更迷惘,反问我:"眼睛都花了,还要它做什么?你们现在哪个还愿意穿我做的布鞋?"我无语,它们曾经是做榜样的，母亲对照着它们，把糊的葛布剪成鞋底、鞋帮的形状，再一针一线地逢起来。我儿时的催眠曲，就是母亲纳鞋底时抽线的"嗡嗡"声。母亲的年轻时光，都托付给它们了。

收废品的手脚麻利，母亲眼也疾，她拣出几本土黄色的小册子，那是父亲上班时的工作记录。母亲把它们整理好，掸去封面上的灰尘。我觉得有趣，父亲退休这么多年了，工作手册还有用吗？随手拈起一本翻看，父亲的字很大，很有个性，不是中规中矩地写在横线上，而是以线为行，且微微右斜。

"难怪当时有人要把你打成右派，一看你的字，就知道你有右派倾向。"我指着工作手册上的字，想逗父亲开心，他正埋头磨菜刀。

早晨杀鸡，菜刀在鸡脖子上荡了几个回合，也没有抹破鸡脖子。鸡没杀死，父亲却跟自己生了很大的气。嘟哝着，刀不中用，人也不中用。母亲悄悄地数落他：就是不服老。他低着头，一言不发地磨着刀，好像跟磨刀石又较上了劲。

书被收废品的装进几只大蛇皮袋，扔进三轮车拖走了。心中怜惜骤生，如同送别出嫁的女儿。书卖掉，就会被打成原形，化作纸浆，不知它会投胎哪一本书中？我会不会再找到它？

母亲喜欢在夏天晒霉。我也总能有意外收获，从母亲的箱底抄一些"往事"。

两张薄纸，奖状大小的，是父亲和母亲的结婚证。被母亲端端正正地压在箱底，纸色泛黄，证书上印制的红花，灿若新彩。这两张纸上，记录着父亲、母亲携手走过的五十年风风雨雨。两个陌生的年轻人，经过这两张纸的认可，走到一起。历经岁月的磨洗，宛如两株老树，盘根错节，理不清根为谁生。

突然也想留点纸质的东西，一张写了备注的黑白照片，一封满纸情长的平信，或者是一本签了名的赠书，若干年后，思念不会成奢望。

岁月流转，这些纸上的旧时光，挥之不去。

怀　霜

少露无霜，这是一个倔强的暖冬。

路边草已经熬黄了，但有一株枇杷树正暗花萌动，黄白色素净的小土冬花，在苍绿笃厚的枇杷叶的烘托中，众花成簇，却不甚打眼。

听学生说，他们村的梨树也开花了，我将信将疑："孟冬寒气至，北风何惨栗。"梨花也能凌寒开放？第二天，一位非常较真的女孩，郑重地将一朵只剩下花蒂的"梨花"，和一枚拇指大小的幼梨，并排放到我的手心里，我的心被撩动了，因为季节，还是因为那朵梨花？女孩看着我，害羞地笑了，嘴角有浅浅的酒窝。

雪里蕻也疯长着，太阳晒着它一个劲往上蹿，再不铲回家，就要抽薹了。母亲犹豫了，没有经霜的雪里蕻，腌了味不正道，还容易腐烂。

小区的平台上，晒了一溜雪里蕻。母亲不是说没经霜的菜腌不得吗？我提醒晒菜的老人："是不是腌早了？还没下霜呢！"老人却说："不早了，今年天暖和，要是在往年，都下雪了！"

地温依旧很高，白露难凝成霜。无由得怀念起寒霜。

"经霜的白菜赛羊肉"，小时候，父亲总拿这句话做开场白，劝我们吃白菜。我觉得他是买不起肉，才硬编了瞎话糊弄我们。好在那个年代，肉星子沾得少，也记不清白菜和羊肉，到底是不是一个味。现在倒好，日子过好了，却是"宁可三日无肉，不肯一日断青"。从小青菜秧子吃到大白菜帮子，儿子埋怨我把他当兔子饲养了，还威胁我："再吃白菜，我的眼睛都要变红了！"只是今年霜雪迟迟未至，我没法拿秋霜来做说词。

腌霜韭菜，也是一道开胃的小菜，是我们乡下人拿来招待客人的名贵菜。白色的小菜碟里，盛放着一撮绿丝丝的霜韭菜，夹杂着青椒辣簌簌的清香。不用动筷子，闻着味儿，就想多吃一碗米饭，难怪大家都叫它"下饭耙子"。

历经风霜，沧桑，倒也是一种阅历。西山红叶好，霜重色愈浓，霜打的秋叶，红于二月花。上大学时，有一年冬天，去帮同学家采摘红富士苹果，听她爸爸说，苹果经了霜，才会更甜更脆，经久保存。霜，是催熟季节的酶。

霜天在我的心里，是刻骨铭心的。

那时上初中，学校离家很远，至少半小时的路程。冬日上学放学，都得披星戴月。月黑风高时，还需掌一盏灯。

那夜窗外，更深霜重。霜色白莹莹的，澈白的庭院，折射着冷冰冰的月色，朗朗一片。我被月色惊醒，误以为是曙色。匆匆洗漱后，趁着皎洁的月光，高一脚，低一脚，踏着霜草，睡眼惺忪地直奔校园。

到学校后，却发现校园黑漆漆的一团。没有灯光，也没有读书声，孤单单地，我站在黑洞洞的教室前，莫名的恐惧，突然袭上心头。隐隐看见食堂那边有灯光，我像扑火的飞蛾，调头过去。那盏昏黄的灯光，把我的影子斜拉得又细又长，鬼魅一样，跟着我一齐飞奔。

食堂旁边，是一排教师宿舍，我却没有敲门的意识和勇气，只是瑟缩地站在寒霜中，等着夜气把我凝成霜花。

　　过了很久，食堂才开门，工友老刘大叔开始淘米煮早饭了。见我孤零零地站在灯光下，小鬼一样，先是把他吓了一跳。看清我后，厉声呵斥我："小丫头，这么早到学校来干什么？"他大概以为我是跟家人吵了架，才半夜跑到学校的。不知道怎么回答他，只傻憨憨地站在霜天月影下，无着落地嘤嘤啜泣起来。

　　这是我唯一独自夜行的经历，在路上，我不曾害怕。霜重见晴天。但见着霜色，便可知接连的几日，都会是晴天的。空中，一群大雁，排成人字形，"咿咿呀呀"地传递着霜信，嗓门沙哑。它们要往南飞，那里季节依旧温暖。

　　一个人顶着霜月，吸进芒刺一般的冷风，呼出的乳白色气流，却是温润的。我被自己的温暖包围着，一心无二用地前行着……

　　那次霜夜的独行，足以让我在过往的迷惘中，能够微笑着走过。

厚土苍生

土地是厚重的，它是生命之源。

母亲指着一堆南瓜问我："要长的还是圆的，长的肉头厚，圆的甜一点！"我很贪心，两种都要。把南瓜搬上车，来来回回要跑好几趟。屋后退休的老校长拎着一只竹篮，迎面走来，远远地与我打招呼："常回家看看啊！"我扬了扬手里的南瓜，嘿嘿一笑："是土匪进了村！"老师面前，学生是诚实的，他是我的启蒙老师。

"都是些不值钱的！"母亲向着我，赶紧为我辩白。老校长是个明白人："你种的，花点力气就行了。在城里，就是大价钱了！南瓜、山芋，在城里都是稀罕物。"

土地忠厚，你给它力，它就为你接出桃李瓜果，如同痴情女子。西厢房里那堆南瓜，就是黄泥塘埂上的收获。土地憨厚不吝啬，用小树枝戳几个眼，随便撒几粒种子，就能长几茬好南瓜，枝枝叶叶地蔓延了半条塘埂。花开得灿烂张扬，一朵朵翘在藤蔓上。瓜却接得低调，躲藏在叶脉下，与季节一起变黄。秋天，南瓜要用担子挑。

堂屋的案几上，摆着两个足球大小的山芋。儿子称它们为"山芋王"，我觉得它们是吸了地气，成了精。从没见过这么大的山芋，不敢带它们到城里，怕吃了"王"级别的山芋，会伤了山芋的

"根",来年不发旺。把它们供着,这是土地的恩赐。

垃圾堆也没放过发热的机会,跟着泥土一起热闹。儿子在河沿的柴垛上,发现六七个青皮大冬瓜,横七竖八,半隐半露地睡在柴垛上,赤裸裸地晾晒出它们的矛盾心理——想展示自己,又怕被做了盘中餐?母亲的嘴笑得合不拢,"去年吃不了的冬瓜,烂掉后撂在这里,不知道什么时候发了芽,长了藤子,还接了瓜……"土地内敛、仁厚,总能支付我们意外之喜。

民间有"萝卜进城,医生关门"之说,更何况十月萝卜赛人参。父亲挑回一担带着缨的萝卜,刚下了一场雨,拔出的萝卜都带着泥。父亲叮嘱我:"萝卜上的泥巴不要洗掉,现吃现洗,要不容易空心!"母亲麻利地剪着萝卜缨,看见一根大萝卜裂了一半,抱怨道:"你看,刚刚离了土,就炸裂了!"真是"土人参",居然断不得土性。

小区大门前,从乡下移来几株大合欢树。刚来,就生了病,是思乡病,它们想家了。冬去春来,都没有唤醒一片绿叶。救命的绳索缠了一圈又一圈,从根部缠到了树干,都没能给它们续上生命的弦。住惯了山旮旯,乡情重,初来乍到不服水土,城里的自来水养不住大树的根。

早几日就盘算着周末回家,爱人以为家里有事,我反问他:"我就是想回家看看他们,算不算理由!"前些日子,无由地冒出一句话:"父母老了,总觉得是看一眼,少一眼!"他责备我,怎么想起来说这么伤感的话。

村头那株老榆树,是村里的树标。榆树老了,树皮都是黑漆漆的,没有生命的光泽。裂开的纹理中绽露着苍白的木质层,跟母亲皲裂的手一样,猩红的肉望得真切。老榆树太老了,比它岁数小的人,都走了好几拨了。前几年一场龙卷风,延伸出来的一臂秀枝,在风中断裂,好在风大雨大,树下没有人。榆树从此失去了好仪态,蹩手蹩脚地站着。树老了，春来发芽，只从旁侧寥寥发几枝，父亲说，顶枝枯死掉了。父亲与母亲，也是乡土上长着的两棵老树，越老，越离不开故土了。

我常站在晒台上打量那株老榆树，看它，也是在看我自己。苍生更始，朔风变律。我发现，自己也是泥土里长出的庄稼。

老 井

　　村东头有一眼老井，问它有多少个年头了，恐怕无人能答。头脑里只有个模糊概念——有些年头了！爸爸的爷爷都是喝老井水长大的。

　　老井真的很老了。确切地说，它是一口老土井。土在哪里呢？出身土，就在一片冲田中间。模样也土，没有井坛，一丈多深，两米见方，井壁垒有大小不一的石块。石间缝隙也大，是泥鳅、黄鳝藏身的好地方。来挑水时，常见游鱼倏地隐进石缝里。

　　井沿和地面平齐，四周几块青石早已被磨得亮光光的，照得见人影。千人踩，万人踏，老井里不知道舀出了多少担水。

　　不知道哪一代老祖宗，探得这一泉眼，这就是水根，有了这脉水根，人脉也跟着兴旺。

　　水井不深，但从未干涸过，纵使大旱也干不了这口水井。这是老井的神奇之处。说也奇怪，井水总是不浅又不漫，略微欠点身，用桶底在水面上来回一荡，荡开浮尘，再灌满一桶清水。你舀出一桶水，老井就涨一桶水；你舀去一担水，它就涨满一担水。老井的心里有一杆秤，从来不误事。

　　老井的故事很多，儿时就听过很多。

有一年大旱，山那边的郭村几口水井都汲不出水。有人就趁着夜色到老井来挑水，弯腰打水时，不小心将上衣口袋的一块银圆掉入井中。老汉为了寻那块银圆，一口气将满满一井水给舀干了。银圆终于找到了，但老汉心里又敲起了鼓，井水都打干了，明天一大村人没水吃怎么办？这个念头折磨了他一夜，第二天，天麻麻亮，老汉就跑到井边，发现竟然又是满满一井水。从此，这口老井的神奇在周围村落中也口耳相传开了。

九十年代前后，我们村每年都会有一两个学子考上大学，像藤蔓上结的瓜，接二连三，年年不断。周边村里的人都眼馋了。有人就猜想，是不是他们村的风水好？风，是一样的，一马平川，从南刮到北没有多大变化啊。水就不同了，水是长在地下的，有根有脉。一定是老井的功劳。

小时候总好奇，为什么老井总能"咕咕"往外冒水，又能恰到好处，从来不会溢出来。邻居三奶奶的解释是，井下有一块石头，石头下面压了一条龙。要是把石头移走，井水就会水漫金山。一直信以为真，觉得那条龙被压得好辛苦，抬不了头。长大后才知道，井下的确有块磨盘，但压的不是龙，是泉眼。还听人说，水脉一直通到巢湖，如同一条自来水管道贯穿而来。巢湖的水能喝完吗？当然不能。

过年舞龙灯时，有道仪式就是拜井神，长长的龙灯，盘在井边，摇头又摆尾。居然还有专司井事的神仙，足以见得井在人们心中的地位。

无论生养在哪里，都讲究个"风水"，仔细想想，最初的风水，并不玄虚。一眼老井，一脉水源，不难理解逐水而居的缘由了。

老井的水是甜的，井水清冽，炎炎夏日，井水却凉得刺骨，是消暑的最佳饮品。母亲放工后，两个哥哥就去老井边打一壶水，母亲仰着脖子，"咕咚咕咚"一口气喝一大茶缸。喝了清凉的老井水，天再热，都可以定下心来。母亲是这么说的。

每隔一年，都要淘一次井。也就是将井水抽干，用稻草擦掉井壁上的青苔，清除掉井底的淤泥。水流倘佯，水质也更好了。

后来，村中陆陆续续打了很多机井。省去挑水之苦，尤其是阴雨天，泥滑地烂，在自家门口就可以打到水，自然轻松多了。不过，机井的水无一例外，都有不同程度的咸涩，远不如老井水养人。

村里豆腐坊的大叔家里也打了口井，每次却还要舍近求远，去老井挑水。他说，村里的井水泡豆芽，豆芽好烂根，还是老井水好，做出的豆腐细滑白嫩。这些豆子比人还识水性。

如今，自来水引进村庄。家家户户用上自来水，老井渐渐被人遗忘了。

路过老井，想掬一口水喝，父亲阻止了我，老井久未淘洗，井水大不如前了。站在井边，几条巴掌大的鲫鱼在绵长的青苔间嬉戏畅游，不避生人。井壁上浓密的青苔，犹如水中青荇，在不时泛起的水泡中招摇。

我站在老井边，凭吊着一段记忆。

山中闲居

三毛说，每个人心里都有一亩田，用它来种什么？种桃种李种春风。倘使有一亩田，我会三分养花，七分种菜，我喜欢自给自足的田园生活。

有过一段山中幽居的时光，现在想来，那段时日最悠闲惬意。

我们居住的地方，原本是单位的招待所，因为过了潮流，便差遣给教师做宿舍。一条幽深的水泥路，顺着山势向里延伸，大约要走半里路，过一条山涧，两层小红楼掩映在翠树苍松丛中，雨水丰盈时，老远就听见桥下涧水潺潺。小楼依山而立，前面是偌大的茶园，对于喜欢清静的人来说，这里就是世外桃源。

我不喜欢捧着手过懒散日子，看邻居都有一小块菜地，也渴望有片小天地。屋后原本也是茶园，近年无人耕作，荒废了。满地里杂草乱竹，竹鞭是泥土里的蛇，蜿蜒盘错。

好在是熟地，稍作打理便成菜园。只是山土地不肥沃，需上足底肥。邻居给了各种菜秧，我分门别类，在小菜地里给它们划分了地盘。没等到收获的季节，我的产假就结束了。国庆，先生从江南来，特意采摘了一篮子蔬菜带过来，说这是我的劳动果实，应该品尝一下。我倒觉得更像我养的孩子，从幼芽落地，就一瓢水，一捧肥喂养到开花结果。黄昏最喜欢去的地方就是菜地，听辣椒稞拔节，看南瓜吐出藤蔓，摸摸这，瞅瞅那，欢喜不已。

学校的男生去山林里抓来一只猫头鹰，养一段时间就厌弃了。楼上的老师因此得了一只猫头鹰，我抱着孩子去看它。大白天，它蹲在架子上，闭着眼，一副与世无争的泰然；间或睁开眼，竟是怒目圆睁，仿佛很是愤世嫉俗。听说天黑了，它就来劲了。于是央先生也去寻只被遗弃的鸟，几日后，他带回来那只鹰。从此，除了菜地，我们还豢养了一只鹰。

来者便是客，只是这客人有点难侍候，每餐必备鱼虾肉类，好在它比猫头鹰有趣得多。白天，它在院子里戏耍，先生用橡皮膏药把它的翅膀粘贴起来，以免飞走。展不开羽翅，它只能贴着地面低飞，大多数时间，是迈着伶俐的碎步。它还是乳鹰时，就被顽皮的学生抓来，来不及品尝展翅翱翔的快意，如今，矮矮的院墙居然也锁得住它的心。不过，鹰毕竟不同于燕雀，那些麻雀终日在林梢唧唧喳喳地叫，鹰却很安静，偶尔鸣叫，声音极有穿透力，我相信，它是高飞的鸟。

出入悠然，鹰俨然是居室的主人，与我们也无间隔。常常手拿着食物逗引它，结果被它啄破手指，想来它也是无意，怪只怪鹰勾嘴太锋利。

可惜，那年夏天常常连日大雨封门，不方便上街买鱼虾，只好用火腿敷衍它，没想到食盐中毒。先生给它注射好几支针剂，也没能救活它。那天，雨像从屋脊上倒下来的，原来天比我更难过。

靠山吃山，住在这里最有感受。初春，幼笋萌发，随便到后山找一找，就能寻得一大把，配上火腿，一碟尚好的徽菜。还有蕨菜、蘑菇，我在采蕨菜时还意外从山沟里觅得一株硕大的兰花草，丰润的兰花，铃铛似的缀在花梗上。先生费了好大劲，才连根拔起。等我们兴致勃勃赶回家，花梗上只余两三朵花了。

采野茶也是很好的消遣，晚上就着炉火焙干，泡上一杯真正的功夫茶，唇齿生香。

再后来，先生考研离开那所学校。每次回江南，从路边就可见青山翠蔓中红楼依稀。忍不住放慢车速，再看一眼闲居故地。

锦 年

院子里有一株橘树,已经两米多高了。挂的果子一年比一年多。当初是种花还是植树,我与父亲是有分歧的。我坚持要种花,院子里有一架葡萄,坐在葡萄架下,低头见花,岂不是很有诗意?父亲没有否定我的意见,但还是趁我不在家时,执意在我种花的地方栽了一株橘树。

事实证明父亲是对的,眼下万花凋零,橘树依旧绿着,硕大的一蓬,是小院的亮景。碧绿丰润的绿叶间,还点缀着零星的橘子。果树施了饼肥,油水从地下流到叶脉里,肥嘟嘟的,好像掐一把就会顺手流油。碗口大的果实埋在枝叶间,张扬地吐露出灿烂的金黄。橘树殷勤,从春走到冬,不减生机。

阳春三月,满树素净的橘花,很铺张地开满枝头。小院是香的。蜂啊,蝶啊,都在花蕊中谈情说爱,每一枚果实里,都有一段爱情故事。

夏日回家,已是满树青果。我没有看见金果璀璨的那一刻,我想肯定精彩。父亲很懂我,居然留了几枚挂在树梢的金果。花开花落,这一年就到头了。

一岁年龄一岁人,我承认。接人待物,今年的感觉似乎与往年有所不同。那天朋友聚会，谈到姓名的科学，有人说名字中带有"梅""菊"的很俗气，还以梅表姐为例，说明带"梅"字的女人，一般都是命运多舛的。后来，他向我道歉，说当时是无心之说。我也觉得是无心之说，当时就没有在意，他们说的似乎与我很遥远。不知从哪一年开始，我的内心无比强大起来。从不把与我无关的东西，多情地强加于我。

突然对秋天多了几重莫名的好感，我更看中春华秋实了，写了很多关于秋天的文字。时值冬至，我的思绪依旧停留在秋天的记忆里。当初喜欢冬天，只不过冲着那抹雪色。好像是突然间的参透，雪融化了，剩下的还不都是灰头土脸？能笑当初幼稚，说明现在成熟了。

需外出学习三个月，倘使依照我的兴趣，我会选择北京，或者昆明，因这两个地方是我都未曾涉足的。但报名时却迟迟下不了决心，权衡再三，还是选择了离家最近的青岛。青岛我已去过，对我再无悬念。一直盼望着有个独自叛离的机会，去一个陌生的地方，独看那边风景。这次算是名正言顺的，却不是有多远就飞多远。拖家累口，脚下多了一道绳索。如此背家弃子，心添几分罪恶，仿佛自己去享福，撇下父子二人。想起朋友的话，读书要趁早，这般年纪了，还容得下我迟疑吗？

朋友问我，末日是如何度过的？我自始至终没相信过传言，她还是很较真儿地追问："倘使末日真的来临呢？"真的有这么一天，也没什么恐慌的了，该做的还是应该去做，不给此生留遗憾。奈何桥上的孟婆汤不够这么多人喝，今生事今生了，不作来生小尾巴。

末日去了，旧的一年也快落下帷幕。感谢玛雅人让我们浅尝了重生的欢愉。新的一年，也是重生，就像《飘》中郝思嘉最后说的一句话："毕竟，明天又是另外一天！"

乡 音

入夜，随意调转电视频道时，无意中，发现巢湖地方台新增一档《老徐讲故事》的节目，主持人用淳朴的乡音，向观众讲述新闻故事。这样的节目，在其他电视台也曾看过，但用我们地道的家乡话来做节目，还是第一次见识，顿觉亲近。

方言是民粹，有着浓厚的地域特色。记得当地有一则笑话。一位愤怒的母亲，责备语文老师："你是怎么教书的？"被指责的老师，丈二和尚摸不到头脑。这位母亲继续质问道："那几天我身体有点瓤（ráng），叫小孩子给他爸爸写封信，但他讲'瓤'字不会写。我只好跟他讲，那就写有点'哈（hǎ）'吧，他说'哈'字也不会写。那怎么办呢，我就问他，身体不'抻（chēn）朗'你会不会写呢？他还是不会写，你说这语文你是怎么教的……"听者哑然。尽管是一则笑话，但也包含了方言的诸多趣味。

以前看电视，听广播，见到那些被采访者用方言说话，觉得土掉了渣。近几年，不知道哪里刮来的风，即便农村大妈，也能够撇着腔调，说几句当地的"普通话"了。而我，却喜欢用方言与他们交流。方言于我，就是温润的乡情。

诗人贺知章少小离家，到老归省故里，历经这么多年，鬓发已经花白了，但乡音无改。乡音，就是一个地域标签。

春节去黟县拜年，顺便去不远处的宏村，参观一下这座著名的古村落。景点有这样一条规定，凡是黟县当地人，可以免费参观。同行的外甥有身份证，足以证明他是本地人。还有一个小字辈，八岁，刚入学，没有身份证，也没想到要带户口簿。到了检票口，工作人员要求我们必须给小姑娘补票。我很奇怪："不是说当地人不要票吗"？工作人员质问我："拿什么来证明她是本地人呢？"还是外甥机灵，"让她讲当地的土话吧"。这下好了，我们稳操胜券了。哪里料到，小姑娘苦着脸说："我不会说土话，我妈妈不让我说土话！"

新任美国驻华大使华裔骆家辉在北京官邸会见媒体时，竟然是用英语发言的，让我大跌眼镜。以往的美国大使，为了表达对中国人民的友善，还用汉语发言来拉近距离。这让我想起另一个人，世界顶级建筑大师、美籍华人贝聿铭。1935年远渡重洋，去美国留学，一直到他功成名就，他始终对中国一往情深。夫妇俩都能说一口流利的普通话、广州话、上海话和苏州话，平时的衣着打扮、家庭布置与生活习惯，也仍然保持着中国的传统特色。难怪他曾深情地说："我的根在中国！"

长期居住在家乡，感觉不到方言的温暖。倘使长期客居他乡，偶尔，在大街上听到一句地道的家乡话，你会不会驻足回身？一位侨居国外的大妈，追了好几条街区，就为了一句乡音。唯有她，才真正体味到乡音，那种贴近心窝窝的感觉。

舌尖上的童年

　　同事捧着一抔桑葚，笑眯眯地走进来："快来尝尝！"这是她从校园拐角的桑树上采下来的。乌黑发紫，看着就很诱人。同事用水清洗几遍，又用开水烫了一遍。桑葚是个好东西，天然无污染的。于是拈起一个放在嘴里，味道寻常，还略带点青涩，远不如记忆中的那般酸甜。不由得发出感慨："怎么没有孩提时的桑葚好吃了？"不想竟引发大家的共鸣。相同的桑葚，不同的年龄，或许只能这么理解了！

　　提及童年，话题就像开了闸的河水，有奔腾汹涌之势。

　　上小学的时候，邻居三丫家的院子里有一棵桑树，每到桑葚成熟的季节，每天中午上学，我都会去等她。然后，得了大人的应允，用竹竿打下几竿桑葚，各自捡在手心里，吹吹上面的灰，一路走一路吃，嘴巴都染成紫色，一看就知道是个馋嘴小猫。有时不小心把衣服上沾了汁水，因为洗不掉，还挨了妈妈一顿骂。

　　我的话题还没有完，另一位同事就接上话茬："那时候什么东西都好（hǎo）吃。""不是好（hǎo）吃，是好（hào）吃！"有人笑着插科打诨。就这样，你一言，我一语地说开了。

　　小时候，做一种游戏时首先要分配人，为了公平起见，两个为首的人高高地拉着手，别的小朋友猫着腰，从下面经过。一边钻，一边高声地唱着童谣："骑大马，带弯刀，问你吃橘子吃香蕉？"被拦住的人，就按照自己喜欢吃橘子，还是喜欢吃香蕉，分别站在代表橘子香蕉的孩子身后。当时我最喜欢说吃香蕉，因为记忆中，我是没有吃过香蕉的。

蔷薇的薹是很好吃的。阳春三月，蔷薇刚刚探出嫩头，芽儿壮硕锋嫩，用手指轻轻一掐，就折断了，剥了皮，就是风味零食。"毛姑娘"也是很好吃的，小朋友们会结伴去茅草多的田埂上，拔一大把毛姑娘，再找个避风向阳的地方，一屁股坐在地上，各自品尝着自己的劳动果实。还有刺槐的花蕊，也有丝丝甜味……

夏天，好吃的东西更多了。地里的甜瓜，田里的山芋，都是随手可得的。胆子小的，站个岗，望个风，最后也可以分得一杯羹。我有两个哥哥打头阵，即便什么贡献也没有，也少不了我这一份。

记得夏天午睡醒来，哥哥最常带回来的，就是六月的雪花藕，还有莲蓬。生产队里看藕塘的大爷，也总是雷声大，雨点小。谁家没有个小馋嘴，谁愿意为这些小孩子跟他家大人红脸？只要动静别太大，别把荷叶都弄坏了。他也就是站在岸上，吆喝几声就走了。

我也喜欢秋天，山上的野果都红了。有棠梨，小，而且酸涩。不过，吃起来也蛮有滋味。要是不怕刺，还可以去摘野枣，秋天的野山枣都红得发紫，在删繁就简的秋林里格外显眼。野枣很甜，与家枣的味道相似，只是核大肉少，不经吃而已。还有野山楂，也是酸里带着甜，在山上放牛，采蘑菇时，总能很意外地遇见一两株顶着果实的野山楂树，红扑扑的，特讨人喜爱。

童年很贫瘠，但童年从来不缺少快乐。舌尖上的童年，总是那么让人怀想！

薯 忆

我真是老了吗？为什么如此怀旧，就连街头飘香的红薯，也抠出记忆中大段的链接，宛如老屋泥墙根上脱落的一块块泥巴。

如同一头老牛，将腹中往事一桩桩反刍，咀嚼，唇齿间多了一丝甜甜的味道。大约是经历时间的酝酿，往事也能发酵。

儿时，能够挂在嘴边的零食，就是红薯。除了啃食生红薯，母亲还将红薯切成片，曝晒成干，寒冬腊月烤火时，在火钵里埋几片红薯干，微微闻见香味，就用筷子掏出来，拍拍上面的浮灰，咬一口，嘎嘣脆，瞬间能杀死馋虫无数。

有时候，煮稀粥里的红薯没有吃完，母亲捞起红薯用清水洗净，切成片，晾晒在筛子里。每每未及晒干就被一群馋猫偷吃待尽，母亲磕掉筛子里剩余的碎末，神情是意想不到的淡定，"反正都是给你们吃，早吃晚吃都是吃"，母亲没有责骂我们。

乡下比喻人命贱，在哪里都能活，常说："蛐蟮命，有土就能活！"拿这句话来形容乡村孩子超常的生存能力，再恰当不过了。父辈们是经历过粮食短缺的年月的，是红薯救活了他们，让饱经饥饿的肚皮，尝到了饱的滋味。人们的脸庞红润了，腮帮都鼓鼓的，是红薯撺掇起来的膘。但时隔这么多年，父亲见到红薯，胃里依旧会泛胃酸，他吃怕了。

我对红薯是矢志不渝的爱，很多野趣都与红薯有关。那时候，倘使大人们让小孩子去放牛，孩子们会不约而同地将牛打到山尖上。其实那里的草最枯，不是放牛的好去处。田野里水丰草嫩，但放牛的难度大，要时刻堤防着牛。牛也是喜欢装模作样的家伙，它故意摆头驱赶身上的牛蝇，趁你不留神，回头时顺势叼住满嘴秧苗，任凭你吆喝，它则漫不经心地品尝着偷来的果实，好像什么都没有发生。把牛赶上山尖最稳妥，山高任牛跑，放牛娃也落得自在。

早有准备的大孩子从家偷来了火柴，吩咐岁数小的孩子去山脚下偷红薯，被人发现也不会挨骂，谁会把小孩子当数？沙土地，顺藤摸瓜，不费力气就能挖出红薯。只要把沙土填埋恢复成原样，纵使有乖张仔细的大人发现了，也只是在田头骂几句了事，谁能保证自己家的孩子没有偷过别人家的红薯呢？山坡上时常青烟袅袅，大人们心照不宣。

在山坡上挖个坑，红薯埋进去，松毛松枝随手可得，众人拾柴火焰高，一会就闻到红薯香。掀开覆盖的沙土，香喷喷的红薯，你一个，我一个，吃得大伙满嘴黑不溜秋的就像是猫胡子，袖子一擦，各自找到自家的牛，打道回府，也不问问牛吃饱了没有。

大学复习考研时，每晚都去人很多的大教室看书，那里人多看书的氛围足。先生那时候还只是我的男朋友，每晚下自习，他都会去那里找我，塞给我一个烤红薯。学校的饭菜油水少，不到九点钟肚子就开始咕咕叫。不知道是不是他听见过我肚子的抗议，还是他本来就善解人意，每次都会跑到校园门口买一个烤红薯。如今想想，总觉得很不值，被区几块廉价的红薯就贿赂了。吵着让他补偿，得到的回应不是装聋作哑，就是呵呵一笑。

偶尔在街头闻见红薯飘香，打发先生再去买一块，果然腿脚没有以前利索，还满脑子借口，似乎很不情愿。与他分享红薯时，也少了当初甜蜜的味道。是不是我们都老了？

笑靥如花

又见小妹，在梦中，这样的梦一年总会有一两次。时隔十多年，她的模样依旧清晰明丽。快到清明节了，母亲断言："小妹又来向你要纸钱了，你千万得记着给她烧点纸钱去！"

小妹是我儿时的伙伴，比我稍长一些，但我习惯叫她"小妹"。她有三个哥哥，天生就是"小妹"，一直到上学的时候，还没有学名。

一次，不记得村里放映了一场什么电影，好像电影中的女主角叫李画，她母亲心血来潮地借用了这个名字。于是，小妹有了学名。小妹兴冲冲地跑来告诉我："我也有名字了，叫李画……"可名字没用几天，就被弃置了。那次小妹与村里的小伙伴闹翻了，有个小伙伴就站出来，恶狠狠地骂她："哼，还叫李画，把你的画撕掉……"小妹哭着跑了回去。上学的时候，她又有了一个新的名字，叫李文英，也是电影里女主角的名字。可惜这个名字，村里除了几个上学的孩子，很少有人知道，大家依旧叫她小妹。

小妹是我儿时最好的伙伴。小时候我们在一起长干的劳动是放牛，我家喂养的那头牯牛，又高又大，蛮横无理，喜欢瞪着血红的大眼睛，让人望而生畏。我生性胆小，奈何不了它，反倒被它牵着鼻子走，它可以任意地抢吃田埂边的庄稼，我却拽不住它。不知道因此挨了多少次骂，大人们都以为是我故意的。

最糟糕的一次，牛竟犟到水塘里，泡在水中不愿意上来了，对于我的号哭，它无动于衷。泼辣的小妹主动出手援助了我，下塘把牛赶了上来。还把她家的小牛和我换着放，大牯牛在小妹的呵斥和鞭子下，变得温顺多了，我一直感激小妹。至今还记得她教我骑牛的情形，小妹把小牛牵到斜坡上，呵责小牛低下头，让我从牛角上爬上牛背，或者是从侧面的高处纵身跳到牛背上。从前放牛是受罪的差使，自从敢于骑牛以后，放牛就成了一项游戏，有打马三千驰骋沙场的豪情。

和小妹一起去挖野菜，也常常受她照顾。一群小伙伴，小妹洞察力很敏锐，总能察觉到哪里有鲜嫩的野菜。小妹跑过去，占领那块领地，我是唯一被允许在那个范围挖野菜的人，即便如此，每次晚归时，我的篮子里还是收获甚少，小妹就会从她的篮子里抓一大把肥硕的野菜铺在我的篮子上面，来掩饰我能力的不足。

小妹的母亲是地道的乡下女人，大字不识一个。她去了一次南京回来后便对我母亲说："一定要给小丫头们念书，要不，出门就是个睁眼瞎子！"就这样，小妹开始读书了。她母亲这次小小的彻悟，改变了小妹暂时的命运。

但小学还没有毕业，小妹便辍学了，她母亲的觉悟仅止于此。小妹可以认识几个字，出门可以找到售票的窗口，也就遂了她母亲的心愿了。辍学后的小妹，常常站在村头，看着我们背着书包上学去，那羡慕的眼神，直到现在还深深地烙在我的心头。

放学后，她常常会过来玩，双手捧着我的书本，轻轻地摩挲着，还把书贴在脸上，还说喜欢闻书里散发的墨香。这样的情愫，当时的我，是无法体味的。

上高中那年，小妹患了白血病，原本打算高考结束就回去探望她的，可惜，她竟匆匆走了，没有给我机会。再相见，只是一堆新土。

清明的雨纷纷扰扰，"叮叮咚咚"地打着窗棂，梦里故人依旧是麻花小辫，依旧是笑靥如花……

冬至雨

贪恋被子中的一丝热气，周末迟迟不愿早起。单等着艳阳高照，再作打算。总不见阳光照窗棂，以为天色尚早。

拉开窗帘，却见一地润湿，不知昨夜何时风起，雨落竟悄然。想起今日是冬至，当地的俗语说："晴冬至，烂过年；烂冬至，晴过年。"果真好雨知时节，趁势而来，润物无声，赢得春节好气候。

初冬天尽凉，寒意拂缭绕。一夜冬雨，北风也刺骨，邂逅严寒，街上行人神色落寞，没有了往日的灿烂与笑容。整座城市都笼罩在一片阴霾中，仿佛路上行人的一脸肃穆。冬至又是祭奠的时节，祭拜先人的人群络绎不绝，花篮格外畅销。一路上，祭拜的菊花随处可见。

相约去看一位故人，在凄风冷雨中，找到他安息的地方。难过，充满心间。思绪万端，难以释怀。此刻，死亡的概念离我们这么近，而你的笑容距我们却很遥远。这几日，神情恍惚，寤寐思服，总难信此为真。难过，一枕无眠，满世界里，都是你的影子，怎么相信这是一场真？醒来时，满眼尽是泪，总难说服我自己。

人世间，瞬息浮生，薄命如斯，生者低徊怎能忘？逝者音容犹在，只灵飙一转，未许细端详。我自中宵成转侧，五更应是落花潮，昨夜更深霜重，窗外落花成冢，帘外已月白，不知是曙色，还是霜影？一夜又无眠。

只向曾经同窗共事时，点点滴滴，事事留念想。从未刻意想过你的好，可如今，剩下的，琐琐碎碎，处处有你的记忆。不思量，却难忘。怅恍如或存，回惶忡惊惕。一片伤心处，感念不成行。

昨日菊花怒放，今日形容枯槁，想剪去残枝，待明年枝繁叶茂，又不忍，怕它疼。世间万物，花草虫鱼，皆有生命与疼痛。菊花犹抱枯枝头，君怎肯撒手人寰？记得那日，为你倒去杯中残茶，担心你归来时，杯中残垢会影响了你的好心情。再见时，只一句问候，却成了匆匆告别语。残碎记忆中，落得更深哭一场。

桌上，尘灰一层，其实你离去仅一天。想你也是喜欢洁净之人，轻轻为你掸去尘垢，像你原初那样。你颠覆的，不只一个人的世界。

望庐思其人，入室想所历。流芳未及歇，遗挂犹在壁。事业未竟处，自有后来人；孀妻与稚子，谁人来与陪？执手看孀妻，相顾又无言，唯有泪千行，无处话凄凉。无限惋惜中，恨君太决绝，何事不思归？

想君从前事，性情清雅淡泊，粪土金钱物，不侍权与贵。你为醒世人，意想应犹彻。一念成往昔，从此尘与土。又怪君无情，未尽差强意。无处话凄凉，怎肯任君别。

清泪尽，纸灰起。天上人间，自此永幽隔，只当君远行，一路走好。逝者长已矣，生者应劝勉。

冬至，怀念一个人！

开花的老树

教学楼前有一棵不知名的老树,说它老,是因为十多年前,我刚参加工作时,它就已经有屈曲盘旋的老干遒枝了。黝黑的树茎总有挣脱束缚的欲望,皲裂的树皮好像永远包裹不住积年的沧桑。时有红褐色干涩透明的树液,从结痂的伤痕处一滴一滴地渗漏出来,老泪一般。

想当年,这里仅有几间平房校舍,几经周折,取而代之的是几栋高耸的教学楼,唯一没有变的,便是这株老树。说也奇怪,这么多年来,老树只稍稍增粗了一点而已,从未见过它绚烂、辉煌过。一无繁花,二无硕果,单调的叶和干的组合,注定它平淡一生。春去冬来,唯一的变化就是春来萌芽,秋去落叶。岁月与它,是不相干的两件事,它似乎意欲将自己风干成一尊浮雕。老树如一位无足轻重的老人,孤独地静默着,目无表情地凝望着行色匆匆的路人。老树无声,以至于我逐渐淡忘了它的存在,对它熟视无睹。对这棵树的仰望,只有在秋天,接连不断飘零的枯叶,使刚刚打扫干净的卫生区又杂沓不堪时,我才会驻足片刻,厌恶地举头望着它,数着未落的叶子抱怨一番。

乍暖还寒时,鸟雀按耐不住爱情的冲动,喈喈鸟语不绝于耳。好奇地从教学楼的栏杆里探头寻觅着,想看看到底是什么鸟,有这么婉转的歌喉。在伸头的刹那，无意中看见一层猩红的小花，绽放着老树顶梢上。殷色的花朵点缀着尚未绽开的鹅黄色的嫩叶，倘若不是色彩的差异，是分不清花形与叶脉的。初春的梢头，嫩叶一叠又一叠，努力地向上伸展着。细碎的小花，蜻蜓一般攀附在嫩枝的最上头。红的一抹，绿的一层，煞是好看。倘若不是从上往下看，很难看到老树新花的奇观。原来，这株树也是开花的，只是我不曾发现过而已。

在江南一穷乡僻壤处做客时，发现这家的堂屋里，悬挂着一副裱糊考究的字画，是用小楷工整地抄录的朱子家训。书风端庄古雅、从容隽秀。气酣墨畅而又神定气足，流露出华严庄重之气。想不到这乡野之间，竟有如此精湛大气的作品，想必作者肯定是个高人。询问由来，这副清逸作品竟然出自门前那位干瘦枯槁的老翁。很难将字画与老人联系起来。主人看我将信将疑，于是向我讲述了门前老翁的光辉历史：他可是当地的名人，琴棋书画无所不通，只是特定的历史原因，迫使他归隐故里，从此隐藏了光环。于是，我向老人索要了一副字画，姑且作为纪念。每逢看见这副字画，我总不由得联想到教学楼前那株开花的老树。

春节时，一时兴起，翻阅父母早年的影集。儿子指着一张发黄的照片问："这个长辫子的人是你吗？"我说："是外婆！"儿子惊愕，反问道："这么小，会是外婆吗？外婆是老人啊！"或许，从他记事起，母亲就已两鬓微霜，是一副和蔼的老奶奶模样。要将满是皱纹的外婆与青春气十足的少女联系起来，对于少不更事的孩子来说，还需要更大的想象力。"原来外婆也这么年轻过！"这是儿子得出的结论。他终于接受了这个扎着长辫子的小姑娘，经过岁月的洗涤，最终成为外婆的事实。

担心岁月将这些发黄的照片涂抹掉，我用数码相机，将父母那些发黄的老照片，翻拍下来，保存在电脑里。我想通过这种途径，让更多的人，记住这些老树，记住它们曾经开花的模样。

那时中秋月也明

中秋还有时日，有远方的亲友，早早寄来一盒港式月饼，听说是香港百年老店的特色食品，价格也不菲。但儿子似乎并不领情，没有赞许，也没有品尝的欲望。老公的见解更是紧跟时尚：说月饼脂肪含量高，糖分多，吃了容易发胖，建议我把月饼送人。但我还是坚决留下了，不管怎么说，过中秋节，也得有个传统的标志性食品吧。

如今生活水平提高了，天天都像在过节。大人、小孩对节日的期盼没有那么强烈了，节日也越来越不传统了。

我记事时，农村已经分田到户，人们的生活质量有所改善。每逢传统节日，家家户户的饮食也会相对丰盛点。孩子们对节日满是期待。

中秋节，最大的特色就是吃月饼。那时的月饼，包装简洁。一块块圆盘大的月饼，黄灿灿的，好似月亮落在人间。刚出炉的月饼，氤氲在烘烤出的芳香里，油润润的，高高地叠放在食品店的柜台上。家家户户，有钱没钱，都买同样的月饼，价廉物美。

通常，父亲在中秋节的当天，买一块大月饼。月饼放在屋子里，散发出诱人的芬芳。我喜欢对着月饼看，圆形的表面，是规则的菱形方格，方格中间都有个凹陷点，看着就有啃一口的冲动。于是，凑近月饼深深地吸一口气，似乎月饼的微粒可以沿着气流吸进肚里。此时，哥哥们总会嘲笑我："别老是看，把月饼都给看坏了，谁还能吃呢？"我不管，仍旧贪婪地盯着月饼。

月到中秋分外明。吃过晚饭，父亲开始炒花生，我的任务就是去迎接月亮。因为父亲说，只有等月亮升起来才可以吃月饼。我跑前跑后，一会儿催促父亲快点炒花生，一会儿去瞅瞅月亮是否已在树梢头。

月亮像害羞的新娘，终于从东边探出头来。大地月白，黝黑的树影，在明晃晃的庭前摇曳。我拍着手欢呼跳跃："月亮出来了，月亮出来了！"

月光洒满大地，不需出门，就可以透过门楣，看见亮堂堂的月影。母亲把炒好的花生端到小桌上，月饼放在花生的旁边。一家人围坐在小桌边，父亲把刀擦得锃亮，沿着中心，小心地把月饼切成若干份。父亲和母亲只象征性地吃一小块，我们小孩子无所顾忌，可劲地吃。偶尔，还可以幸运地咬到一块冰糖，舍不得嚼碎了吃，只是在嘴里含着。香甜的记忆，成了中秋往事。

其实，中秋还有吃鸭子的习俗，只是那时候，未必家家称愿。村前村后，户户称点肉，还是很寻常的，一年忙到头，节日是要好好犒赏一下的。买点肥肉做红烧大肥肉，咬一口，满嘴流油，那才是吃肉的感觉——爽！

儿子很奇怪："那么肥怎么吃啊？""好吃啊，一年只吃几次肉，吃瘦肉就不解馋了！"听了我的解释，儿子怜悯地摇摇头，慨叹道："你们小时候真可怜！"

我倒没有这样的感觉，回想童年，都是些快乐的记忆。那时的中秋，月色或许更加澄澈，月饼也比现在的更醇香可口。

看来，人未必完全就是物质的。

故 园

暑假,在家小住,有机会去儿时玩耍的地方,重新拾掇童年的记忆。

小时候,厂区很宽阔,厂房也很高大,仓库被一一编了号。从住宅区到生产区,是一段好长的路。而今,这段距离似乎被拉近了,或许是因为我长大了吧?

记忆中,那段青砖围墙边,有一片荒芜地,父亲把它开垦出来,种了很多家常蔬菜,扁豆、丝瓜、豆角、辣椒还有茄子。父亲下班后,就去翻土,浇灌,然后摘一篮蔬菜。

家里还养了一群鸡。一次吃饭时,我不好好坐着,弄翻了方凳,把一只绒毛小鸡活生生砸死了。我被吓哭了,父亲右手托着那只小鸡,左手在手腕上轻拍,但这种方法终究没有将它唤醒。不过,父亲并没有斥责我,反倒安慰我好好吃饭,这让我更加自责,所以至今记忆犹新。

夏天的晚上,我们到厂里的路灯下捉土狗子(一种一寸多长的昆虫)喂鸡,鸡吃了这种虫子,真的似回报一样,多下好几个蛋。有一次,居然下了一枚特别大的鸡蛋,比通常的大一倍,父亲拿着鸡蛋,到处炫耀。那枚"大蛋"后事如何,我已记不清了,大约也是修了"五脏庙"。那时候条件艰苦，好在父母善于经营，日子也过得顺畅。

我和哥哥常常偷偷地溜进生产区，这是不被允许的。因为"棉花重地，严禁烟火"。曾经有过顽皮的孩子，偷了家里的火柴，在厂里玩出了火灾。于是值班的人，格外苛刻，我们是仗着父亲的面子，打着给母亲送饭的幌子，才可以进去的。

对于我们而言，厂区就是个乐园。仓库里，有的地方棉花堆到横梁。我们把装棉花的布袋撕开，爬到棉花堆最高处，在屋梁上把布袋两头系上，做了一个简易的吊床，舒舒服服地躺在里面。

还有一种游戏，现在想起来才知道危险。棉花收购高峰期，仓库装不下，就会把棉花堆积在外面。为了使棉花通风，需要在几米高的棉花堆下面，挖出一横一纵两条交叉的隧道。我们也见缝插针，常常趁人不备，悄悄地从这边洞口，爬到那边洞口。被人发现后告诉妈妈，少不了一顿骂。此时，站在空空的棉花基旁，才明白，倘使那时棉花堆轰然倒塌，埋在棉花堆下，都不会被人发现。

第30间仓库是最恐怖的，那间仓库大得出奇，在里面说话都会有回声。听说那里闹鬼，值夜班的人还看见过"白胡子的老头"。大人们都不敢轻易进那间仓库，何况是孩子。那时，我们都是绕着走的。不过，现在仓库周围高大的树木都被砍伐了，那间阴森的仓库也明朗多了。

如今，站在曾经繁荣过、沸腾过的厂区前，眼前是一片萧条。工厂被买断，工人散尽，机器也被贱价变卖，连厚门板都被拆得七零八落，空空的厂房，张着大嘴，如饥似渴。这是父亲曾经保卫的工厂，不知道他站在这里，会不会难过？

清晨，买早点时，发现卖大饼的，居然是以往的邻居龙大姐，只是现在已是一脸"奶奶相"，满是皱纹。是岁月的痕迹，还是生活的拖累？我不知道。

听说厂里的基地转让了，老房子都要拆迁，过段时日，这里将是高楼林立。下次回来，此处将是物非人也非了。走过故园，由不得再多看一眼。

青春如茶

邂逅他，很偶然。那天他穿一件月白色短袖衬衫，银灰色的西裤，神情从容，目光空远，成熟背后掩饰不了些许的老境颓唐。那顶遮阳帽，好像永远长在头上一样，即便在室内，也从不摘下。第一眼见到他，总觉得似曾相识，却又苦寻无踪。记忆中有一个模糊的影子，但始终无法与现实中的他对号入座。

近旁的朋友看出我的困惑，经她点拨，我才幡然醒悟，原来他就是当年的电视主播，难怪面容如此熟悉。这几年，他从台前走向幕后，在我们的记忆中逐渐淡漠了。记得上高中的时候，他风华正茂，是电视台的当红小生，语音醇厚，英气逼人。欣赏他优雅的气质，温婉的台风。隔着电视屏幕，觉得他是那么的清秀而遥远，遥远得只能当成偶像去崇拜。当年的他，还常常成为我们女生热议的焦点，有位相貌俊美的MM，对他的喜爱，更是几近狂热。可如今，流光催人老，老得让我这样的"粉丝"都认不出来了。

眼前的他，沉稳富态，与当年的英俊潇洒大相径庭。不知道当年那个追捧过他的漂亮MM，见到现在的他，是否也如我一般，感喟良久？

二十年的时光算不得久，却也改变了很多。当年少年不经事的我，也已是人到中年。青春韶华，那只是曾经的事。

暑假学习驾驶的时候，几位朝气蓬勃的大学生成为学员队伍的先锋力量。他们的动作总是那么干净利落，灵活机动，不拖泥带水。倒车的整个过程，一般人需要六七分钟才能完成全过程，而他们，只用三四分钟，就可以完成漂亮的"灌蓝"。看他们流水一样的动作，灵动得让人艳羡，忍不住扼腕感叹，自愧不如。教练员半是嘲弄地对我们说："不服老不行啊！"从未经受过年龄危机的冲击，自始至终没想过用这个"老"字来形容自己，而今，却接连被这个"老"字砸得头破血流。

有人说，青春如同手纸，看着很多，用着用着就不够了。摊开双手，两手空空，我的青春"手纸"早已荡然无存。人生大抵如此，失去后，才知道回味。

人生短暂，青春如茶。留不住美好，留得住记忆；留不住青春，却留得住现在。专心泡好当前这壶"茶"，才是第一要务。毕竟，人生苦短，实在经不起更多次的冲泡。

童年丑事一箩筐

现在想来，童年的丑事至少有一大箩筐。

偶尔回乡，村前道旁，恰遇邻里乡亲，总惊奇地指着我儿子感叹时间过得太快，他们的记忆依然停留在少不更事的我身上，我闯下的大大小小的祸事，他们可以像背书一样，一一罗列出来，全然忘记了我已是人到中年了。

好在当年的我，虽不是乖乖女，但因胆子小，不够聪明，又缺乏创意，做不了翻天覆地的大事。只是尾随哥哥们"跑跑龙套"，多属"从犯"。因此，乡亲在列举"罪状"的时候，更多的自然是爱怜与追忆了。通常我是陪着笑脸，听他们陈述完我青春年少时刁钻无赖的"罪恶史"，在他们转而夸赞我现在的知书达理后，才收敛起尴尬的笑容，领着一脸好奇的儿子，告辞离去。再寻一个没人的地方，悄悄吐吐舌头，私下发表一番感慨："幸亏没有罪不可赦的旧账，否则在老公与儿子面前，被人如此痛陈，那就颜面无存了！"

细细想来，那时候，坏事虽没多做，但蠢事却不乏数量。

最轰动的是大哥的老师家访的那次，当时的条件，款待贵客一般是"一碗面三个蛋"。大哥是长子男丁，一家人都把考大学的重担交付于他。班主任夜晚来访，说明老师的负责，也是对大哥的看重。

出于感激，我的父母将尊师重教之礼演绎得淋漓尽致：母亲为老师煮鸡蛋面。为了避免老师一个人吃的尴尬，父亲接受了光荣而幸福的任务——"陪吃"！不过，碗里只象征性地放一个鸡蛋。

昏暗的灯光下，父亲陪着老师一起吃面条，我和母亲站是厨房门口看着，听他们边吃边谈论大哥的学习。不久，只听得他们"呼啦啦"地吃面条声，话却不多了。单单看见父亲一只鸡蛋接一只鸡蛋地往嘴里送。

送走老师后，我们家就炸开了锅似的。母亲指着父亲的鼻子责备道："你这个老东西，也不长眼睛，给老师吃的鸡蛋，你一个接一个地吃，丢不丢人？"父亲歉意地说："你也不告诉我，我怎么知道老师碗里只有一个鸡蛋呢？我后来才发现的，只是晚了……"接下来，可想而知，矛头都对准了我，母亲气得说不出来话，父亲说我"不长记性"，大哥狠狠地瞪了我一眼。我也没想到，好心会办成坏事，自然一肚子的委屈。好在老师并没有计较，父亲后来专程去说明这件事时，老师说："知道是碗端错了！我知道咱乡下都厚道人！"

一晃三十年过去了。如今与家人谈及此事，还会掀起一阵哄笑。我故意打趣父亲，悄悄问他："那时吃了三个鸡蛋，是不是很爽啊？"父亲也哈哈大笑："光知道女儿心疼我，没想到会这么贴补我！"

画蛇添足的事情，也是我常犯的错误。一次，父亲买了一只黄书包，说是黄书包，其实是军绿色的，当时很时尚，学校发奖品的时候，只有第一名才会有机会得到这样的书包。大哥很懂事，推说不要，而我的花布书包还是新的，自然轮不到我的份。二哥顺理成章地成这个新书包的主人。为了使这个新书包更具时代特色，我用家里给小鸡做记号的红色油漆，在书包上写了个歪歪扭扭的"奖"字。正当我为自己的杰作感到骄傲的时候，一个巴掌凭空抡了过来，好在我躲得快，二哥却不依不饶地继续追打我，害得我绕家跑了几个圈。我的好心总没放对地方。

如今我已为人妻，为人母。与父母兄长团聚时，常常会回忆起往事。我那些童年的"丑事"，竟成了颗颗值得怀想的珍珠，一颗一颗串掇起来，童年因此定格成恒久的记忆。

记忆不敢老去

在电视节目中看到一位邓丽君的模仿秀,歌声模仿度90%。听她演唱邓丽君的《又见炊烟》,闭上眼睛,仿佛一代歌后,又活了回来,顿生欢喜。

1996年,香港嘉利大楼失火,烧毁宝丽金拥有的邓丽君原声母带。2002年,台北纳丽台风大水,又毁损了她文教基金会部分珍贵史料。对她,不算是折损,没有原声母带,没有珍贵资料,她依旧是大众心目中"永远的爱人"。细想想,"我只在乎你"的原因,大抵她留给人们的记忆不曾老去。

提及邓丽君,浮现在眼前的,莫过于这样的形象:年轻曼妙,清丽温婉,宛若天仙。笑容灿若桃花,声音赛过百灵。

但是在她艺术达到最高峰时,却戛然而止,成了所有人的痛。唯独我,为她叫了一声"好"。事隔经年,她依旧美丽如初。这样的结局,对她,或许是上天的安排。

她永远定格在此。千年之后,依旧光芒四射,不可方物。人随世转,唯有她,没有垂暮。因为无论是照片还是歌声都已经成为永久。

号称"好莱坞常青树"和"世界头号美人"的伊丽莎白·泰勒,就没有她走运。一生经历数次失败的婚姻,到头来,疾病折磨着她,自愿放弃治疗。看她晚年的照片，莫名有些伤感，用美人迟暮来形容她，再恰当不过。

林清玄说他年轻时，看电影《罗马假日》，就深深地被她吸引了。一群年轻人，追着电影看，不外乎就是为了一睹、再睹泰勒音容笑貌。不知道，后来，他们看到衰老得走不动路的老泰勒时，会有怎样的感觉？我是很失落的。仿佛一面明镜，轰然坠地。

几年前，父母让我给他们拍几张半身照。为了增强证件照片的规范性，我特意将一块红布挂在墙上作背景。面对镜头，父母神情严肃。希望他们放松点，越是劝说，他们越是紧张。不想难为他们，将就拍了几张。照片洗出来，效果不佳。总想找个机会给他们重新拍几张神情祥和的。但每次来去匆匆，终不成愿。

再次回去，早早将相机揣在包里。空闲时，我打开相机，时刻准备偷拍，以免他们面对镜头，局促不安。

镜头对准母亲，镜头里的母亲，瘦削，苍老，不知道何时头发已是灰白。心中一阵酸涩，光阴易老，母亲苍老如许。伸手想去挽留，光阴在指缝间漏下，握紧双拳，却是两手空空。

打开尘封已久的相册，这里记载着父母的青春韶华。岁月如水，将照片冲刷得黄中透灰。黄的不是照片，是光阴。更久远的照片，已经粉蚀，我用软布轻轻擦拭上面的灰尘，却将照片上最后一缕记忆抹去了。50多年的细碎光阴，照片也颓然。依稀可见的青葱少年，风日洒然。曾经的照片，现在的人，倘若放在一起，清冷的心，多了一重薄凉。红颜弹指老，刹那芳华。不过，在我的心中，父母是不曾老过的。

烟花易冷人事易分。纵使整个世界老去，你疼爱的那个人，疼爱你的那个人，不会在你的心头老去，因为记忆不敢老。

带我们走进春天的老师

学校很小，两排平房各有三间教室，依山对立。矮矮的院墙连接着两边的房子，自成一体。大门永远是敞开的，从来都没有安装过铁门。后山算作另一面院墙，校园中规中矩。

父亲病退后，我就从镇中心小学转到这座小学。小学太小，小得我有点不适应。

担任语文教师的，是本家叔叔，因为参过军，转业后，生产队照顾，就成了小学教师。不过，那已经是很久远的往事了。

他个头不高，又是本村的，熟识得几乎没有了隐私，就连他的乳名学生都知道，自然少了几分威信。调皮的孩子，常常躲在校园左边的竹园里大声呼喊着他的乳名。

对我们来说，直呼老师的全称都是不恭敬，何况是如此大声地呼喊着他的乳名。我想他肯定听见了，并设想着他必定会怒气冲冲地揪着那几个学生的耳朵，把他们从座位上一直拽到办公室；或者是跟他们的父母告状，都是本村人，谁家的孩子他心里一清二楚。我认定那几个坏孩子，今天肯定少不了一顿"竹笋炒肉丝"（竹板打手心）。

上课的时候，平静如水，似乎什么都没有发生，老师照常上他的语文课，我疑心有更大的阴谋。电影里潜伏下来的特务，在搞破坏前，都表现得比老百姓更加忠厚老实。我怀疑他也是特务，等待他去台湾的国民党亲戚反扑回村，来个里应外合。我没有把这个发现告诉任何人，只是冷眼观察着他的一举一动。

我看见他从竹园里砍来一根手腕粗的竹子，在办公室里把竹子剖成一根根竹篾，不知道他在制造什么武器……

阳春二月，草木尚未萌发。那个微风轻拂的下午，上体育课时，李老师把我们带到后山顶上，他也兼体育课。他的手里多了一只硕大的纸蝴蝶，拖着长长的尾巴，几个调皮的男生跟在后面，小心地托着蝴蝶的长尾巴，如同庄严的护卫。

原来他这段时间筹划的就是这只风筝？一群山村小学的孩子，只在书本中见过风筝。

老师用红的，蓝的，还有黑色的墨水，给蝴蝶涂上颜色，两只黑亮的大眼睛，一圈套着一圈，仿佛石头投入湛蓝的湖水泛起的涟漪。山顶是一片空白地，那个最调皮的男生，在老师的指挥下放着风筝线。老师高高地擎着风筝，在阳光下奔跑着，并高声指挥那个学生："快拉，快拉！"那个男生紧张地拽着线，也在山顶上兀自狂奔。风筝飞了一人多高，盘旋着一头栽了下来。

"大约是尾巴轻了，不能平衡，"老师又用白纸条给蝴蝶接了一截尾巴，回身告诉那个放线的男生，"慢慢地跑，要看着风筝，一边跑，一边拉扯，才能让风筝飞得更高一点……"

再次放飞的时候，纸蝴蝶像飞天的仙女扶摇而上。线很快放完了，风筝定格在蓝瓦瓦的天空中，蝴蝶在清风里盈盈颤动，仿佛是春天的使者。老师让我们每个人都拉扯几次线，感受一下放风筝的心情。

所有的孩子都激动地欢呼着，跳跃着，嬉笑着。暖暖的春风拂过我的心头，我和那只大蝴蝶一起走进了春天。

再后来，那几个顽皮男生找到了自己的"事业"，做风筝，做滑板车，做投射的小电影……他们整天忙碌着，再也没有人躲在竹林里叫老师的乳名了。

把名字刻进别人的记忆

把名字刻写在别人的记忆里，你认为这是一件很困难的事情吗？不过，在你听完我讲述的两段故事后，你会发现，把名字刻进别人的记忆，其实并不是难事。

儿子一年级的数学老师，曾经把名字刻进别人记忆，尽管他并无创举。

一次儿子在学校生病了，还在身上拉了稀，老师打电话让我去接儿子。一路上，我都在假想着儿子的种种窘境：是因为满身臭味，被老师同学排挤到某一个角落，正在伤心落泪；还是正被一群人围拢着，低着头接受老师同学的讽刺与奚落呢？

等我赶到学校，儿子却端坐在教室里认真听课，数学老师见我来了，微笑着将一个报纸包交给我，里面包裹的是我儿子的脏内裤。原来，我还没赶来之前，这位年轻的男教师，就帮儿子把脏内裤脱下来，用卫生纸将他身上的污秽擦拭干净。尽管并不了解那位教师，我却可以从他的小举动中，推想出他内心的大爱：一位年轻的未婚帅小伙，没有经历过养儿育女的艰辛，却可以不惧肮脏，做一件只有父母才会无怨无悔躬身去做的事情。这份倾注在孩子身上的父亲般的师爱，超越了他的职责，他用行动把他的名字刻在我们的记忆中。

母校有位老教师，他与我并无直接关联，但我对他的景仰，却是深入骨髓的。

听说八十年代，母校办学很有名气，很多外地高考落榜生慕名前来补习，原有的基础设施，不能满足太多的落榜生，高高的分数线，将很多当地的落榜生拒之门外。就是这位教师，亲自带着一位同学到校长办公室据理力争，校长理所当然地拒绝了。因为门外还有那么多双期待的眼睛。这位倔强的教师，硬是不让步，对校长说："别人你可以不收，但他，你必须收，假使你真的没有课桌给他，我让他站着听课；你觉得没有床铺给他睡，我让他住我家；假如你认为学校就多了这一个学生，我可以让我儿子到别的学校补习去，把名额让给他……"就这样，这位失去父母双亲的孤儿，被破格接收了，第二年，以优异的成绩考取了重点院校。事实上，给他说情的教师，只是他的一位授课老师而已，与他并无一点亲缘关系。岁月可以在老师的鬓上添霜，却不可以将他从人们的记忆中抹拭。

汶川地震中，一些勇士用生命诠释了教师钢性的一面：用生命作为支点，给学生支撑起一片晴空的谭千秋老师；"摘下我的翅膀，送给你飞翔"的张米亚老师。他们将名字刻写在历史的记忆中，宛如落花飞雪，无处不飘香。

生活中无须人人是英雄，却需要处处有好人。毕竟，我们需要好人的几率更大，一个微笑，一次牵引，纵使是一张纸的厚度，也足以垫起我们的高度。

生活需要细节，细节成就生活。只需在平常中，再多走一小步，你就可以把名字刻进别人的记忆中，这将是一份无尚的荣耀，因为无论何时何地，无需苦苦搜索，你的名字都以最尊贵的姿势，出现在最显赫的地方。

其实，被别人记住是一种幸福！

记忆中的三位物理老师

记忆之河很悠远,即便细流,也会回旋不断。就像是那裙中一褶,皱褶恰似隐藏在某一个人的心头,风乍起,裙褶飘展开来,眼前便会突现那熟悉而遥远的身影。

记忆中,有三位物理教师,他们都很有特色。

初中物理教师姓戴,典型的藤野先生类型的人物,瘦削,面色苍白而严肃,眼镜片比瓶底还要厚重,眼睛突兀,头发总是乱乱的。他是个不拘小节的人,最严重的一次,上课的时候,居然裤带拖了好长一截在外面。当时我们哄堂大笑,他红着脸系好裤带后,又继续上课,对他来说,好像没有什么比上课更重要的了。事实上,因为他严谨的教学态度,我们对他十分敬重。那时候上学,没有课外辅导书,所有课外补充的题目,都是由教师亲手抄录的。戴老师批改作业很有个性,即便是题目中抄错的字,也逃不过他的法眼。对于作业写得认真的,他总是不厌其烦地写上"认真整洁"四个字。每次物理作业本发下来,我们都喜欢互相传看,比一比谁的"认真整洁"多,在不知不觉中,我们做作业都认真起来。

初中毕业已经 20 年了,戴老师尽管只教过我两年的物理课,但他上课时的神情语气,举手投足,历历在目。

高中物理教师，是刚刚分配的年轻教师，姓齐，他与初中的戴老师刚好形成一个鲜明的对比。他很机灵，戴老师则显迂拙；他很活泼，戴老师严肃；他桀骜不驯，而戴老师是站在框子里做人的。我敬佩戴老师，更喜欢齐老师。他上课很有特色，引经据典，海阔天空，从不拘泥于课本，最新的时讯都是他第一个带给我们的，他成了大家崇拜的对象。

他做人也很有风格。电影《高山下的花环》中一段经典对白：没有能力但很听话的，领导喜欢；不听话但有能力的，领导也会喜欢的。我想齐老师属于后者，很少见到年轻老师敢扯开嗓子跟领导说话的，他就敢。

高中毕业，也有十七八年了，但齐老师的笑容，至今不能释怀。他的博学，一直鼓舞激励着我，成为我效仿的对象。

大学物理教师，也是很有特色的。他是学校的"名补"之一，经他之手被惩补考的，也有不小的数字了。当时，他出了一本书，但我认为那不过是摘录而已，他却当作宝贝，还要求学生人手一册。当时，上届的学兄将自己的书给了我，班级就我一个人没有买。班长闻讯后，补充强调一句："你忏悔吧！"我问为什么？他说："你等着补考吧！"我十分惊恐，赶紧去买一本。那位物理老师，还假惺惺地问："听说你已经有一本了，为什么还要买呢？"我也不敢直说，只是违心地逢迎道："想珍藏一本。"

人的一生中，会遇到很多人，但未必都能让你牢记。很多看似平凡的人，却会在某一特定的时刻，赫然出现在你的记忆中。如今我也是一名教师，或许我不经意的言行，就会将自己定格在学生的记忆中了，所以，"为人师表"对于我来说比生命都重要。

那些年，我们参加过的高考

六月的阳光还不算炙热，高考的风声却一阵比一阵紧。

前几年监考时，为了提高外语的听力效果，我们关门阖窗，静候分发试卷的通知。从密闭的窗户远望，家长黑压压地站满了马路。后来才知道，他们是自发地去拦截车辆，以免噪声影响了孩子正常发挥。朋友的女儿今年也参加高考，她受孩子的影响，情绪格外紧张，常常失眠。我怕她的现状给孩子产生更大的压力，多次劝说也无济于事。可怜天下父母心。

或许他们的心情是可以理解的，毕竟，我们曾经也从高考那座独木桥走过，也为高考欢喜过、忧愁过。

大哥是家中长子，他的高考不是一个人的高考，是全家人的高考。那年七月，天气异常炎热，大哥带着全家人的厚望去奔赴考场。我记得那几日母亲天天对着书案上的菩萨默默祈祷。或许是太紧张了，成绩一向不错的他，那年居然没考上。母亲一下病倒了，她一直强调是在地里干活中了暑，但我们心里都很明白，倘使有一张大学录取通知书，她的病立马会烟消云散。

农民家的孩子，高考是跳出农门的唯一办法。难怪父亲总是念叨：不管考什么学校，哪怕去扫厕所都没关系，只要能吃商品粮。

第二年大哥终于不负众望，考上了大学。那天来送录取通知书的是他的两个同学，母亲把家里仅有的几个鸡蛋都拿出来煮给他们吃，父亲更是得意：我要的就是这张联络图……

大哥是全家人的心事，他上大学后，家里人都从他制造的紧张气氛中缓过神来。满意的父亲像是腰里别了只兔子垫着底，对我的高考不再苛求。我的落榜好像在他们的意料之中，父亲没有接连几天不开口说话，母亲也没有病倒，那个暑假我还算自在。

补习那年，我对考大学似乎找到了感觉。成绩发布时，我回学校看分数，临别时对母亲说：如果没考上，我就不回来了。这句话大概把母亲吓着了，她追着我好远，叮嘱我：考不上不要紧……

现在回头想一想，那句话是真是假，我也搞不清。好在上天赐予我生机，我被录取了，有惊无险。

带着好消息回家，却大门紧锁，父母还在田里干活。没有人迎接凯旋归来的战士，我的心一下落到谷底。找到他们后，假装沉痛地说：没考上……

母亲依旧平静，继续插着秧苗。父亲停下手里的活，故作轻松地安慰我：明年再来……

他们的宽容让我至今感动，不忍心再拿他们的善良开心，大声地告诉他们：我考上了……父亲欢呼着，把手里的秧苗一扔，撂下田里的活，拉着母亲和我就往家里走。我受到了最高的奖赏。

相比之下，老公的高考故事更能激励人。他高考时的苦学经历，现在被我拿来作为教育儿子的案例。

他说有几次，打算去厕所小便，一路上还拿着外语书背单词，结果到了厕所旁，却忘记此行的目的，又折返回去。他是受过苦难的人，所以跳出农门的愿望非常强烈。一丁点时间他都舍不得放弃，连走路也捧着一本书，有一次居然撞到大树上。皇天不负有心人，那一年，他也撞开了大学之门。

每个人的高考背后，都有一段难忘的经历。人生有经历才精彩，有挫败才更珍惜成功。

天　井

老宅又要维修了，且是改变旧置，废除天井。接到父亲的电话，我的心满是惆怅。"能不能保留两边的厢房？"我试探地问，其实我是舍不得天井。

"这次是下了决心的，一定要拆掉厢房，现在农村都不盖这样的房子了，一般的瓦匠都没技术修理好骨沟……"父亲断然的语气里，我也能听出几分惋惜。

骨沟是厢房和正房屋顶连接处的排水沟，用一个"骨"字来命名，既表形，也表意。现代的师傅采用当代的技术，已经不能胜任这古老的建筑模式了。

老屋很老，父亲也说不出它的年限。老宅本是不远处元觉庵的庄房。父亲的记忆里，祖爷爷就居住在这栋房子里，替庙里种田护地，打理杂役，聊以养家糊口。土改时，上无片瓦、下无立锥之地的爷爷，不仅分得田地，还分得这栋居住多年本属庙里的宅院。老宅是祖辈们翻身奴隶把歌唱的标志。

老宅经过几次翻修，但只是将旧式的窄窗换成宽敞的玻璃窗，又将泥墙换成红砖。都保留了旧置，依然是青瓦古椽，四厢合并，前堂、两厢和正屋的屋顶胶合，从上俯视，宛若上大下小的漏斗，这就是天井。"宝题斜翡翠，天井倒芙蓉。"温庭筠的《长安寺》中喻天井为倒置的芙蓉，徽派建筑之美是可以横看成岭侧成峰的。

记忆里，村里一般人家的宅院都设有天井。根据房屋的宽窄，天井也有大小之别。大户人家的天井宽敞，中央还设有花坛，栽种柏枝、天竹、牡丹等象征吉祥富贵的花草树木。我家的天井远不够气派，只有四五米见方，但也为我的童年洞开一片蓝天。

天井是旧式的徽派建筑中不可或缺的元素。除了增加采光效果，听老人们说，天井还有聚福聚水聚财的作用。下雨时，雨水从四面聚拢，"哗啦啦"地注进天井，如同白花花的银两从天而降，是祥瑞。屋内外地面的高度，也都是极有讲究的。厅堂内地面的高度要低于庭院，也是为了纳财，房屋就成了聚宝盆。高高的门槛，大约也是为了阻挡财物的流失吧？

村落的结构是九龙戏珠型的，我家门前就是一口当家塘。年幼，母亲上工时，担心我外出玩水，常常将我锁在家中，除了门缝能看见外面的世界，就是天井了，仰头就可见天。

春天燕子归来，天井是燕子回家的捷径，紧闭的门扉不能将它们拒之门外。燕子轻盈地从天井飞入，划出一道黑色的闪电，急速无声。堂上的乳燕一刻不得闲，见到老燕归来，就张大嘴巴，把脖子伸得老长，"叽叽喳喳"地争抢着宠爱。

天井中间一条被踩踏得极光亮，大约一米长、半米宽靛蓝的青石板，桥一样连掇前堂和正房。很多童年游戏，就是在这块青石进行的。哥哥们很顽伩，池塘边挖团黄泥巴，也能团成枪啊、炮的，青石就是他们的工作台。我也常学着他们做土炮，将黄泥在青石上揉熟稔，中央摁个窝，再奋力将土炮倒扣在青石上，发出沉闷的响声，谁的响声大，谁就是获胜者。其实，哥哥们的得意之作是两只泥胎的花瓶，母亲用纸裱糊了外表，摆在书案上，插了好几年的自制的纸花。

康德说：世界上只有两件东西最能震撼我的心灵，一件是我们心中崇高的道德法则，一件是我们头顶上灿烂的星空。无数个月明星稀的夏夜，我们将竹凉床横跨在天井下方，大门敞开，南风悠悠穿堂而过。天井如同一方青黑色的幕布，几颗明星点缀其上，我最喜欢的就是寻找牛郎星和织女星的方向，还在七夕之夜守候大半夜，看他们如何鹊桥相会。

老宅重修本是件好事，但我还是舍不下天井。在我的心里，有天井的房子，才算古董！

年饭根

父亲老了,做年饭这么重要的事情,也转交给我们。总以为,做年饭,不过是平常的筵席多了几样菜蔬,丰盛点而已,从来没有用心关注过。

其实,年饭是很有嚼头的。尤其在乡下,老父老母的心里,年饭是新旧年成的交替,是根本。如若乱了章法,就会坏了一年的运势。

还在睡梦中,就闻见了饭香。母亲把做圆子的米饭都煮熟了,加上葱姜蒜辣椒,就等这我们搓圆子了。母亲在外面学了一招,用蛋清加淀粉蘸手,搓出的圆子,个顶个的圆。看着一筛一筛的圆子,母亲笑逐颜开:"不求别的,只求团团圆圆!"这是母亲年年要说的话。

炸圆子要小火,炸锅巴要大火,这是父亲的经验。嫂子在锅台上当大厨,我在灶下当火头军。锅巴下锅后,没有"呲啦"一声漂起来,父亲说火候不够。

圆子是一年的好彩头,要炸得圆圆满满。我拼命地往灶膛里塞柴火,火舌从灶膛里伸出来,舔着我的全身,我的脸滚烫滚烫的。母亲有点急躁,弯腰查看火情,她用火钳拨空灶膛,告诉我:"人要实心，火要空心！"母亲的话句句经典。难怪火不旺，灶膛里满是木柴，占据了火焰的空间。

炸圆子，只是年饭的第一道菜。我向母亲要菜单，母亲说："鸡、肉、鱼、圆是必备的。"鱼是"年年有余"的意思，往日里按规矩是不能动筷子的，有"鱼"才能有"余"。好在父母开明，让我们吃个新鲜！不像村里古板人家，一盘鱼，能从年三十余到正月十五。

菜做了一半就该淘米煮饭了，母亲征求父亲的意见："煮多少米？"我懂她的意思。老规矩里，正月前三天是要吃年三十余下的米饭，寓意很简单，就是去年的饭今年都吃不完，代表日子丰殷。父亲主张："顿煮顿吃，小孩子都喜欢吃新鲜的。"母亲迟疑，我觉得我也应该传承点遗风，鼓励母亲："多煮一点！"

米下了锅，我把淘洗过的，预示五谷丰登的各种豆子撒在上边，再盖上锅盖。母亲看出了纰漏，把锅盖旋转了90°，我知道其中肯定有玄机。母亲说："大锅盖上的梁要横着，不能直对着烟囱，会冲撞了灶王爷！"我笑而不言，母亲有母亲的寄托！

村里有几户已经放鞭炮吃年饭了，父亲有点着急。早吃年饭早发财，这是祖祖辈辈的共识，大约也在父亲心里扎了根。

大人们还在喝酒，小孩子们争着去铲锅巴，我知道今天的锅巴是不能随便吃的，这是一年的饭根。"饭还有根？"儿子很好奇。

父亲阻止我："让他们吃去，什么年代了，不怕没饭吃！"小孩子们欢天喜地去抢饭根了。年就应该是热闹的，父亲笑呵呵地看着满堂儿孙。

酒过三巡，才记起母亲还交代过：青菜豆腐保平安。这是年饭中不可或缺的菜肴，我竟疏忽了。母亲很体谅我：晚饭再炒吧！我知道，这是母亲的一份心愿！

年饭是根，是幸福与团圆的根，也是民风民俗的根。

第五辑 凡草皆敬畏

活在自然里,用最纯净的方式。卑微,不张扬,纵使巨石压身,也无惧无畏,执著地把生命的叶脉,伸到太阳底下。它们内心充满阳光,因为温暖,所以怀有治病救人之心。

凡草皆敬畏

儿时，与哥哥游戏的过程中，突然，他腹痛难忍。父亲请来了赤脚医生，他在当地，算是一把能手。听诊把脉后，蛮有把握地断定："是阑尾炎！"阑尾炎是要开刀的，不过，他有不用开刀的秘方。父亲跟随他，在田间地头转了一圈，手里捋着一把野草。父亲说是草头方子。

父亲带着一把铲子，去找草药了。夜幕降临，二哥为父亲送去一盏三用灯。村头的塘埂上，一点灯火，或明或暗，那是父亲在挖草药。记不得草药是什么模样了，但那盏寻草药的灯火，一直亮在我的心头。

上初中时，母亲患了肝炎。肝病是富贵病，患者不能负重，还要营养好。医生说要慢慢调养，否则容易再犯。邻居告诉父亲，中庙那边有位老人，会看这种病。很多病者，到他手，药到病除。父亲买了一些礼品，不远行程，去拜访他。回来后，父亲照着老人给的草药，沿途挖了很多。捣烂后，佐以红糖，冷敷在母亲的手腕上。一天下来，便见了药效，母亲的手臂上，起了很多豆大的水疱。水疱破了，淡黄色的液体不停地渗出来。母亲说："拔掉这些毒水就好了！"

几个疗程后，母亲完全康复了。这么多年来，从未复发。想必是那次除了根。

最近看了几位知名女作家的读书笔记，诸多内容是品《诗经》，论《本草》的。从她们的笔记中，我也茅塞顿开。譬如"采薇"，薇者，不过就是嫩豌豆苗。数九寒冬，掐一把肥硕的豌豆头，清炒，起锅时，撒上少许盐和白糖，清香爽口。"菘"者，不过就是大白菜。还有白萝卜，唐朝就有栽种，但那时是做供品的。时称莱菔，其籽叫莱菔子，供药用。白萝卜本身就有消食、止咳、利尿的功效。难怪俗语有云："青菜萝卜保平安！"

阳春三月，常见人在田埂上剪一种开紫罗兰色花的野草，听说是草药。父亲说："别小看这些草，对节生长的，都是草药！"可惜我没有读过《本草》，分不清芳草、醒草、毒草、蔓草的类别。

但有一种茅草，漫地生长。春天，花未开，含在叶苞中的花蕾，可以采来吃，当地人叫它"茅姑娘"。开花也独绝，花穗是密生的白毛。茅草根也可以吃，挖出来，是白嫩的，生吃，甜脆可口，也可以做菜。农田里，它是致命的杂草。无论阴湿、干旱、贫薄的土地，它都可以立地扎根，很难除却。这样卑微的野草，竟也有止血生津、利尿解毒的药效，还有助于体虚。

乡下说，牛羊畜生是"百草头"。它们啃草，似乎什么都不挑剔，凡可入口的，几乎都不曾拒绝。看着它们健壮的体魄，我对百草无比感念。

活在自然里，用最纯净的方式。卑微，不张扬，纵使巨石压身，也无惧无畏，执著地把生命的叶脉，伸到太阳底下。它们内心充满阳光，因为温暖，所以怀有治病救人之心。

由是，见野草，必生敬畏心！

一味稻花香

稻花是什么香味?耕作了几十年、经验丰富的老父亲也会被难倒。我曾一厢情愿地认为稻花香就是谷香,或者是草香味。

"一畦春韭熟,十里稻花香"是林黛玉《杏帘在望》在元春省亲时,暗地里帮宝玉所作的一首应制诗。杏林在望,望见菱荇一池,白鹅凫水;有桑榆一垄,燕子绕梁,更有一畦春韭,十里稻花香,好一派田园风光。可惜当时的杏帘在望,只是模仿农家院落,小巧的稻田也不过是模拟之作。所谓十里稻花香,仅是黛玉"以幻入幻"的畅想之笔。稻花香,究竟是什么味,怕是没几个文人能说得明白。

稻花小如谷粒,远远看去,花色淡绿,十分不起眼。没有花萼和花冠,退化的花被又叫稃片。细看,稃片绽开有如芳蕊吐露。一朵稻花从开放到稃片的闭合,不到两个小时。比昙花一现的时间还要短暂得多。倘若不是有心人,谁会留意她顷刻的灿烂?

站在田间垄上,微风吹拂,稻浪形成一道波浪,刹那间翻滚到田那头,又从这一块蔓延到下一块稻田。稻穗在摇摇晃晃中,传花授粉。风和水一样,是庄稼成长不可或缺的元素。风频频摇动稻穗,还能改善稻稞周围的空气环境,让每一片稻叶都能充分享受到阳光的照晒,酝酿出更多的养分滋养植株,使得枝繁叶茂,青翠欲滴。

弯腰轻抚敦实的稻穗，闻闻稻花的香味——淡淡的鱼腥！我怕自己嗅觉出了问题，又凑近闻了闻，还是鱼腥味，难道这就是传说中的稻花香？

父亲和我，各有所好，他欣赏着他的作品，一畦稻穗，一垄棉花，都是他的工艺品。我没有他那份成就感，只能去读稻花香里的诗情画意。

稻花香，其实无所谓有，无所谓无，它只是丰收的别称。稻花虽不入谱，却是凡花不可比拟的。《汉书·郦食其传》指出"民以食为天"，国若昌盛当以粮为本，柬埔寨以稻花为国花，可见其对农业的重视程度。

稻花节是布依族的传统节日。相传一位叫稻花的姑娘被恶霸地主的儿子看上了，为了逼迫稻花的父母应允这桩婚事，财主故意在稻子扬花的时节来逼租，走投无路的稻花不忍父母受其屈辱，答应嫁给财主的儿子。但在接亲的路上，稻花以死保住了贞节。稻花死后化作蝉，在稻子抽穗扬花时鸣叫，催熟谷物。为了纪念稻花，布依族把她死去的那一天定为稻花节……

父亲问，晚上煮新米粥，怎么样？好是好，可是稻子才抽穗扬花，哪里来的新米？不知道他又会给我们什么惊喜。父亲掐了一把翁葱肥硕的稻叶，回家后打一盆清水浸泡。等大锅里的稀饭熬到五六成时，父亲捞起稻叶，放入锅中。

日暮，炊烟袅袅，稀饭熬透了筋骨，锅盖一揭清香扑鼻。那把碧绿的稻叶也熬出了汁水，变成黄绿色。黏稠的米浆结成一层厚实筋道的粥皮，母亲说这是熬出来的米油，最养人。

就着母亲的爆腌小菜，啜一小口稀饭，心脾滋润。今天的稀饭格外可口，不喜喝粥的儿子居然吃了两大碗，还连夸好吃，大约是粥里多了一味稻花香吧？

陌上秋

泥土殷实厚重，打一个眼，撒几粒种子，秋天就是收成。

还没到山芋收获的时节，父亲为了让我尝尝鲜，提前去地里掏山芋。他和泥土打了一辈子交道，懂得泥土也尊重泥土，就连泥土里山芋的长势，也了如指掌。轻轻地，撩起山芋藤顺势翻到地垄另一侧，只需看看山芋根部的沙土，不必顺藤，也能知道哪里有大山芋。

我越发惊奇父亲的能耐了，父亲指着垄墁告诉我：要是有裂缝，肯定就有大山芋……按照他的指点，我发现泥土暴露出的端倪，埋在沙土地里的山芋撑裂了浮土，也暴露了它的藏身地。

沙土地疏松，用手就能掏出山芋。父亲将一个又一个紫红的、手腕粗的山芋扔过来，堆成小丘。生命的轮回如此圆满，此时它们是收获的甘果，搁置一个冬天，待到新芽萌发，它们又成了收获的根基。

我意外发现垄边山芋藤下隐藏着一朵紫色、喇叭状的花朵，"栽倒了头的芋头藤就开花！"这是父亲的解释，我将信将疑。春耕繁忙，手脚麻利的母亲把剪下的秧苗栽插进土里，颠倒了头尾的，恐怕不会唯此一株吧？

阡陌之间，草是最不稀罕的，厚实松软得像褥子，踩上去软软的。我时时有脱掉鞋子的冲动，想赤脚走在乡间的小路上。一群湖羊在山坡上啃食着草根，它们从来都不挑食，就连荆棘也当了口中的美餐。

本想寻找秋天的萧条，田野却呈现出草原的丰茂。土黄色的小蚱蜢翅膀和大腿并用，一下搅乱了草丛，蚱蜢七上八下地跳跃着，仿佛遭遇惊悸。我不得不放慢脚步。

花也开得热闹，这些野花都有共同的特点，素净，没有招摇的花形，也没有炫目的色彩。它们懂得自然的法则，懂得隐藏，才保全下来。但这并不影响它们的美，一丛淡紫色的雏菊，鲜灵灵的，每一条细小的花瓣都那么有精神。陌上清秋哪里寂寞，哪里冷？

田畦边一只歪柄的葫芦高高地挂在栎树上，已经老得不成样子了，莫非是它长的不漂亮，没有做成盘中餐，就连锯成葫芦瓢的资格也失去了？或许它是自生的，自然没人认领，我用额外的理由，去维护它的自尊。葫芦藤顺着树杈，爬得老高，三五朵白色的葫芦花，零星地点缀着枯藤。葫芦花，日文中称为夕颜，黄昏盛开，翌朝凋谢。《源氏物语》中源氏公子曾对着这些白花独自沉吟：花不知名分外娇！我却觉得知名才高贵，花名如同人的身份，叫它"夕颜"立马就见尊贵。

田间野草也如此，并非无名，只是不曾谙熟。这是红蓼，那是车前子，还有大蓟、紫花地丁、夏枯草、益母草……就像朝夕相处的学生，随口能叫出它的学名，而不是以野花野草去概称。仿佛村里的一群土娃，走进校园前，是二宝，是三妹。在教室里正襟危坐，老师对着花名册点学名，一个个神气活现。名字是对它们的尊重，是对它们价值的认可。

"栎树开花你不做，蓼子开花把脚跺。"这是母亲常说的话，只是当年我还不解其意。等我了然顿悟，已是一秋又一秋。秋天真是个好季节，可见草木本色。

人到中年，恋旧是一种心病。家乡的山山水水，都像和我通了血脉似的，知冷知暖。对父亲说，等我退休了回来和你们同住。父亲只是笑笑，不去点出我的破绽，等我退休，尚有年月。

陌上花开，可缓缓归矣！

乱 红

日日上班，途经那棵石榴树，以为她年年依旧，其实桠枝早就高过人头，蓬蓬勃勃地荫翳一方。春来萌芽，五月榴花照眼明；八月深秋，榴枝婀娜榴实繁；秋去冬来，北风删繁就简，枯叶落地。一年的繁华喧嚣终究回归沉寂，来年再续春华秋实。

习惯于这样的程式，索性视而不见了，未曾留意她几时暗结的蕊珠，在繁枝碧叶中潜滋暗长。月近中秋，本是石榴香老时，这一树榴花却不管不顾，肆意地吐芳绽蕊，这怀春的小女子。

浓绿万枝，榴花如火，一派洋洋喜气，让人忘了时节。红花烨烨，不止是迷人眼，还乱了节气。不得不慨叹古人遣词之隽永，一语"乱红"竟是这般风情种种。宛如《聊斋》中的狐女聂小倩，妩媚里略带几分妖气，善蛊人心，令人难以自持，我对她亦恋恋不忘了！

南门四路车站附近，有一株白玉兰，还有一株紫玉兰。两树相依相偎，我常疑心她们是白蛇和青蛇，贪恋人间春色，才化为两株玉兰。不知为什么，这两株望春花树也赶趟似的，稀稀疏疏地开了七八朵花，花虽不及春时丰腴妖冶，但也洋溢着点点春意。

《镜花缘》中，武则天上林苑赏花，见雪地里百花凋零，挥醉笔催花：花须连夜发，莫待晓风催！花仙子不敢违命，只得逆时盛开，除了牡丹。第二日，但见满园青翠萦目，红紫迎人，群芳圃成了锦绣乾坤，花花世界。看来群花齐放，时序颠倒算不得稀罕，纵使神话故事也非凭空臆造。

眼前这些逆天盛开的花朵，肯定不是受武后的差遣。大约是今年夏天炎热干旱，天气转凉，秋风送来几场迷离细雨，让受伤的根茎找到了大地回春的感觉。于是，花开二度，借此表达内心的愉悦？花不语，我便无从知晓。

雨，兀自下着，淅淅沥沥。路面汪着一泓浅浅的秋水，雨点落下，一个个大小各异的水圈，逐渐扩大，相互套叠着，最终融合在一起，看着看着，你会被那些纷繁变换的晕圈迷幻了，思绪随着雨圈放大，扩散……

一层秋雨一层凉。秋雨不止，温度陡降，忙不迭地添衣加裳。商场里早就备下了秋装，但我却翻出柜子里的春装。江淮之间，春脖子短。春天似乎只虚晃一枪，就被接踵而至的夏季抢占了舞台，那些春装也没有得到充分的展示，就被纳入衣柜。重新着上春装，觉得自己和那些花树无异，都是春天的装扮。也许那些花树也嫌春如线，来不及春花怒放，只好假借秋日聊续春情。

如果说春天太活泼稚嫩，秋天又过于老成持重，将这两季调和，怕是恰到好处吧？春红点染秋景，秋就不那么凝重了。有春韵的秋天，多了一份绚烂，少了一份萧瑟，这便是秋的况味。

有一朵花叫禅

在九华山拜谒地藏王菩萨的肉身宝殿，需登八十一个台阶，寓意着人生要经历的九九八十一难。拾阶而上，每个台阶的左、中、右，各有一朵莲花。导游说："要脚踩莲花，左边祈官运，右边主财运，中央一行莲花，是保平安的。"我选择走在中间，一步一朵莲花，不驻足，亦不回头。

寺庙里，莲花随处可见。有的菩萨脚踩莲台，有的手持莲花，有的做莲花手势，还有的向人间抛洒莲花。寺庙建筑、桌围、香袋、拜垫之上，到处雕刻、绘制或缝绣各样各色的莲花图案。不知是佛境生莲花，还是莲本身就标志着一种禅意。

夏季赏荷最富情趣。一碧万顷，或是半亩方塘，总是浓淡相宜。莲，似有仙风道骨，生性随和，落地生根，且能快速滋生蔓延。一两个藕节，随手丢进池塘边，两三年，就是满塘荷叶了。

"接天莲叶无穷碧，映日荷花别样红。"荷叶莲花都是看点。荷叶田田，有的高举如伞，有的浮在水面如萍，姿势各异，色彩也略显深浅。荷叶有的大如锅盖，有的小的初露尖尖角，恰有蜻蜓立上头，更是曼妙玲珑。清水睡莲，灯盏一般，漂浮着，流淌着，却又心系根茎，终究走不远。也有素色莲花，高高地擎着，从花骨朵，到绽放的花朵，最后孕育成莲子，只等着来年，羽化成莲。莲子不仅是滋补的佳品，还可以入佛做念珠，掐念一遍，可得千福。

江南风景秀，最忆在碧莲，婀娜似仙子，清风送香远。世人爱莲花，古往今来。吟咏莲花的诗词歌赋，不可胜数。但无人爱莲胜过周敦颐，"出淤泥而不染，濯清涟而不妖"，此句最佳，千古独绝。

佛国印度的文学作品中，尤其是民间文学作品，莲花都是美好、善良、圣洁、宽容大度的象征。莲与禅形随影同，"芙蓉出水禅心静"。莲花开放，清寂内敛，不似俗世桃红，开得枝头攒动，热闹得有点嚣张。莲花瓣合抱，如同虔诚祈愿的手掌，即便凋落，也必是掌心向上。听说，禅坐，就需要五心向上。

莲喜清净，一枝一朵，无藤萝缠络，也无蔓枝。零星地点缀于清波碧荷之间，如同静修的禅僧。

禅境清幽，是适宜莲花生长的净土。禅性与莲性也是相通的。据《华严经》载：莲，在泥而不染，譬如在世不为世污；自性开发，譬如顿悟。莲秉性香、净、柔软、可目，譬如人间常、乐、我、净四德。

莲不是俗世花。可以做成莲一般风骨的人，必是入了禅境的。李白自诩：心如世上青莲色。可惜他太过自负，空有青莲之名。倒是白居易形容得妙绝：似彼白莲花，在水不着水。

佛教有"花开见佛性"之说，这里的花即指莲花，说的就是莲花的智慧和境界。莲花好比一条船，渡人入禅界。

因此，说莲就是禅，一点不为过吧？

望 春

洗净了的冬衣与棉鞋，晾干后一件件地收进柜子里。温室里的花，也一盆盆地搬上了阳台，拭去旧年的陈渍，浇灌一壶春水，静候着第一片新叶的萌发。经受漫长季节的饥渴，我可以听见它们"汩汩"的饮水声。这或许就是冬的祭奠仪式，节气的绵长，连同铭刻在记忆里的"冷"，一并催她休眠、促她归去。我们要去迎接春天了。

整个冬季，厚重的棉衣加身，心情也如那荒野，成为一副黑白对比的木刻，生冷木讷，少了几许曲线。换上一套崭新的裙装吧，心情应该与这远道而来的春一起明媚着、亮丽着。

将窗户打开，把窗棂擦净，请阳光进来，给春天让个道吧！

树干依旧，但孕育着春天的叶子，日渐饱满。顶在枝头，像一只只贮满绿色颜料的瓶子，一不小心，瓶子就会被倾覆，树会被染成绿色。我期待着那瓶子打开，染绿枝条，染绿藤蔓，也染绿那一树的希望。

歌声与鸽哨一起，在天边嘹亮，这是迎春的号角，春会循声而至。风筝也在云端做着招摇动作，摇曳着，妩媚着，似乎在采集阳光的煦暖，去回报岁月的殷勤。

站在高高的山峦，眺望春来的方向。绿色的地焰喷薄而出，从天际奔突而来,如钱江的大潮。燃烧着绿焰,席卷着大地。不久,山绿了,水绿了,田野绿了,空气也绿了。

那对纯情的鸟儿,在向阳的早枝上诉说着春天的心愿。我追随着那朵花的影子,四处寻找春天的微笑,发现流云一抹,绯红地栖息在朝阳的山坡上,那是春天回眸一笑的娇颜。

春色如洗,洗净了那一路的风尘仆仆,天是蓝的,云也更轻盈了。小溪从山涧走来,我在溪边掬一口清泉,却不慎将轻愁跌落水中,溅起几重涟漪。溪水一边流淌,一边传唱着春来的消息,她途经的地方,都有列队的仪仗。

我打算忘记那个冗长的冬,让心腾空,来承载更多的春意,在思绪里一遍又一遍地勾勒着春的容颜。我决意将春装裱成画,就挂在我书房的影壁上,点缀一屋的浪漫。

可我又不敢挽留春天,怕误了时节,让爱字成殇。我需努力压抑心中的那个"痴"字,不敢将她系得太牢。还春一个自由身吧,放春回山林,春是放养的兽,一堵心墙,怎么可以关住她的流畅?

我也要从这里出发了,溯春而上,徒步去那春来的远方,追寻春的源头,我要掘开春的堤坝,任春一世流淌。

有春的地方,就会有我的行囊。

拈花时节

"春看桃花，夏观荷，秋赏菊花迎风霜，冬惜梅花一点点。"为了看桃花，我曾三次去黄龙。

第一次去黄龙，是去年春天，听人说无为黄龙的桃花很有名，踏春时节，欣然前往。因为陌生，走了很多冤枉路。询问当地人，听说我是特意来看桃花的，两个人竟同时指着相反的方向。或许，这里的桃园太多了。

一路寻花而行，却不见花的踪影。就在我想放弃的时候，转身处，竟然就是百亩桃林。连绵几个小山坡，桃树虬枝低矮，人在树中行，仿佛置身世外。第一次见到这么大的桃园，感喟不已，只是来早了几天，未到盛花期，一串花序，半枝微微开放，半枝仍是猩红的花蕾。不免有些遗憾。

折花怅然而去，却又割舍不下。周末，又去了一趟黄龙——我喜欢圆满的感觉。不过三五天，就迎来了盛花期。一路游人如织，花下还有几对拍外景的新人。他们与桃花，都是春天里最亮的风景。满园桃花盛开，心中再无缺憾，满意而归。

今年清明，正赶上桃花节，天空飘着蒙蒙细雨，丝毫不减游人兴。雨润桃花，更添几分婀娜。早春，天干无雨，桃花却开得一团热闹。远远望去，是一片片绯红的流云，横亘披拂。近看花开成堆，硕大的桃花，花蒂挤挤挨挨，又都想把花瓣尽情舒展。花开满枝，一串串，高处的花枝，连缀着低处的花束，花瀑一般。第一次见到桃花开得这么浓烈。这是花的海洋，站在并肩高的花丛中，人面桃花，相互映红。今年肯定是个好年成。

入夏，途经黄龙，又想起那处桃花。同行的朋友听我讲述春天的盛景，兴趣盎然，一行人驱车同往。不经意间，车与桃林擦肩而过。印象中，只见桃花，不见叶。这满树的枝叶，竟有些陌生。经过了两个偌大的桃园，红了嘴巴的桃子，在翠绿的树叶中，半含半露。这倒激起了我们的好奇心，去买点鲜桃。停了车，正好一个汉子，挑着满满两筐桃子，从桃园深处走出来。问价钱，居然也要三元一斤，很奇怪："今年大丰收，也不便宜点？"那汉子叫苦不迭："哪里丰收啊，干旱，桃子结得少！""春天的花不是开得很多吗？"不免心生郁闷。想起一种花，叫"谎花"，花开得欢喜一团，却没有结果的心。原来开花与结果，不是一码事。

回去的路上，朋友突然无话了。来的路上，车里人的话都让她一个人说了。什么原因让她骤然深沉了？她淡然一笑，神秘兮兮地说："这个地方，几年前我也来看过桃花！"我有点惊讶。她又诡秘一笑："和我的初恋。我们还约定桃子成熟后，再来摘桃子。""后来呢？"我追问她。"后来？他是他，我是我了！我们没有来摘桃子。"我们笑了，感情也可以有花无果。

哎，人和花是一样的，哪里会一成不变？

采 青

三月初春，山依旧是空的，没有半点新意。远远看上去的绿，其实是错觉，不待我们走近，就躲迷藏似的消失了。好像还没有积攒好最后的力量。春，这个即将"呱呱"坠地的婴孩，在地母的子宫中隐隐胎动。我期待在转身的刹那，听见婴儿破啼一哭，紧跟其后是春满人间。

此刻，草还是去年的草，枯黄，陈旧，恰似经年的纸张，有隔着岁月的蜡黄。我猛然醒悟，知晓了过往的日子是什么颜色，对，是黄色，如同枯草。

朋友知晓我们在山间闲游，问我："山青了吗？"我竟不知如何回答，怕他笑我矫情，山还未青，就急于踏青。

于是偷换了一个概念——"看青"，草色是可以遥看的，站在山巅，极目四望，目光所及的田野都是碧绿的，油菜、麦苗还有窄窄的田埂，脉络清晰地将这些绿色勾勒得深浅不一。宛如一块魔方，转着转着，全绿了。

美学中，蓝和黄混合就成了绿。天是蓝的，地是黄的，生长在土地上的绿色植被，是蓝天和大地共同赋予的生命，所以传承了蓝天和大地的基因，这便是绿。

山沉睡着，山涧是醒着的，雨水从这里汇集，一直流向山下的小溪。湿润润的山沟里，苔藓绿茸茸的，明亮的新绿会让人为之一震，这是对生命的渴望，虽不奢侈。苔藓也不贪婪，很浅很薄地依附着泥土上，像是怕刺疼了山，轻轻一撮就连根拔起。先生喜欢这些苔藓，要把它们移栽到家中的花盆里，日日得见，这些苔藓绿得太让人感动。

山坡上，一棵碗口大的树桩，白生生的斧痕在杂草丛生处格外醒目。父亲看着树桩，叹息道："可惜了一棵好树！"这是一棵山毛榉，可以长到七八丈高。从致密的木质可以断定是株良木，但它没有等来春天。庄子有言："快马先死，宝刀先钝，良木先伐。"不知道这是树的悲哀，还是人的悲哀？看父亲一脸惋惜，我便安慰他："或许春天还能从树桩边抽出一根新芽呢！"

先生提议："我们去挖些兰花带回家吧？"他不知道这里的山太浅，藏不住蕙兰。几年前，在他故乡歙县南乡的大山中，我们曾挖过一株兰花。那里山很深，一山连一山，新安江流到哪里，山就延伸到哪里，山与水蜿蜒相伴。我们采竹笋时，在幽深的山谷里发现一株硕壮的兰花。一束兰花一首诗，胡适的《兰花草》或许也是在这样的情境下偶得的。

但这里没有那种名贵的幽兰。我们寻了很久，发现一种暗红的野花，大约也是兰的一种，叶片如兰，清瘦修长，花蕾很单薄，没有兰的幽香。根却扎得很深，接连挖了几株，都没能连根挖起。

靠山吃山，靠水吃水。在乡里人看来，山里就埋着宝藏。儿子也寻到了他的宝，是一段裸露在外面的竹鞭，经风历雨，竹鞭也绿如翠竹，但比竹节更柔韧、结实。儿子得了宝贝，满心欢喜，一路快马加鞭下山了。

我与母亲也没有空着手。山脚下的麦地里，荠菜肥硕丰嫩，清香诱人，算得上一味山珍。晚餐多了一道上市菜——凉拌荠菜。开水浸泡后，荠菜越发青绿。备上各式佐料，更是可口。

余下的荠菜，我带回来包了饺子。阳台上的花盆里都掩上一层苔藓，成了最早的春色。

赶 春

三月初暖，春光乍泻。杨柳春色，随处撞得满怀。小区里几株海棠疯长着，姹紫嫣红压满枝头。正午时分，骄阳和煦，一位优雅娴静的白发老妇人，端着照相机，对着海棠花捕捉着春天的镜头。定格在她岁月的底片上，有关春天的记忆，当是海棠浓艳的花容了。

周末与友人相约去看桃花。零星的几株桃花不足为奇，倘是这偌大的山林，连绵百亩，清一色的桃树，由不得你不为之惊叹。行列分明、栽种有序的果木，宛似巧设的"桃花阵"，置身其中，俨然是误入的魔域桃源，别有一番洞天。好在这些桃树修剪得遒曲低矮，踮踮脚，便可望见外面的大千世界，不必担心迷失在桃花丛中。

看桃花算是夙愿。古往今来，春季里吟咏最多的，除了柳绿，便是桃红。"桃之夭夭，灼灼其华。"如此曼妙的花语，不去品读，何谈对春的钟爱？

好花不长开，好景不长在。依山傍水的鱼米之乡，却留不住春——江淮之间素来"春脖子短"。春天的短暂，犹如罗盘中一粒绿色的珍珠，不经意中就会珠落春去。

相约迎春赏桃花，一年又一年，只是各自纷纷繁繁的琐事，总会有人失约于时节。有人不能同行，有人寻春为时却晚，只赶上残红一地，枝头唯有盈盈的花蕊。叹落花流水春去也，让人好不悲情。惜春怜时，是自然的事。

怕误了花期，偏早于花时，桃花开得尚不浓烈。大概因为品种的差异，半坡桃树上，猩红的花骨朵，在枝头静默，仿佛是高高擎在枝头的心事，只等候有心人来诉说。向阳的山畈，春在枝头已十分。花序错落有致，盛开的花色微浅，半含半露的桃红积聚花尖，如美人娇妍的朱唇，索人心扉微澜。"桃花一簇开无主，可爱深红爱浅红"，烂漫春花，无论浓妆，还是淡抹，总与春风能相宜。相比之下，来得早总好于误了花时。"残红尚有三千树，不及初开一朵鲜。"一树花，开的尽管开了，含苞的也是春色的萌动，是希望和怀想。无法想象满野桃花绽放的奢华，几分壮观，几分动人心旌？

桃花尚未完全盛开，就有人畅想着桃子成熟的季节了，策划着下一桩游历事。不知再游桃林，会是怎样的心境？想当年，诗人崔护进士不第，城南游弋，桃花之下偶遇佳人，但故地重游时，却是人面不知何处去了。我常私下揣摩，这里的"去年"倘使是写实，诗歌的意境尚且浪漫。最让人难过的反倒是写意，"多年"之后的邂逅，桃花虽依旧，红颜已憔悴，故人相逢未必相识，花下感喟流年，就是寻常事了！

四野油菜花攒动，再晒几天太阳，这里就是金黄一片了。陆续有从外地赶来的养蜂人，将蜂箱整齐地排列在路边空地上。记起王观的诗句："若到江南赶上春，千万和春住。"赶春需趁早，留春要及时。这群赶春人，他们总能敏感于季节的脉动，准确地把握住一年里最美好的时光。甜甜的蜂蜜，是他们留住的春。而我，拿什么留住青春韶华呢？实在想不出妙法，能把春光留住。临别时，只偷偷摘了一枝桃花……

恰似故乡槐花香

黄昏时分，领着儿子在公园散步，迎面扑鼻的芳香，敦厚淳朴，花香中蕴含着甜丝丝的味道。"槐树花！"我脱口而出，这伴随着乡土气息的芳香，是我嗅觉中最敏感的记忆。

故乡的村前村后，都覆盖着浓密的槐树。槐树生命力强，落地生根，只要有土壤的地方都可以生长，从不管土地的贫瘠与肥沃。没有人工栽种，村前的山上，半个山坡都是槐树，花开的时候，半坡雪白，好像是昨夜的一场雪。远山近岭都沉浸在槐花的馥郁中。

老宅前也有三棵老槐树，也不知道它们历经了多少个年代，有记忆的时候，这三棵树的浓荫就可以乘凉了。也不知道老树究竟有多老，小时候，我们从不敢轻易去靠近那沧桑的老槐树，因为《天仙配》中，就有位白发的神仙是从槐树下钻出来的。小孩子们总是喜欢对着老树发痴，既盼望着有一天树下会钻出来一位老神仙，又害怕这槐树真的成精。

槐树花纯白如玉玲珑，掩映在绿枝丰叶之间，一树的槐花，不胜娇羞，如待嫁的处子，欲语还休。花未开，活脱脱一只只银色的小口袋，引人遐思无限，总想等候她开颜一笑，看看那口袋里究竟埋藏着什么新奇。淡淡的芳香，一天天地浓烈起来，却总是清新爽快的，没有香樟的刺鼻，也没有梧桐的夸张。梧桐花总是一串串毫无遮拦地、高高地直立在枝头，像一挂挂紫色的铃铛，迎风招展。她的喧嚣正与槐花的内敛形成了鲜明的对比。这些紫色的风铃也就成了迎接槐花的序曲。素净的槐树花就是踏着这乐曲款步走来，就像披拂着婚纱的新娘。沐浴在槐花的香气中，总想着贪婪地深深吸口气，这芳香总有洗心润肺的功效。

槐花饼的味道已经淡漠在我的记忆中了。母亲说过"粮食不够，瓜果凑数"。她总在槐树花盛开的时候，捋一些槐树花，掺在碎米面里，贴成饼子。可惜那时候，我们都很不懂事，不知道为母亲分担贫穷，只知道找纯面饼吃。不过，槐树花蕊倒是很香甜可口的，儿时可没少吃过呢！

后来日子逐渐富裕起来，槐树花就很少吃了。不过，在我初中的时候，家里养了两只羊，经常没有时间去打羊草，我们就直接从屋前的槐树上折一些枝叶给羊吃，羊最爱吃的就是槐树花了。一个花季，都是我们的憧憬。肥了羊羔，人也清闲了，就不需要摸着黑去打羊草了。结果槐树几乎只剩下光秃秃的干，好在槐树很皮实，一场雨后，又是满树的嫩枝新叶，毫无受伤的痕迹。

很多年过去了，那几棵老槐树依旧枝叶繁茂，枝干愈加遒劲了。一天，来了几个外乡人，要父亲把这几棵老树砍倒卖了。父亲断然拒绝了，一千块钱，对于乡下人，是个不小的数目。父亲还是毅然决定保留那三棵老槐树。

再回故乡的时候，恰是槐花飘香，村前来了一群放蜂人，他们来自遥远的地方，就是冲着我们那里的槐花去的，总是夸我们那里槐树多，槐花旺，可以酿出好蜜来。听说槐树花蜜比油菜花蜜还要浓醇得多呢！

一阵风过，几缕花香，忍不住又开始思念故乡的槐树花。

一个人的夜晚

夜幕降临，儿子拉着父亲，说："外公，我们去散步吧！"对于儿子的小资小调，父亲有些为难："我们乡下不能散步啊，外面黑，不像你们城里，到处亮堂堂的！"或许，乡下真的不比城里，纵使深夜，城市的边隅也为霓虹通染。乡下，月上枝头，黑漆漆的夜幕，如同一口熏黑的大锅，将田野，山峦，乡村扣得严严实实。乡下的夜空，格外清寂，月光渺远，她与地面的交汇处，保留着一片情感的盲区。

推开大门，乍往外看，屋外雾似的黑成一团。乡野的清风迎面吹拂，沁入肌肤，让每个毛孔都熨帖舒畅。电风扇只会把屋内的热气搅来搅去，这股热风，远不及野风凉爽。索性，搬一把躺椅到露台上乘凉。

母亲陪着儿子看动画片，间或，可以听见他银铃般的笑声。儿子已与我齐肩高了，但尚未到变声期，依旧爱看动画片，笑声也毫无保留，总能快乐自己，也能打动听众。

父亲与爱人在拉家常。"一个女婿半个儿"，父亲把他当客人，也把他当儿子，与他有说不完的话。家底都抖搂出来了：田里的棉花，地里的玉米，春天的收成，夏天的展望……父亲说得仔细，爱人听得认真。

我是唯一的闲人，独自在阳台上看星星。城里的灯光，乡下的星光，一样妖娆。

院子里，葡萄叶被风吹得"沙沙"作响。草窠里的夏虫，高一声，低一声地为心上人弹奏着情歌，勤勤恳恳。一只萤火虫从墙外飞进来，在院子里滑着弧线，好像打着灯笼寻找遗失宝贝的路人。有心喊儿子出来捉萤火虫，却又不想让这只可爱的虫子失去了自由，还是任它自由飞翔吧，我做看客。喜欢就行，不必拥有。

冷月无声，寂寥地悬挂在半空。屋前的池塘里，半塘碎金，那弯新月，被风吹皱了。山与水，最大的区别是，山是厚重的，水是清灵的。

村前的小山，夜色下愈发黝黑，如同蹲伏着的巨兽。总以为水涨山也长，但父亲说，是树长高了，山没有变。几年的工夫，山上的植被长得密不透风，想上山看看，找寻儿时的足迹，却因无处下脚，只好作罢。要想登高望远，只能等到冬季草枯叶落了。

抬头望天，我喜欢45°角的姿势，这样的视线最宽广。抬眼，数天上的星星，低眉，是村前的小山。昏黄的灯光，点亮了另一处村庄，夜晚的空气稀薄，我不知道它是远，还是近？

有人说，抬头看天，最是寂寞。但我此时，却是亢奋的。睁开眼睛，打量夜色下的周遭，村前村后，天上人间，尽在吾心；也可以闭上眼睛，凝神屏息，什么都不必挂心。心绪是自由的，我喜欢思维空如白纸。

一个人的夜晚，任自己融化在这夜气中。侧耳倾听，无丝无竹，无箫无管，天籁之声，不绝于耳。夏虫吟唱，风为和弦。《大自然音乐系列·星光夜语》中，那曲让人缱绻的轻音乐《一个人的夜晚》，不过是这自然之声的拷贝。

一个人的夜晚，风清，人定……

读 秋

秋是物化的心绪。

儿子的眼里，秋是绚烂多彩的：火红的柿子点缀着枯黄的叶片，湛蓝的晴空中漂浮着朵朵白云，还有黛色远山，卧佛一般静枕无忧。他眸子里，秋就是秋，和他的瞳仁一样澄澈，纯净得没有一丝一缕的尘俗杂念。

总觉得带他秋游不太适合，秋，偏重于理性。而他，过于喧闹，宛如绿地上快乐的小鸟，不消片刻的宁静。或许，这个缺乏思考的年龄，只适合去踏春，他们的喧嚣，与春红柳绿，是相得益彰的，只一个"闹"字尽可概涵全部。春，不需要那么深邃。

秋无奢华，赏秋，则要耐得住寂寥与清寒。秋到深处，是不会流连于繁华都市的。楼宇巷陌，苑囿了秋，这里太拥挤了。狭窄的缝隙，容不下秋的放旷。都市花园，只适合纤细浓艳的工笔画。秋的豪情泼墨，只有在大漠、浩海上，才可尽情挥洒。一马平川，可以点染沙场秋点兵的恢弘气势；层林尽染处，方显秋的妖娆多姿。

临山望湖。登高，空山寂寞，衰草连天，叶子终究要与树干别离，山体难免日渐憔悴单薄。望远，湖水微澜，天高云淡，不知是否因为连日的秋旱，使水位退减，还是由于晴空的空远，水似乎瘦了许多。无限秋色，尽落心底。

秋高气爽，本是出游的好时节。览秋之人，却是寥寥落落，没有春日游人如织的盛大。倘若说踏春是一种消遣，秋游更多的应是凭吊。探春风可以营造好心情，望秋景，是需要心境的。

秋游，需要一份闲适。归心似箭的人，眼里是没有风景的。疲于奔波的游子，只能装点了秋的苍凉。枯藤缠绕，老树如虬，黄昏归巢的乌鸦，惹得愁更愁——飞鸟相与还，人却不得归！小桥流水缭绕着几户冷清的人家，秋风袅袅，古道荒凉，映照着羁旅客切肤的落寞，倦怠之马日渐消瘦。断肠人的心中，秋便是思了。快马加鞭，秋风急，哪有心情去挽留？

离人也不适合观秋。"何处合成愁，离人心上秋。"离人心中，悲的是残秋，愁的是别绪。触目又会伤怀，望穿了秋水，又看断了南飞雁。云中锦书，终未传来，难怪乎这愁绪，一拨又一拨，才下了眉头，却上了心头。秋色有声，寂寞无痕。不是离人容不下秋，是载不动太多的寂寞。赏秋，需要平和之心。

哎，谁与共秋风？峰回路转处，竟有几位长者一路谈笑风生，迎面而来，个个步履稳健，神态从容。时值人生之秋与季节之秋的交汇处，或许，只有他们，才可以参悟秋语：浓也是一生，淡也是一辈子，到了这样的年纪，还有什么不能释怀的呢？

踏春时，春花总给人无限的怀想，憧憬秋实高挂。秋游之际，果实已了然于心了，历练生命的精华，秋，是珍藏记忆的季节。回望这秋色，只不过是季节的过渡。从夏走到冬，季节的轮回，是开端，也是结局。谁能断言，秋是衰老的春天，还是育春的种子？

一样的秋天，不一样的心情。眼里的秋景，心中物语。读秋，就是读一种心境。

拾 秋

自古谈秋必生寂寥心，能言秋日胜春朝的唯有刘禹锡。我是真心喜欢秋的，秋是热闹，色彩丰富，你听，秋风中夹杂着笑语欢歌，这是丰收的喜悦。秋也是端庄成熟的，宛如一杯陈年佳酿，闻一闻，醇香浓烈。

国庆过后，公园里摆放的盆景逐一撤掉了，园林工人将开得绚烂的万寿菊倾倒在草地上，收走盆子以备来年再用。觉得很可惜，倘使我来选，我会选择有生命的花朵，那些盆子是不知道疼痛的。于是折了一大捧带到学校，苦于找不到合适的花瓶扦插，找来找去，目光落在美术老师用来作为教具的古董级别的广口紫砂坛子上。久不使用，上面蒙了一层灰，担心它配不上这些花。灌了半坛水，小心地将菊花一枝枝插进去。土掉渣的旧坛子，配上洋菊花，淳朴得如草尖上的露珠。

办公桌上已经有一盆吊兰，让学生把花搬到讲台上，干巴巴的教室一下鲜活起来了，成天应对书本的学生也跟着精神起来。甚至引来隔壁班好奇的学生，走过的老师也驻足夸赞，说很有凡高的《向日葵》风格，我也越看越像。几天后，万寿菊依旧开得艳丽，负责换水的学生高兴地说："又开了几朵！"果然是万寿无疆。尽秋了，它仍续写着秋色。

周末，去郊外采野菊花，野菊尚未绽放，黄豆粒大，一簇簇攒集成球。野菊花朵小，秋风收燥，在日头下曝晒几天，就干了水分。收藏在瓶中，喝茶时放上三四枚，便有浓浓的菊香，提神明目。去年采摘的只喝了个把月，今年早早惦记着，趁着秋日晴好，多采些野菊花。

田间垄上，收获后的田地荒置着，慵懒得如同刚分娩的产妇。儿子在地里捉蚱蜢，花生刚收回家，田里新挖的土痕，还有嘈杂的落叶，是秋虫觅食和躲藏的好地方。我也帮着儿子找蚱蜢，但狡猾的昆虫把自己隐藏在秋色里，难以分辨。遗落地里的花生，白生生的显眼，随便找一找，就寻到一大捧。仓促的农人需要更多的时间去收获，我在收获过的秋田里，又做了第二轮秋收。

平秋三丈雨，遍地出黄金。秋天是收获的季节，只要你愿意弯弯腰，就不会空着手。想起一段与秋天有关的爱情传奇。

西风吹渭水，落叶满长安。年轻的于佑在城墙下散步，发现御沟里一片红叶与众不同，拾起一看，上面竟题诗一首："流水何太急，深宫尽日闲。殷勤谢红叶，好去到人间。"不能释怀的于佑也在红叶上题写："曾闻叶上题红怨，叶上题诗寄阿谁？"并将红叶抛进御沟上游的流水中。

十年后，于佑经人介绍，娶宫中下放的宫女韩翠苹为妻子，婚后两人感情甚好。一日，韩翠苹在于佑的画筒中看见自己亲笔题写的那片红叶，问于佑从何得来，于佑便如实告之。韩翠苹说："妾在水中也得到一片红叶，不知何人所做？"于佑取来一看，正是自己当年题写的。两人相对无言，只有泪千行。

信手拾起一片红叶，竟注定一段旷世姻缘，这大概是秋季拾取的最丰盈的果实吧？

满 秋

秋天是一副色彩饱满的儿童画,蓝天映照着湖水,苍山倒映于碧波。秋天,这个童心未泯的画家,不厌其烦地将每一片树叶都精心地涂抹成绚烂的绿,夺目的金黄,或者是温暖的红。遥看万山红透,层林尽染,满眼是恣情的童真。

一位摄影爱好者发给我几张新近在新疆采风的作品,我选取一张作为电脑桌面。天空蓝得像倒扣着的大海,白云翻滚,又像堆积的棉絮,漂浮在蓝天和青山之间。青山横亘千里,近处山势平缓,山坡草色明媚;远山高峻,山尖上还顶着一抹雪色。点题的是草原上那匹枣红的骏马,悠闲地啃着秋草。流云孤马,动与静任凭你去遐想。

照片色彩张扬,犹如一层一层堆叠的颜料,与油画颇多相似之处。每个季节都有自己的物语,春天适合水粉画,一切都是新生的,懵懵懂懂;冬夏画成国画最适宜,色调单一,可以有大片的留白。秋天,唯有油画方能尽兴,秋有多深都没关系,调色板上你能够信手调制,疏一笔,浓一笔,秋韵总能定位在细微处。

秋天是一个成熟的季节,结在藤蔓上的瓜,挂在枝头的果,黄澄澄的稻谷,雪白的棉花。秋也是一个收获的季节,在田野里随意走一遭，到处都会是收获。我的心里，对秋充满了感激与敬意。

不知什么时候来了几台收割机打破了田野的寂静，机械轰隆了大半天，傍晚时分，金灿灿的稻田就揭掉了华丽的金装，脱粒好的稻谷直接装进蛇皮袋，东一袋西一袋直立在稻田里，等候着主人"秋点兵"。

二兰子虽然是个女人家，却是个种田能手。扶起犁能犁田，举起锹能扬稻子，就连小伙子也没几个比得过她。二兰子也会持家，家里家外忙得得心应手，村里人都说再添七八亩，她种起来也是很轻松。

收割机刚从她家田里爬出来，二兰子就忙着往田埂上扛稻子。只见她双手提起，一翻身就搭到肩膀上。大大小小，约摸二三十袋，我担心她扛不动这么多。

母亲笑了："再添这么多也难不倒她，你知道我们叫她什么吗——大力气！"不知道她哪来这么大力气？二兰子也笑了："收到手的庄稼，还能扛不动的？庄稼，庄稼，装进家，才是自己的！"

马路上来了几位新客，他们骑着摩托车，每辆车后面带着一个不锈钢的稻囤。今年雨水调和，他们也嗅到了丰收的味道。有人拦下他们问价钱。价钱还没有谈妥，又围拢几个人，你一言，我一语，说不锈钢稻囤的长处。这边越是夸，那边越难砍下价钱。

买的人真心想买，卖的人实意要卖，生意最终还是谈妥了。没有买到的人也跟卖家定好了，明天再送货来。

三爷扛回来一只稻囤，二兰子打趣："稻子还不知道在哪里，就忙着买稻囤！"三爷信心满满："现在是长在稻穗上，明天就铺在晒场上，终究是要粮满囤，稻满仓的！"秋天，是一种满载而归的心情。

只是几天的功夫，黄澄澄的稻子就收进了仓。田野空了，裸露出泥土的本色，秋色更深了。

秋日絮语

秋意潺潺如流水，汇成一曲交响乐章。秋韵端然，怎耐离人心上秋，秋色三分愁一分。

漫步在白桦林里，地上是一层厚厚的落叶，仿佛是新加的冬衣，软软地在脚底发出清脆的声响，回应着山林的寂静，幽深处略带几分萧瑟。隔着稀疏的枝桠，抬头便是蓝天，碧蓝的一空，洁净如洗，云在碧海中徜徉，风是它们的方向。

落叶仿佛还不够尽兴，总有一两片栖息在树梢的秋叶，间或纵身一跃，宛如一只枯叶粉蝶，袅娜地辗转着、翻飞着，最后，化为一只俯冲的雄鹰，径自扑进大地的怀抱。丝毫不留恋枝头的峭拔与张扬。这或许是树叶最完美的轨迹，既有俏丽枝头的嫣然，也有化作泥土的厚重。

一坡向阳的暖树，摇曳着枫叶的火红，映衬着秋的成熟与娇羞。秋是含蓄的，相对于夏的冗长、冬的悠远，敦厚温淳的秋只在白驹过隙之间，与世无争，留恋处，秋竟轻盈无迹了。但秋是极富亲和力的，牲畜啃啮着风干的秋草，早已膘肥体壮，皮下厚厚的脂肪足够一冬的消耗。丰硕的果蔬，也让人们胃口大开，健壮的身体，绽放的心情，还愁这一冬难熬？

夏的喧闹不仅是枝叶间隐藏着的鸣蝉，还有纷杂的昆虫，嘤嘤嗡嗡地闹着。心也被沸腾的热浪蒸煮着，大汗淋漓，很难静下心来工作的；冬是千里之外的隔膜，心与心僵硬得难以和软地相依相傍。慵懒的冬季，有一万个不去劳作的理由。只有秋，永远是忙碌的，也是充实的。她不仅有收获的喜悦，还有播种的希望。

棉花正欢快地吐絮，大朵大朵的，是绽开来的愉悦，你怎么忍心将这快乐的种子遗落在田间地头呢？金秋的稻子，沉甸甸地高举着丰收的硕果，由不得你不挥汗耕作。

秋是翻转的画轴，从夏的浓绿，转瞬便是秋的金黄。这位作画的高手，将大地涂抹成融融的暖色。昨日还是金色的稻谷，一天之间，隆隆作响的收割机，将收获统统装进了粮仓，袒露出大地黝黑的苍凉。不用着急，很快农田就会被翻耕，就着新翻的泥土的气息，播种下来年的期盼与希望：移栽油菜苗，播种麦子，点种豆子……"秋不种"，来年也是"春不收"的。秋是诚实守信的，她一如既往地兑现着春的诺言——春种秋收。还毫无保留地回报着春的耕耘。不多久，一阵秋雨，种子便开始萌发，浅浅的草色会在田野里逐渐分明、浓郁起来了。

这是一个承上启下的季节，月到中秋、人到中年都是如此。中年人生尽管忙点、累点，却很充实，不仅有回报长辈的喜悦，还有着培养子女的期待，就像播种下一粒种子，期盼着成就一片树林的梦想。生命因为付出更加精彩。

这是今年最后一场秋雨，明天立冬。短暂的秋，趁着秋风轻盈而至，而今又要随着这暮雨苍茫隐去。我忍不住想质问秋天，怎么可以在浓情处华丽转身呢？

车往前行，细雨趁着风势，斜斜地在车窗上织着断断续续的线，倏然消逝，如逆向奔驰而过的骏马，与我们只有擦肩的缘分。零星的雨花，附着在玻璃上，辉映着初上的华灯，斑斑驳驳。一阵秋雨一阵凉,冷冷清秋,与我一窗之隔。

夜深,秋雨入得梦来,雨点轻叩窗棂,铮铮淙淙,她竟以这样的方式与我道别……

三分秋色一分清愁,最难割舍的还是这份秋的恋想。

花未央

霜降已过了几个时日,立冬在即。一想到冬季,心中竟有些担忧。天寒地冻,能有多少花,经得住岁月流转?

清晨,上班途中,不经意地发现邻家的院墙里,那株陈年缠络的木质藤本忍冬,含情脉脉地攀爬在围墙上,开出几丛花束,吐露心事似的,欲语还休。初开花朵灿如白雪,但这雪色却经不起时光的淘洗,渐次淡染成金黄。索性称其金银花,我倒觉得"银金花"更妥帖些。原本以为,只有人老才会珠黄,不料,花老亦黄。人与花,是这般切近。

小区围墙根下,自生了几株"洗澡花"。通常,花开在下午三四点钟后,这段时间,大约正是乡间孩童洗澡嬉戏的好时候吧,所以落了个俗气的名字。从初夏开到深秋,花期相当漫长。花有灵性,花开花落,来世间走一遭不容易,不开得花团锦簇,也枉为此生了?记得二妹的文中,说这花原本有个好听的学名,叫"紫茉莉"。我想,倘使大家都尊她为"茉莉",不知道她是不是还有这样的泼皮贱命,随遇而安。会不会也学着名贵花草,自恃出身高贵,孤傲矫情起来?我希望她依旧花性纯真,单纯地活着。如这般红艳艳地照眼欲明,俨然一副平民花魁的仪态。

广场上，有几处花树，外围是几株国槐，内侧有五六棵樱花，中间有半圈夹竹桃环绕广场。夹竹桃的叶子蓬蓬勃勃，暗绿色的厚叶片中，饱蘸了土地的肥沃。花仍在零星地开放着，不知道她们准备几时谢幕？倒是那株国槐更有趣，不分时节，无由地盛开了半树槐花，淡雅的黄绿色，高高地垂挂在繁枝绿叶间。盛夏时节，槐花开得正旺，道旁国槐的浓荫下，铺洒了一层软软的花毯。想就着槐树的阴凉，就得践踏着落花。踩在花上，心中有些不忍。"寒塘渡鹤影，冷月葬花魂"，花既有魂，那也应该有风骨，这是她的高贵之处。

读《红楼梦》时，常私下揣度，金陵十二钗的悲欢，是否暗合十二月的花语？刘心武续写红楼，硬生生地让黛玉沉塘而死。我偏不信，既然命本绛珠仙草，怎可以葬于水中？浮萍无根，且黛玉葬花一节，就有明示。

"花谢花飞花满天，红消香断有谁怜？"黛玉是怜花惜花之人，觉得落花埋在土中最干净，于是，将花收入锦囊，葬于土中。"质本洁来还洁去，强于污淖陷渠沟。尔今死去侬收葬，未卜侬身何日丧？"从她的葬花词中我们可以知晓，既然黛玉以花自喻，那么花的命运，可否就能理解为黛玉的结局呢？绛珠仙草，落地生根，才是文理所在。

校园里有一丛月桂，孟冬之时，花下依旧暗香浮动。徜徉于花下，脑海里顿现一词——"花未央"。季节交替，纵使万花落尽，还有雪花漫天飞舞，古人赠雪美名"花未央"，是否也是对花事的怜惜？

好花常开，好景常在，花未央，爱未央。心中有花时，何时不飞花？

雨是花蕾雪是花

这个冬天很漫长，冷雨无休无止。天真的小女孩一眼看穿了真谛："这次上苍真的伤心了，所以流泪不止！"熟人见面，也绅士起来，谈天说地："雨还有几天下哦！"春天是阳光一点点积攒起来的温度。天不放晴，没有太阳的照耀，春寒依旧料峭。

朋友在博客中给我留言："你若安好，便是晴天！"一日转一日，都没有转晴的迹象，我不知道如何回复她。太久看不见阳光，"晴"的概念在头脑中模糊了，难怪有人发起这样的感慨："问世间晴为何物？"

周末，宅在家里，空间太小，寄托不下心情，我喜欢室外的放旷。站在阳台上看雨已没有新意，甚至有点单调，天空只是眼前狭窄的一片，倘使是晴天，三月已是风筝满天了。

心情郁积成浓稠的液体，撑不起，也放不下。于是，在微博上写下这种情结："雨下得人有莫名的悲伤！"悲伤何来，我不知道。在我看来悲伤有两类：一类是你明白悲从何来，这样的忧伤有药可医；另一类悲伤是莫名的，像风不知道从哪个方向吹来，凭空想象的阴霾最难拨开，找不到源头的哀伤最难医治。

朋友建议："去跑步吧，运动能让心情好一点。"我喜欢用奔跑的方式来清空愁绪。跑在烦恼的前面，不快乐的事情丢在原地，有如释重负的感觉。但今天不行，外面下着雨，雨点敲打着窗棂，叮叮咚咚，这种声音太陈旧，早就不悦耳了。原地跑步，我不愿意。卖力地做奔跑状，却走不到前方，没有奔脱的快意，也没有领先的优势，心情依旧坏着。

雨时大时小，放肆地下着，不肯收手，如同不讲理的孩子。在它面前，我是无助的。

前几日偶从《说文·雨部》中得了一言：雪，凝雨，悦物者。原来，雨和雪有前身后世的姻缘。雪是凝结的雨，雪贵为花，那么雨呢？雨就是雪花未盛开前的花骨朵？雪和雨，是花和朵的关系。

"梅须逊雪三分白，雪却输梅一段香"，雪成了花，就胜过了梅。北风一吹，雪花迎风盛开。漫天飞舞，没有哪种花比得上这样浪漫的情调。雪，果然是悦人之物。

雪是盛开的花，雨是待放的花蕾。因为这个意外的发现，我兴奋不已。不再厌倦连绵不断的春雨，欣然去看雨，看雪花未绽放前的花蕾。雨点从天飘落，滴落在阳台上，四溅开来，花蕾跌碎了，没有轻盈的花瓣。看来，不经历严寒，生命枝头绽放不出美丽的花。

女人节流行一则短信：一个男人爱你，你是妻子；几个男人爱你，你是女人；一百个男人爱你，你是妖精……同事问我，你喜欢做哪类女人？坦白地说，我喜欢做妖精。白素贞有千年的修行，得以成精，有济世情怀。小青少了500年的道行，只能为妖，且有媚惑之心。妖精是由妖到精的修炼。由蕾到花，也是个量变到质变的过程。没有蕾的500年修行，也就没有花的得道成仙。

雨依旧下着，只是我的心情已经从糟酿成了酒。

残　雪

课间休息，同事告诉我："下雪子了！""雪子"，是她们的方言，就是小冰雹。我喜欢学她说"雪子"，与雪有关，轻盈跳脱、洁净无染；冰雹给人的感觉却是冷冰冰的，稍显沉重。奔依窗前，想看看落下的雪子，地面只有雨痕，雪子早就化了。大地虽宽博，春的绿已容不下雪的白。

《说文解字》中对"雪"的解释是"从雨，从羽"，既表雪如鹅毛大雪之形，也表天下大雪之意。小篆中将雪片变成彗，即手持帚，表示扫雪。今年看似寒于往年，却始终没下过一场像样的大雪。很多时候，雪徒劳地下了一夜，因为是水雪，存留不住。清晨，本想撩开窗帘，感慨一下："呵，好大的雪啊！"无奈，地上残存的只是一汪汪雨水，草地和树叶的缝隙间还隐藏着些残雪。更多的时候，雪飘到半空，就化成细雨。雪与我们的距离，看似切近，其实已经很遥远了。不用"手持帚"去扫雪了，但也少了堆雪人、打雪仗的玩趣，冬天留下了太多的遗憾。

古诗中咏雪为"未央花"，意指花之源泉是天地，但雪终非花，它是凝结的雨。"无根花"，也是雪的美称，我认为这也是在表明它与天地的关系，雨水常被人叫作无根之水，从天而降的雪自然也是无根的花了。万事万物，都讲究个根本。

　　雪与江南，有人觉得是两个遥不可及的概念。有这样的看法，是对雪的不了解，江南是个误导。江南的雪，独有水乡的韵律。雪初霁，行走在江南，山脚下的村庄里，人家的屋顶上都卧着些残雪，瓦棱清晰可见，一道白，一道黑，均匀排布，给江南白墙青瓦的民居，更添了一丝乡土色。放眼望，远处的高山，背阴的山脊和幽远的峡谷里，雪依旧厚实，使得青山更显俊秀，轮廓分明。雪藏在少有人烟的高山幽谷，没有被沾染，白里印着青蓝，似蓝天的倒影，看不出半点残倦。

　　残与缺，看似形同影随。字典里"残"除了表示"不完整"外，还有一层含义就是"余下的"。我的潜意识中，残雪，是剩余下来的雪，贴近泥土、开在尘埃里最卑微的花；残雪，不是雪花的凋谢，更不是残缺的雪，雪花的每个花瓣都完美无缺的。

　　前几日，文友让我写一篇关于残疾人道德力量的征文，我以身边一位自强不息的女友为蓝本。她经历过的挫折，足以写一部自传体小说。疾病、身残、下岗、离婚、贫穷，重重劫难，如同一个接一个巨浪，将她牢牢地压在命运的底层。从来不向命运低头，她如同一只折翅的小鸟，不倦地飞着。凭借自己的力量谋生存、求自立，从来不依仗残疾去乞求廉价的施舍，我认为，这也是高尚。懒惰的时候，想起她，我会汗颜，就不敢懈怠了。

　　常听人愤愤地抱怨："我看透了……"我笑了，真正能看透彻的人应该是心平气和的。残雪，断桥，缺月，曲径，静下心来欣赏，都是景致。只不过，要看出它们美的极致，光靠眼睛是难参透的。

雪　痕

周末，一整天都埋头整理文稿，未向窗外张望过，没有留意悄然袭来的雪意。

早上醒来，拉开窗帘，赫然出现在眼前的，竟是冰清玉洁的银色世界。厚厚的积雪，如蓬松酥软的蛋糕，满世界都是。山川，原野，城市，乡村，处处都被雪覆盖得严严实实，有韵又在无形中。雪还在不停地下，漫天都是，飞花，飘雪，乱成一片。我的心里也开始飘雪。

雪花漫天，三花两蕊，恰似长着翅膀的鸟儿，应和着风的节拍，自由地飞翔着。雪花落进手心，倏然而逝，化为一个个浅浅的小水晶，冰凉的。恰似俏皮的精灵，机灵地亲吻一下我的手心，转身就飞走了。若有却无，似在传递一个讯息："我来过！"

喜欢冬，雪应该是唯一的理由。倘若没有雪，冬便无可牵挂了。无雪的冬天，宛如无酒助兴的盛宴，总让人有怅然若失的感觉。对于生活在皖中地区人来说，"无雪不成冬"，似已成为思维的定势。

自幼，就喜欢在素洁无瑕、无人走过的平整的雪地上，兀自前行。纯白如洗，厚厚实实的积雪，在脚下发出"咯吱咯吱"的声响，惹人爱怜不及。走走又停停，蓦然回首，看看来时路，是雪地上留下的一串深深浅浅的足迹。雪若继续下，和着风，卷着雪花，分明的脚印，会逐渐模糊。时间久了，飞雪弥散，脚印将被彻底覆盖。雪地依旧崭新的一片，无人知我曾来过，我的足迹包容在雪的怀抱里了。

记不起是什么理由，让我痴情于在雪地漫步。站在雪地里，却不知寒。抓起一把雪，捏成团，掌心的余温，不足以化雪，反倒被雪吸尽了温热。身体却是温热的，在雪地行走，需要的是勇气和力量。

漫步雪原，一个人，不觉得寂寞；一群人，也不感到喧嚣。雪野空旷，苍苍莽原，雪厚处，尽显雪色；草深处，又露草尖，斑驳芜杂，雪也不是一成不变的素净。

雪后初霁，太阳照到哪里，雪便化到哪里，雪来得迅疾，去得也匆忙。"春雪赛马跑"，雪化的速度，可想而知。但这一场冬雪化得却很慢，似在等待。听说这就是"候雪"——前一场雪等候着后一场雪。想来，这雪也是有情之物。

看到雪，想起朋友说的那段与雪有关的初恋，想起那个叫雪梅的女孩。二十年前，他大学三年级，第一次见到她时，刚刚下了一场大雪，他在雪地里拍照，看见她穿着红色羽绒服，坐在雪的光环里，笑声传得很远，这便是他们的相识与相恋。可惜，不久，那个女孩子突然死了，像雪花一样，化得干干净净，什么都没有给他留下，除了他的思念，他的痛苦，别无他有。

人虽逝，情永留。这便是有关雪梅的记忆，这是我听说过的最凄美哀婉的初恋往事了。雪一般的情节：夜阑人静时，随风潜入夜，悄然无息，不惊人梦。又像雪一样融化无痕，残存的只是生者对逝者永远的难以释怀。一场雪，一段梦，美好的是花开花落的瞬息，却给人无限的怀想与遐思。

吴守春老师曾说过："别人给子女留下金钱，我们别无可留，权且留下一些文字吧！"借着他的东风，我开始整理自己的文稿，老师又问起文集的题目，我随口答道："就叫《雪痕》吧！"

雪，终究会消融。或许升腾为天上的水汽，聚涌成云。来去无踪，摆脱的是羁绊，风的方向，便是云的影踪。也许，雪径直化为水，渗透进地壳，汇集成一泓清泉，便有了铮铮淙淙的泉流声。雪，原来如此简单自由。

我终于明白爱雪的缘由了，是眷恋冰雪消融后的终无痕迹。雪本无痕，留得下的，是心迹。

明天，阳光灿烂，但远山，依旧有一抹淡忘不掉的雪痕。

守望冬季

我喜欢冰霜的晶莹，也喜欢飘雪的浪漫，但我更畏惧严寒的侵袭。冬季对我来说，还是满心畏惧的。不过，无论我喜不喜欢，冬季总归要来的。

一阵微寒，太阳隐藏了光辉，这是冬天给我们的快递，让我们做好准备，迎接她的到来。

窗外的花都端进阳台里，给它们松松土，施了肥，浇了水，然后将它们摆放在阳台里向阳的一面，每天中午，还可以享受片刻阳光的照射，这样它们就可以安然过冬了。将乌龟从鱼缸里捞出来，放进一个堆着潮湿细纱的塑料盒子里，这个可爱的小家伙，一时不适应我给它安排冬眠的新家，一个劲往外爬。好在盒子比较高，小乌龟费了很大的力气，也没有爬出来，最后，或许它感觉到细沙的温暖，将半个身子潜进细沙里。睡吧，睡吧，安静地睡吧，或许睁开眼睛的时候，就已经是春天了。

周末，去菜市场灌了几斤香肠。这几日，太阳紧，已经晒得半干了，再过些时日，等回了味，味道就更纯正了。香肠多半是为枯冬腊月准备的，天寒地冻，备些干货，就不用担心大雪封门了。2008年那场大雪，交通运输阻隔，蔬菜价钱陡涨，幸亏母亲提前给我预备了干笋、豆子之类，还有腌肉火腿，这些贮存的干货在关键时刻应了急。后来，就养成了一个习惯，趁天还不太冷，早早准备着点过冬的菜蔬，即便冰天雪地的，也不会"心忧菜贵愿天暖"了。

儿子像施了化肥似的，一个劲地猛长，去年春节刚买的棉袄就短了半截。于是，急急地从网上给他淘了几件冬衣。我已经很久没有织过毛衣，为了儿子，又重新拾掇起这门手艺，给儿子织了件厚毛衣。数着日子，争取赶在寒流来临前，完成这项"工程"。

母亲的腿脚有点风寒，给她量身订做了一件羽绒裤，只是缝纫店的生意太红火，至今还没有完工，打算再去催促一下，无论如何要赶在天冷前，将寒衣给老人寄去。

该准备的都准备了，棉被已经换成最厚实的了，倘使再冷点，还可以将电热毯垫上。还有什么没有准备好的呢？给远方读书的侄女寄一条围巾，再给自己买一瓶油润点的面霜吧，冬天的寒风不是好惹的。照着清单，一一准备就绪，只等着寒冬的来临了。

准备好这一切，心里好像垫了底，没有什么可担忧的了。我猜想，冬的本意就是让我们畏惧。当它看见我做了这么多热火朝天的准备，它还有兴趣与我们玩"冻人"的游戏吗？

对门的小男孩一直盼望着冬天里的第一场雪。他的爸爸在北方做土木工程监理，天气太寒冷，不适宜施工，就会回来了。听了他不停地对左邻右舍倾诉着他的期盼，我的心也跟随着小男孩，一起守望着冬天。

就这样坦然地接受冬季的到来吧，春天也在不远的地方排队等候呢！

冬季到哪里去看雪

这季节，很容易让人产生错觉，暖融融的午后日光，让人误以为是阳春三月。冬尚未到尽头，春的脚步，其实还很远，但春意却散落在田间地头。

车子在郊外驰骋。煦暖的阳光隔着玻璃，酥软地照在身上，周身散发着暖意，脸也红扑扑的，靠在座位里，闭上眼睛，好让自己在这阳光里融化。

突然，车中有人惊呼："看，油菜花开了！"

赶紧睁开眼睛，顺着她手指的方向望去。田野里，一片温润的碧绿，油菜因为没有经过寒冬的侵袭与考验，长势犹为旺盛。栽种得比较早的油菜，日渐肥硕，的确已经开始抽薹、孕育花穗了。在苍翠的绿野里，零星地打着朵儿，俄而也有绽放的，一朵两朵，灿烂的金黄，在这冬天的旷野中，格外显眼。

已是数九隆冬，季节的特征并不鲜明，冬，犹如刻薄的刁妇，脱了胎，换了骨似的，逐渐温柔绵软起来了。听不见凛冽北风的呼哨声，更看不到冰的冷漠，雪的苍茫。季节被这阳光暖了心肠，化了惆怅，并将这份暖，错误地传递给了大地。于是，草绿了，菜肥了，花开了，节气也乱了。

古谚说:"春雾雨,夏雾热,秋雾凉风,冬雾雪。"接连好几天大雾弥漫,以为要下雪了。儿子因为我这样的分析,而欢欣鼓舞。他期盼这场雪已经很久了。

并非仅有梅花欢喜漫天大雪,大人、孩子们也都在向往着呢。博客里,早有很多朋友相约一起去看雪了。我曾对儿子承诺过,要给他堆一个大大的雪娃娃,但诺言却在一次又一次的冬雨中,化为郁积心头的叹惋。

童年的冬天,只是记忆中一个幸运的章节而已,翻过去,竟成定格。

池塘里,再也不会有那么厚重的冰块了;屋檐下,再也不会有那么粗壮的冰锥了。像白云那样的轻柔,像棉絮那样的厚实,像梨花那样洁白的雪,只是记忆中的童话了。白茫茫的雪野,青苍苍的山尖,也只是一页浩荡的篇章,写过后,拿出来的,只是一段文字。中间是空白的插图:没有堆雪人,没有打雪仗,没有在冰上滑过的简易雪橇,没有沸腾的人群,和顽逆的孩童了。

我和我的童年,还有童年的冬季,一并成了尘封的过去。我们这代人记忆的丰腴,与我们子女童年经历的贫瘠,成了不可抹平的比照。

当雪又在空中化为雨后,我们该到哪里去看雪呢?

芦花似雪

那一处芦苇，让我如此痴迷。

去年到无为，在蛟矶庙前的小溪边，邂逅一蓬芦苇，高的达两三米，矮的不及一米，参差披拂，绰姿摇曳。时值冬月，芦花开得正欢，一团团轻柔如絮，抱着枝头，蓬松疏慵，似乎随时都会临风飘举。

芦苇，这种古老的风物，她是爱情和美丽的化身。《诗经》中的蒹葭，是她诗意的别称。莫名地喜欢上了她。择水而居，芦苇周身散发着水样的朴素，秸秆秀颀，茎叶素淡，水白色的芦花，也无修饰，宛如女子素面，示人以真性情。我与芦苇，相看两不厌了。

蛟矶庙供奉的是灵泽夫人孙尚香，因她又名枭姬，这座祠又被称为枭姬庙。瞻仰灵泽夫人祠，里面已无多少古迹。十年浩劫，这里也未能幸免。只有一块断碑是旧物，上书"灵泽夫人祠"，还保留着历史的陈迹。其余，都是今人为恢复原貌添加的新置。

《三国演义》第八十回片段说，孙尚香在吴省母，过江不得归，闻猇亭兵败，讹传先主刘备崩蜀，遂驱车至江边，望西遥哭，自沉于此。临江而立，我缅怀那位为爱慷慨赴死的女子。千里长堤，找不出哪里是伊人赴水之处。浩浩江水，千古无绝，流淌成这曲凄美的爱情挽歌。

伊人随爱而去，江风起，沿溯船只，无意稍微停息。只有我，在这江水一方，吊古凭今。

不知是因为芦花，还是那段唯美的爱情传说，芦花从此成了我心尖上的一颗朱砂。为了再看芦花，我们步行很远，那个地方很偏僻。

远远望去，苍茫茫的一片。这里曾经是一块沃土，一条暗河流经芦苇深处，近水芦苇依旧萋萋，采采，硕长的芦花，棕褐色的，如同松鼠高高翘起的尾巴。岸边，远水的芦苇早就枯黄，芦花悄然绽开。浓一抹，疏一枝，错落有致。

折了几羽芦花，打算带回家插进花瓶。但它开得太旺盛了，轻轻一碰，就散落一地。裙角边，还有几枚花序流连不去。拈起细看，披针形的花絮下，竟是一粒种子。

儿子用一根细枝条，轻轻地拨弄着芦苇，芦花雪片似的飞扬。儿子被芦花包围着，宛如走进童话的雪国。芦花眷恋不舍，萤火虫似的围绕着他飞舞，有些干脆就落在他身上。更多的，乘风腾空而去，越飞越远，悠扬如一支婉转的笛音。

一朵芦花，就是一粒种子，她们在找寻归宿，每一朵芦花都背负着使命。或许，几年前，这里也只有几丛零星的芦苇，此刻，茫茫苍苍的荒滩上，芦花开成一个梦境。

看芦花，是横看成岭侧成峰的。看一丛，有一丛的气势，纵使一两株，也有她的卓绝。远看，芦花更似一堆轻云，铺在密密匝匝的芦苇上，云气很低，我的心中，有说不出的轻，不必担心芦苇承载不起那片白云。

每天上下班都得经过的河道边，几簇散落的芦苇，纤细厌瘦，芦花迎风招展着。说来奇怪，来来去去这么多年，我都没有留意过她们的存在。外出游玩时，我惊奇地发现沿途都是芦花，田埂边，水渠旁，池塘里，芦苇随处可见。

不知从何时起，我的世界里满是芦花，芦花如雪，心亦芦花。

开花的树

汽车学校附近的街道两旁,是两行高大碧绿的国槐。炎热的夏季,行走在槐树的浓荫下,躲开烈日的炙烤,顿觉神清气爽。尤其微风吹过,花瓣如雨般飘落,空气中弥漫着芬芳浪漫的气息。

关于国槐名字的由来,有一个很好听的故事。相传战国时齐王在山东建了一个点将台。一日,齐王与宰相晏婴到台上游玩,忽然发现西北方向金光闪闪,宰相晏婴说道:"此乃财富之相。"于是便驱马前往查看。到了那里发现原来是一片树林,树上果实在阳光辉映下闪闪泛光,齐王大喜,立即赐树名为"国槐"。并在此地册立县郡,于是国槐之名悠悠传来。名字被冠之以"国"字,可以想见她所受到的礼遇与赞美。

树的侧枝粗壮,树冠如盖,重重叠叠的叶片枝干,密密匝匝地堆积在一起,远看仿佛一团墨绿的浓云流苏。七月是国槐开花的季节,淡绿色蝶形的小花,一串串掩映在绿叶繁阴中,如少女含羞的笑靥。花形朴素娟秀,给人恬静安适的感觉,流露着不经意的美丽。这是一种温情的花,花开却不喧嚣,一朵朵闲适随意,悠然自在地吐芳纳蕊,淡绿的花瓣,是如此的清纯淡雅。我喜欢国槐开花的素净,更爱她开花时美丽的姿势——平和而含蓄,默默地释放一树的芬芳。

　　人们习惯于赞美梅花，盛赞她的馥郁芳香、傲雪挺立、不畏苦寒。在冰天雪地之中盛开，精神与魅力由不得人不去赞叹。但可以顶着如此炽热的烈日，坦然释放经年的芬芳，又是怎样的魅力呢？不过，很少有人去探寻她开花背后的倔强，发掘她骄阳下从容开花结果的坦然。

　　朴树有一首歌曲《生如夏花》，他在歌中是这样形容夏花的：绚烂却是惊鸿一般的短暂。欣赏过国槐开花，我对夏花的理解，有了全新的界定。并非所有的夏花只会染上太阳的娇艳，并非所有的夏花都是昙花一现。我眼前的国槐，她的花期足足持续了一个多月。

　　这个暑假，我每天都穿行于国槐的浓荫下，享受她赐予的清凉，领略她花开花落经久的恒美。无论是日落黄昏，还是细雨微蒙，轻风徐来，花便簌簌落下，花瓣随风陨落，蝶一般漫天飞舞，坦然洒脱，没有一丝伤感的眷恋。落花绢一般轻盈地铺满人行道，脚踏上去，心底有一种极其细腻温暖的感觉。

　　抬头仰望这些开花的树，她们拥有树的风范，端庄刚直，也不失花的娴静和优雅。无论严寒酷暑，她总会以独特的方式演绎着生命的真谛，有开花的美丽，也有结果的张力。

　　曾经在公园里见过很多国槐的变种树——龙爪槐，婆娑的虬枝，参差披拂，经过人工的修整，错落有致，我曾惊讶于她的妖娆。但如今一见国槐的风姿，竟对龙爪槐产生了质疑，为了谋求迎合，她竟然甘心舍弃树独立倔强的本质，宁愿降低树的高度，丧失枝干的遒劲。相比之下，我还是喜欢直立着的国槐。

　　假如生命如树，我崇尚那些将树的品质坚持到底的人，做一棵开花的树，以树的姿态站立，静静地开花，淡淡地美丽！

女儿茶

茶与酒都有着悠久的历史文化。在我看来,酒是男儿身,激情处喷发豪放的诗句;茶有女儿心,总在酝酿着婉约的词牌。

茶本为"荼",相传神农尝遍百草,日遇七十二毒,得荼而解之。古往今来,茶早就不只是简单的草木自然物态,而是承载思想与美的载体。

学习茶艺源于偶然的机遇,在此之前我对茶只是盲从,不曾洞察她内在的蕙性兰心。考茶艺师时,有道设计茶席的题目,茶席以茶为灵韵,以茶具为主体,根据茶叶的不同和茶具的差异,主题和意境各异,我觉得设置一道出色的茶席如同写一篇精美的散文,于是把自己的情感、喜好都投入其中,茶席自然有了生机。

茶是有生命的,她汲取天地之精气,汇集自然之雅韵,是天地人的契合。饮一方茶,可知一方水土。地域之香是名茶之气,极品女子大致也如此,不独有外形之美,且独具个性魅力。

茶文化的核心是茶道,茶道以修行得道为宗旨,茶道是集大成者,既有儒家的治世机缘,又有佛家的淡薄节操,还不乏入世者的浪漫情调。

茶性旷达,愈是深山幽谷,愈能修炼出茶的静气。喜欢茶叶冲泡时在水中的翩跹婀娜，更欣赏茶叶最终的沉静，每一朵茶叶都选择沉在水底，宛如修行的智者。从茶的冲泡，到出汤敬茶，演绎者都是心无旁骛的。茶道崇敬的是精简，典雅的器具给人视觉上的享受，饮茶是天人合一的过程，借茶香返璞于山林，心性静如止水，能达到物我两忘的境地。

很多人的优雅就表现在一壶茶上。一次去逛特色书店，主人家沏了一壶茶坐在门边，见我进来，也不招呼，兀自喝他的茶，任我在店里自由地翻阅。不像别的店铺，见了顾客，忙不迭跟前跟后推销，生怕怠慢了顾客似的。我倒欣赏他的坦然，其实，书是不必如此殷勤推销的，否则，就是污了文字的清白。

从崂山旅游返程，几位贪恋山色的同学误了时间，迟到半个多小时还不见人影儿，我担心驾驶员会发脾气。不料，他竟从行李箱里拿出一张折叠小桌，两只小凳，在车阴里泡上一壶茶，请大家共品崂山的新茶。一巡新茶唇齿生香，二巡滋心润腑，等待的焦虑荡然无存，时光在不知不觉中打发了。

茶是优雅的女子，自然缺不了浪漫情致。不独是白居易的融雪煎香茗，栊翠庵的妙玉收集一瓮梅花雪，在地下珍藏五年。宝钗、黛玉、宝玉来访时，妙玉在耳房里烹雪煮茶，让后人艳羡至今。常约几位投缘的文字朋友，在茶壶里泡上一壶绿茶，茶水续了一遍又一遍，味虽越喝越淡，兴致却越叙越浓。

茶虽为叶，高贵处却不逊于花，尤其是茶的理性所在。好茶识好水，泡一壶好茶，水要甘而洁、活而鲜，水性不同，泡出茶的滋味也不尽相同。

自古禅茶不分家，以茶雅志，陶冶个人情操。茶艺中冲泡过程看似简单，但实际操作起来，远比想象的难，首先动作要静雅柔美，指导老师要求我们要有端庄的坐姿，身正茶才直。手的姿势也十分有讲究，取用具和放回用具的整个过程应该划成弧形，每个细节都讲究礼、仪、美。学着,学着,举止柔和了,心也若茶,静寂下来。茶学泰斗庄晚芳提出的中国茶德"和、廉、敬、美",一如女子美德。暗地里思量着,这《茶经》怕也就是一本《女儿经》吧?

茶中有禅,禅茶一心。愿得茶心一片,修成绿茶一朵。

第六辑

养心的妙药

养心的妙药是什么呢？读罢这本书，我给自己一个坚定的答案——是爱。爱自己，更爱别人。

养心的妙药

闲暇时,喜欢重读一些阅读过的书籍,总会有意外之喜。文字中诸多佳境,不是一次就可以尽数参悟的,书读百遍后的豁然开朗,是心境,更是一种认知。再次捧读毕淑敏《养心的妙药》一书,心底最柔软的地方时常被触动,一种欲望悄然萌生:以柔软之心,坦然生活。

艺术来源于生活,毕淑敏的题材也都来源于生活。她的文章包含这些主题:医生、心态、幸福、军队、女权、母子情。作为一名作家、医生、心理咨询师,针对我们生活中的迷津,毕淑敏在《养心的妙药》中以故事的形式,给我们开出了一剂剂妙方。难怪王蒙专门送给她一个称号"文学的白衣天使"。

每次读到和心理有关的书籍时,作者读书的速度就会放慢,她会用心去斟酌每一句话,希冀"找寻到一句像长满老茧的手指,触碰了心绪的长发,牵扯起疼痛,让惘然或是怆然统辖身心"。《养心的妙药》中,这样牵动人心的句子也无处不在。《造心》中"优等的心,不必华丽,但必须坚固"。《爱怕什么》中的"在生和死之间,是孤独的人生旅程。保有一份真爱,就是照耀人生得以温暖的灯"。"爱怕沉默。太多的人,以为爱到深处是无言。其实,爱是很难描述的一种情感,需要详尽的表达和传递。是的,爱怕沉默,很多爱,因为没有交流沟通，爱反而成了累赘"。

全书收集了81篇文章。《娘间谍》给我的印象犹为深刻。身为高工的娘，在女儿面前总是以间谍身份出现，只是因为爱。爱到想控制她，对女儿谈恋爱的对象，也进行甄别鉴定，一旦发现不是门当户对的，就想着法拆散他们。这位母亲的爱，已经成了畸形，字里行间作者旗帜鲜明地表达出自己的观点，我们也从这位"娘间谍"身上，看到了糊涂的爱走进死胡同后的悲哀。

《养心的妙药》是这本书其中的一篇文章，作者通过小绒的光荣事迹，给我们提出一个忠告："选择你喜欢的职业，那是一片花园。不单是创造的所在，也是养心怡情的妙药。"

养心的妙药是什么呢？读罢这本书，我给自己一个坚定的答案——是爱。爱自己，更爱别人。

当我们遇人不淑时，当我们紧张、疲惫时，当我们出现亲情危机时，当我们遭遇"垃圾婚姻"时，当我们被如鞭的友情困扰时……面对这些生活中的千头万绪，倘使可以静下心来，按照作者交代的方法，用一张白纸把这些痛楚和无奈一一理清，并列出对策，就可以轻松攻克了。但事实上，很多时候，当所有的头绪搅在一起时，我们的智力会陡然下降，很难以清醒的头脑面对。怎样才能坦然以对呢？造心，毕淑敏创造的这个词，再恰当不过了。

造心需要材料。有的心是用钢铁造的，沉重无比；有的心是用冰雪造的，高洁酷冷；有的心是用丝绸造的，柔滑飘逸；有的心是用玻璃造的，晶莹脆薄……总而言之，造心的材料不同，造出的心就不同。这里，作者用造心，囊括了世人缤纷各异的心。

不过，优等的心，不必华丽，但必须坚固。我们要造心，营造一颗坚实的心、仁慈之心，这就是我们养心的妙药。著名诗人陶渊明说过："养色含津气，粲然有心理。"一个心理健康的人，自信、乐观，能够充分发挥自己的潜能。养心，是何等重要！

我们每个人都有长出好心情的土地，就看你怎样耕耘。

坐在我对面的英雄

> 我是在攀登一座大山
> 人民是我的向导
> 勇气是我的手杖
> 我的性格便是敢爱敢恨
> 要爱就像山谷那样深沉
> 要恨就像山峰那样直露
> 我的恨也是为了我的爱
>
> ——高正文

我们巢湖十一位女作家在筹备出版散文合集《若水》的过程中，深得省作协副主席高正文先生的帮助。此次，高主席途经巢湖，我第一次见到这位传说中的英雄。

谈到高主席，安徽写文章的朋友大都认识他，不仅因为他的著作本身，还因为他特殊的经历。他的报告文学集《部长家的枪声》可谓家喻户晓，荣获1982年《安徽文学》佳作奖；《共和国第一文物大盗案》获1994年金盾文学奖；《虎啸》获全国第二届乌金奖。

正午时分，高主席如约而至，恰好坐在我对面，我可以正面打量这位文人和英雄。他给我的印象是儒雅，爽朗，随和。时隔多年，在他身上依然保留着军人的飒爽英姿。

席间，高主席为我们诠释"英雄"这一称号的由来。26岁那年，担任连长的他，带领士兵投弹演习。一位新兵投掷手雷弹时，因为紧张，手雷弹拉了环，却不知道抛出去。危急关头，他只得求助于站在前面的高连长："连长！"高连长闻声，回头看见他手中冒着烟的手雷弹，大喝一声："扔掉！"那位新兵战士听到这句话，本能地撒开手，任手雷弹落在自己的脚下。实战手雷弹，从拉环到爆炸，只有短短5秒钟，在战士手中已经浪费掉了一两秒。面对着这枚正在"咻咻"冒烟的手雷弹，要想弯腰捡起来，再投掷到预定的地点，已经来不及了。与他站在一起的，包括这位战士，还有一位排长、勤务员等5人。如果这颗手雷弹自由爆炸，后果不堪设想。由于他们所处的地形复杂，在一座小山的斜坡上，左右都是人。此时，高连长面山顶而立，倘使他顺势用脚一踢，手雷弹踢到山坡上，还会自动滚下来。在这生死攸关的时刻，高连长想都没有想，迅速跪下，用自己的左小腿覆盖手雷弹。手雷弹瞬间爆炸，高连长的左小腿完全被炸飞了。就这样他永远地失去了左小腿，右腿至今还残留着20多块弹片无法取出来。

听高主席说，爆炸后，距离他心脏5毫米的地方，还有一块弹片。就当时的医疗状况，医生不敢给他打麻醉针，担心心脏受到麻痹，再也不能起搏。为了取出这块弹片，唯一的办法，就是直接进行手术。医生对高连长说："我们要把你绑起来！"他笑了笑说："不必了！"《三国演义》中，关羽被刮骨疗毒时，周围的人心惊胆战，掩面失色，而关羽却依然饮酒弈棋，若无其事。故事终归故事，但眼前坐着的这位铁骨铮铮的硬汉子，拉开肉取弹片，却是现实版的。

在我认识的作家中,戎马出身的为数不少。在他们身上,除了有着丰富的绿色军旅记忆外,还有一种行伍精神:文字之外的力量、刚正和执著。高主席可以克服重重困难,在文学道路上深入浅出,或许也得益于这种坚韧吧?

他们的爱情

我去凤凰古城，就是为了朝觐一个人——沈从文。报刊上一副凤凰古城的照片，标题就是《沈从文的凤凰》，在很多人的心里，凤凰古城就是沈从文的。

喜欢《边城》里那朵黑牡丹秀秀，还有她的原型张兆和。曾经以为张兆和与沈从文的爱情，是居高临下的——他爱她多一点，她爱他少一点。从边城归来，我发现沈张二人的爱情，太多人以偏概全了。

《张兆和晚年不识沈从文》一文中，说一位记者采访晚年张兆和，拿出沈从文的照片，当时沈从文去世不过三五年。张兆和却说：这个人认识，只是想不起来是谁了。于是就有人臆断，张兆和的心里从来没有过沈从文。推算一下，八九十岁的老人，患有健忘症是很正常的，这与爱情无关。文中还说，这种死缠烂打的疯狂追求，让张兆和无法拒绝。是的，她是说过：我顽固地不爱他，那是爱情关系还没有确立之前，怎么可以颠倒前后，来概括这半世婚姻呢？

沈张二人的爱情，有些人真的不懂！

在沈从文故居的展厅中，珍藏着他的作品，书的名字都是张兆和起的，并亲笔题名。张兆和还是沈从文作品的第一个读者，帮助他找出语法上的错误和错笔字，沈从文因此称她为"文法专家"。

上世纪五六十年代的政治运动让沈从文陷入病态的迷狂状态，他不断念叨"回湘西去，我要回湘西去，"见此情景，张兆和泪眼婆娑。在她的悉心照料下，沈从文才逐渐恢复健康。人生低谷，没有张兆和，沈从文走不过来。

沈从文逝世后，张兆和为他整理文稿。并给他们的婚姻下了结语："从文同我相处，这一生，究竟是幸福还是不幸？得不到回答。我不理解他，不完全理解他。后来逐渐有了些理解，但是，真正懂得他的为人，懂得他一生承受的重压，是在整理编选他遗稿的现在。过去不知道的，现在知道了；过去不明白的，现在明白了。他不是完人，却是个稀有的善良的人。"很多人断章取义，结果以讹传讹，认为张兆和说婚姻"不幸福"，也"完全不理解"沈从文。

张兆和的另一部作品《与二哥书》的封面有一行字：

"长沙的风是不是也会这么不怜悯地吼，把我二哥的身子吹成一片冰？为这风，我很发愁。"

沈从文得意时称她"三三"，苦难时呼"三姐"；她唤他"二哥"，且不说这郎情妾意的爱称，就是那封面上的一行字，足以见证三三对二哥的牵挂和不舍。

沈从文与张兆和在爱情路上遭遇的磕磕碰碰，那顶多是才女"不知柴米油盐的难处"。还有就是因为两人的出身不同，张兆和笑称他为"乡下人"，专心写作的沈从文，生活上的确一塌糊涂，书房里没有下脚之处。在一次洗衣服时，兆和发现了一张揉碎了的当票。原来沈从文把兆和的一只戒指当了，却忘了取回。

我想，张兆和与沈从文的这些矛盾，不过是家庭主妇与邋遢主男之间的琐碎小事，是任何正常家庭都会有的，但绝不会从本质上改写爱情的性质。

55年执子之手、与子偕老的婚姻。我敢说，沈从文的爱情，绝对不是一个人的爱情。

闲情文字

热爱文字，因为文字给予我的太多。

面对众人，我不能侃侃而谈。语拙的我，只能借助文字来表情达意，喜欢这种自在简单的形式，只有指尖轻触键盘的"滴滴嗒嗒"声。文字，是一种依托，也是支撑形骸的经脉。

朋友曾经问我："写一篇文章需要多长时间？"其实，写文章的时间并不很长，大量的时间都花在构思上了。对于家务，我已无排斥心理。只有做家务的时候，我的思维才处于真空状态。拖地、洗衣、做饭的时候，我的头脑中，都有可能在酝酿这篇文章，从材料的取舍到行文的切入，无不在这个过程中孕育衍生。万事万物，情理互为交融。可以编排文字的女人，应该有能力成为无师自通的大厨。在我看来，文章只不过是纸上精烧细煮出来的盛宴；饭桌上色香味俱全的菜肴，其实，也是灵性的再现，和一篇言辞曼妙的文章别无差异。我喜欢这两个创作过程。

思想，是一间空房子。里面塞满了对文字的思索，杂念便很少滋生，如同庄稼长势旺盛的田地，杂草很难有生存的缝隙。头脑中有了这些牵连不断的文字，我几乎没有意识去留意什么是烦恼，什么是忧伤。平静如水的心田，是最适宜文字生长的土壤，我决定快乐地生活，幸福地为文。回头细读那些文章，我被自己感动了，因为我说服了自己，选择了这种心平气和、安静坦然的生活思路，这是我最大的收获。

因为写作，生活变得简单多了。思绪中有那么多美妙的辞章，你还愿意顾念人世间的纷纷扰扰吗？文字让心境澄澈，躲进文字的小楼，身心真正成一统，可以做心无旁骛的赶路人。

庐山的导游这样告诫游客："看景不走路，走路不看景！"我想做埋头走路的人，不抬头，写清清白白的文字，这让我觉得自己也干净了，白纸黑字，昭昭彰彰。事实上，只要一路走下去，风景是不会辜负行路之人的。

写文章是件快乐的事。文字中散发着生活的气息，生活也因为文字而更加精彩。每一天，对我来说，都是一个憧憬。我喜欢去上班，因为那里，可能会有稿费单或者是远方寄来的样刊和问候；我喜欢崭新的每一天，因为今天会有新的文章以纸质的形式再现，也可能会巧遇激发灵感的诱因。这些就像训兽师手里的糖果，成为我坚持写下去的诱惑。

文字中的我，自在而快意。我的心绪，会拧成一股绳，在绳子的尽头，总能牵扯出一丝半缕的灵感来。遐思中，偶得佳句，必然欣喜不已。于是，追着爱人问："这句话好不好？"其实没指望得到他的赞美，只想这句话被认可而已。记得一次，我在构思《读秋》一文时，突然灵光一闪，得了一句："谁能断言，秋是衰老的春天，还是孕育春天的种子？"常常因为一两句话，得意好几天。似乎一篇文章，只需要只言片字就可以定乾坤。回想起来，觉得自己肤浅得可爱。

总以为，文字是淳朴善良的。透过文字解读的人生，纯情优雅。文字也有足够的定力，让心情闲淡。有文字作伴，就像徜徉在文字搭建的庭院深处，随时可以找一处避风向阳的山墙，靠着晒晒太阳，舒适惬意。

敬畏文字

文学的力量是不可估量的。对于文学,我满怀敬畏,文学之于心灵,恰似一剂良方妙药。"文学也是人学",这一观念是被人们普遍认同的。因此,在某种意义上说,读文学作品就是读自己、读社会、读人生。作家,书写文学作品,也就是在写自己,写社会,写人生。而文学作为"人学",必须建立在对文学作品的感悟、品味和欣赏的基础上。

文如其人。细细琢磨每个人的作品,必定可以从语丝中,窥破作者思想的端倪和生活的轨迹。纵使刻意地掩饰、小心地编排侍弄文字,也难免在不经意中流露出字里行间的本我。文字,有时被人用来美饰谎言,但它本身却是清白的。

文学,是一种补偿。陀斯妥耶夫斯基曾经说过:"没有文学,我可能早就疯了,或者已经死去。"他是这样谈文学的,文学就是他的勇气、他的希望。还有索尔仁尼琴、艾赫马托娃,他们都是在压力下依靠写作活下来的人。与文字为伍,裨益无穷。

文学的魅力,在于它常使人茅塞顿开,让人有所启迪。品读丽章佳句,文字的芬芳丝丝缕缕,渗透进心底最温柔的地方,怡养心性,让你常怀与众不同的愉悦。喜欢写文学的人,是幸福的。写作不仅是高雅的情趣，也将自己对疼痛、甘甜的体悟，用文字的形式表达出来，冷暖自知。不因物质的厚薄，而与文字痛快为生的根源，是心与心的差距。游走在文字丛生的蹊径边，你会真切地感受到文字对灵魂的洗涤，涓涓细流让你睿智为人、豁达为生。文学，是智慧的。

关于文字的留存，沈从文的观点是："照我思索，能理解我。"文字可以给人留下一个完整的思索过程，若干年后，重拾记录心迹的文字，就像翻阅一本保存着足迹的相册。这便演化成又一个自我思索、重新认知的过程。文字，是生活的轨迹。

善于生活，又善于用文字提取生活的人，定然是高于生活的。生活是实际意义上的文学，忠于生活的人，才是忠于文学。有人说："文学的大众化，就是文学的没落。文学，应该是少数人玩味的高雅艺术。倘使人人是作家，处处有文字，就是文学的沦丧。"果真如此吗？文学距离我们到底有多远？在我看来，文学是渗透在生活的方方面面，是建立在生活这块厚重的土地上的。有生活的地方就有文学，文学滋养着生活，使其丰润；文学也离不开生活，失去了生活，文学扎不下根系。

文学有如一团火，靠近它，就会温暖你自己。不过，要想投入地燃烧自己，还需要更大的热情。

一世书缘

书是我眼中的女人，遇见美人，自然挪不动步子，恨不得囊为袖中之物，只不过勇气不足，尚无窃书的行径。大概是当时还不明白"窃书者不为偷"的缘故吧。

自幼家贫，也非书香门第，连一本字典都没有，更不必说是藏书了。除了教材，所看课外读本，皆是借阅。倘遇到精美文章，必然抄录下来，留待细细品味。记得一次，为了尽快将借来的《唐诗宋词元曲三百首》抄录完毕，居然连父亲大人都动员起来了。也因此爆出诸多笑料。父亲对于生僻字，只是照着葫芦画个瓢，他的草字我也不认识，等我再去寻根问底时，他自己也忘记了原初的字形了。我曾经利用一个暑假，将成语词典也抄录下来，每每提及此事，必引之为得意之处。若干年后，研读《送东阳马生序》，与宋濂相比，自己不过只是个"小小巫"而已。悔当初吃苦不够，书抄得也不够多，所以并无建树。

当初所借之书，必定爱惜有加，并在约定的时间完璧归赵。我是忠实的读者，所以对书之爱，也是发自肺腑，为了避免将借来的书弄脏，一般都先包上书皮，这样书就不至于被污损了。正因为如此，别人有书，都是愿意借给我看的。这就印证了当下流行的一句话"好借好还，再借不难！"

"书非借不能读"，这句话一点不假。为了快速看完一本书，我常挑灯夜战。书归还以后，想再借阅，大抵再无这样的机会，所以看起书来，必定十分用心，遇到心动的语句，随手摘录，自然养成了很多的读书习惯。后来自己有了书本，更是肆无忌惮地信手涂鸦，条条框框地画得满书都是，还将自己拙劣的见解与心得，见缝插针地安插在字里行间。我阅读过的图书，别人是不忍睹的。

感谢那个清贫的年代，感谢无钱买书的拮据，我可以奋力抄录大量的经典文章与优美句段，这或多或少，为我以后对文学的亲近，起到一个铺垫作用吧。

上大学以后，我就可以从每月的零用钱中抽取若干，来作为我购买图书的资金了，但此刻，书籍只不过是我假扮淑女的道具而已，我已无当初苦读的决心与兴趣了。参加工作后，有了一定的经济基础，便可以徜徉于长长的书架旁，自由选择喜爱的图书。但买回来的书，一半是开始翻看几页，便束之高阁，另一半则是走马观花式的跑读完毕。书籍只不过是装点我书橱的玩偶而已。再后来，有段时间心境浮躁，连读书的情趣都丧失了，所幸不久又找回了"书之爱"的感觉。

可以在喧嚣的都市里，静静地捧读一本书，我觉得这是最优雅的姿势。入夜枕书而眠，书是一剂慰心的良药；孤独惆怅的时候，一本书在手，似乎再没有什么不可克服的难关；寒冷的冬夜，可以心无旁骛，读书取暖。无论何时，书与我，是相看两不厌的亲密爱人，更是永不言离弃的贴身伴侣。

讲故事的人与看戏的人

倾听莫言今天在瑞典学院的演讲——《讲故事的人》。这个讲故事的人，通过他的故事，让我们了解到他创作的灵感和小说中角色的来源，让我感触最深的有两点。

第一点，就是有关母亲的故事，从很大的角度上来说，母亲对莫言的做人，乃至作文，都有着很深刻的影响。

打坏了家里唯一的水瓶，母亲只是"抚摸着我的头，口中发出长长的叹息"，母亲对曾经打过她的人的宽容，把自己的饺子倒进乞讨人的碗。还有，帮母亲卖菜时，自己有意无意多算了别人一毛钱，放学后竟然很少流泪的母亲泪流满面。母亲并没有骂我，只是轻轻地说："儿子，你让娘丢了脸。"所有这些，都足以成为莫言以后为人的标杆。

莫言之所以能成为我国第一位诺贝尔文学奖的获得者，与他母亲不无关系。母亲不识字，但对识字的人十分敬重。在家庭生活困难，经常吃了上顿没下顿的情况下，母亲对他提出买书买文具的要求，总是会满足的。她是个勤劳的人，讨厌懒惰的孩子，但只要是莫言因为看书耽误了干活，她从来没批评过他。每逢集日她还不再给莫言排活，默许他去集市上听书，母亲还是他最初的听众。

在演讲中，莫言对自己想象力如何培养出来作了介绍。生活是一部大百科全书，只有走进生活的人，才能写出最贴近生活的小说。

听了莫言的演讲，给我印象最深刻的，还是发言稿最后三个故事的隐喻。莫言获得诺贝尔文学奖以后，我也成了莫氏的追星族，读他的小说，看一切与他有关的评论。

对于莫言获得诺贝尔文学奖，有人真心喝彩，有人质疑，有人惊讶……某文学名家在大学演讲中，说出一段酸味十足的话，质疑莫言获得诺贝尔文学奖，是得益于人脉关系，一个大江健三郎就能左右诺贝尔文学奖？我表示怀疑。他还婉约地引用德国人的话，质疑莫言井喷式的创作："我们德国人写作一年最多不超过20页，他40天就写400页，这样的作品能是好的吗？"在此，我只想借惠子的话回敬一句：你不是莫言，你怎么知道他40多天，就写不出好作品呢？

从莫言的演讲中我们可以看出来，"母亲去世后，我悲痛万分，决定写一部书献给她。这就是那本《丰乳肥臀》。因为胸有成竹，因为情感充盈，仅用了83天，我便写出了这部长达50万字的小说的初稿"。

小说《蛙》中有这样一句"我一直准备以姑姑为素材写一部小说，为这本书我已经准备了二十年"。井喷式的写作，并非一时灵感，而是经年的积累。莫言以自己的方式讲述着自己的故事，别人的故事。很多故事，或许在他放牛时，他躺在空旷的草地上，就开始了。

我把演讲最后的三个故事认真地听了几遍，得出我自己的看法：莫言是坦然的，获得诺贝尔文学奖后，当众人批评议论他时，起初他是气愤的，但后来，他感觉很多人议论批评的这个人，与他本人没有什么关系，而是那些人用想象力塑造成的另一个莫言。所以他能跳出圈外，以看戏者的身份去看唱戏人的表演。发布会上，有记者问及莫言得奖后的"烦恼"和"喜悦"。对此，莫言吟诗一句作为回应："心如巨石，风吹不动。"《讲故事的人》结尾，他用第一个故事表达自己的心迹：当众人都哭时，应该允许有的人不哭。当哭成为一种表演时，更应该允许有的人不哭。很显然，他很坦然地面对别人的关注、议论和批评，"允许人不哭"，这就是他的态度。

第二个故事，是在告诫他人，你没看见的，并不代表他不存在。正如故事中的老长官看着莫言对面的位置，自言自语道："哦，没有人？"你没有看到莫言，并不代表莫言不存在。你不欣赏莫言的作品，不代表莫言的成就不存在。

第三个故事，也是表达他对自己的悦纳和对生活的谦卑。我想，他把自己比作那个被抛出寺庙的人，而他，恰恰成为我国第一个诺贝尔文学奖的获得者。莫言认为，中国还有很多作家可以成为诺贝尔文学奖的获得者，莫言并不认为自己的成就高于别人，只把自己当成被抛出去的那个人，这让人对他更加敬佩。

我欣赏莫言，他的作品是魔幻的，而他却是现实的："一个人在日常生活中应该谦卑退让，但在文学创作中，必须颐指气使，独断专行。"不要怀疑别人的能力，不要高估自己的能力，读懂莫言讳莫如深的故事，跟得上莫言想象的节奏，你的心中就不再有质疑了。

青春的距离

　　为了听王蒙先生的讲座，天麻麻亮时就醒了。从我们居住的海大浮山区到崂山校区的文学院大约需要40分钟。到达报告厅，除了布置会场的工作人员，我是第一位听众，有得天独厚的优势选择第一排中间位置，与主席台最近的位置。

　　儿时就看过由王蒙的小说《青春万岁》改编的电影，这成为我对王蒙最早的记忆标签。

　　在海大培训的日子里，日日上课经过的54号楼，与其他楼宇并无两样，唯一的区别就是多了王蒙先生亲笔题写的"作家楼"牌匾。暗自困惑，为什么这栋楼命名为"作家楼"？直到有一天发现楼前的斜坡巨石上镌刻的文字，竟是原海大校长管华诗撰写的《作家楼记》。下方密密匝匝地雕刻着曾经入住作家楼，来海大讲学的20多个国家和地区上百位著名作家、诗人、学者的名字。

　　2002年中国海洋大学聘请王蒙为文学院院长，他到任后以重振海大人文为己任，引领人文教育新风，先后创"驻校作家"制度、设"名家课程"体系、开"名家讲座"系列。这次有幸在海大的人文讲坛，倾听老爷子的讲座。

　　按照上海文学杂志社的"80后"作家甫跃辉的提法，王蒙应该是30后作家了，对此标签，他并不介意，反而以一段亲身经历作为开场白，2008年，他参加湖南卫视的《零点锋云》节目时，青年作家张跃然委婉地询问他：有没有因为年纪大、记忆力下降等生理因素影响到他的写作。王蒙先生机智地回答：估计明年我将衰老！后来他以此为标题写了小说，刊登在今年《花城》第一期上。对他来说，明年他将衰老，但他的文学仍旧年轻。在我看来，他从未衰老，他的青春是无期的。

印象最深刻的是，老爷子虽然年近80，却精神矍铄，才思敏捷，语言幽默诙谐。尤其让我敬佩的是他的记忆力，讲座与问答过程中，古今中外的诗歌他都能即兴吟咏。

青春和衰老，是永恒的话题，时代催人老。钟山杂志社一位编辑说他像是三四岁的孩子，居然也一口一句"我小时候"。我佩服老作家的心态：越年轻越觉得生命短暂，而他反而没时间考虑这个问题了。

王老爷子在《青年与文学》讲座中，谈到青年需要文学，文学也需要青春的力量和活力时，幽默地拿阿Q作例，说自己难过的不是阿Q革命的不成功，而是他爱情的不成功。倘使阿Q能以徐志摩的《偶然》对吴妈表白心声，吴妈即使不会吟诵诗歌，也会以流行歌曲《月亮代表我的心》回应，那他们的事情就成了。文学无处不在，青春需要爱情，爱情要有文学，所以青春离不开文学。

讲座结束，众人散去。我从卫生间出来，恰好遇到埋伏在卫生间外，等候老爷子签名的几位粉丝，我也趁机拿出笔记本，请他签了名，此时此刻，青春与我是零距离的。不介意别人笑我追星，我是在追捧青春！

前几日电影《致我们终将逝去的青春》上映后，同学推荐我去看，她觉得主人公郑微无论在外形还是性格上都与我有诸多相似之处。看完电影，欷歔不已，银幕上往事历历在目，只是韶华不在，青春已被岁月风干。

　　伏案回味，感觉靠近王蒙就等于靠近了青春，他对青春执著的信念具有非凡的感召力。甫跃辉调侃长寿的秘诀就是坚持呼吸，我想永葆青春的秘诀，就是坚持写作了。

　　文学在，青春就不会远去。

勇者无畏

又到了一年一度的记者节，让我想到身边很多熟识的记者朋友。

记得2008年冬天，下了一场百年不遇的大雪。纷纷落下的雪花，没有阻挡住巢湖网站组织的文友去附近敬老院奉献爱心的步伐，随行的还有几名记者。

其中一名新华社的女摄影记者，身材娇小，衣着朴素，背着一个硕大的摄影包，与她的身形相比，十分不称。不知道她长时间端着那么大的长镜头相机，是不是很辛苦？总想去帮帮她，不料，她身边另一位记者笑着说："你别看她个子小，干起活来，却是有一股猛劲，男记者未必比得过她呢！"

敬老院的爱心捐助活动开始的时候，已经快中午十二点钟了。这时候，那位女记者开始收拾器材，我很好奇："吃饭了，你要去哪里啊？""大雪把中垾菜农的蔬菜大棚压倒了，我要赶到那里做一个摄影报道。"当时，已经大雪封道了，去那里需徒步行走。我劝她："还是吃了午饭再去吧，你走到那里，恐怕要到下午一两点钟了！"她把摄影包一背，潇洒地摆摆手："不用了，我赶时间。"我一直望着她的背影消失在茫茫的白雪中。

再一次遇到她，是在一次作家采风的时候。那天我们参观了很多地方，天气炎热，旅途十分劳顿，到达一处正在建造的博物馆前面，有的人累得连车都懒得下了。那位女记者，却走进工地，爬上正在修建的建筑上，从那里居高临下，找了一个很好的角度开始拍摄。大家准备离开时，才发现，她还在杂乱的建筑中拍摄着。上车后，我问她累不累，她笑着向我展示她拍摄的硕果——一幅幅红红火火的工地沸腾的劳动场景。

　　记者，曾经是我最向往的职业，但现在看来，这个职业并不是像我们想象的那么光鲜体面，每天都出入在厅堂暖室里。事实上，哪里有危险，哪里就会有记者的身影。

　　前段时间，我的一位朋友因为房产纠纷，打了很多年的官司，但是一直没有结果。走投无路的她，找到了报社。值班主任听了她的诉说后，立即派一名记者做跟踪采访报道。通过记者的报道，很多部门对此事不再推托拖拉了。

　　站在社会的前沿，记者的另一个职责就是社会监督。很多不能解决，或者是迟迟不能解决的问题，在记者面前，都能够迎刃而解。记者成了消防队、救火兵。在群众的心理形成了这样一个思维：有事找记者！

　　在我看来，他们就是社会奔走疾呼的先锋，也是人民大众值得信赖的依靠，他们能够无畏权势，帮助贫病弱势人群；他们也无畏于社会的黑暗势力，记者这个职业，无形中就成了高危职业。

　　在很多人眼里，战地记者是神圣的，但他们也是离死亡最近的人。《环球时报》记者邱永峥在他的新书《跟着美国上战场》一书中，就向读者介绍了战地采访的艰辛、战争的残酷，还有距离仅"4米""10分钟"的死亡。正是他们，用生命获取一个个镜头和一篇篇血淋淋的新闻报道，并以此来控诉战争，呼吁和平。

　　勇者无畏，勇者无敌。在战火纷飞的动乱国家，需要这样的勇士；在我们社会主义建设的道路中，也需要这样的战士。

格局决定结局

最近热播的电影《中国合伙人》中，来自农村的"土鳖"成东青，两次高考落榜，倘使不是长跪在族人面前，博取他们的同情心，恐怕难得有机遇成为北大学子。就是这样一位艰难地跻身于北京的农民的儿子，因为在校外补课，被单位开除。而他那位千辛万苦才求来的林黛玉似的恋人，去美国留学后，最终也弃他而去，命运跟这个农村土鳖开足了玩笑。

面对如此厄运，如果当事人是你，你该如何面对？我想大多数人都会痛哭流涕，悔不当初，但这个世界上没有后悔药可买；脆弱一点的，或者会寻个高楼凭栏了结此生。但这都不是成东青的格局，在朋友的帮助下，他办起了英语培训学校，并逐步走向成功。生活就是如此，不是命运眷顾谁多一点，而是命运面前，你为自己设定了多大的格局。

那么什么是格局呢？格局，就是指一个人的眼界和心胸。正如萧伯纳所说：有的人看到已经发生的事情，问：为什么会这样？我却梦想从未有过的事物，然后追问：为什么不能这样？

萧伯纳作为英国现代杰出的现实主义剧作家和评论家，在别人追问某事为什么会发生的时候，他却能把目光投向遥远的未来，正是这超出常人的大格局，成就他的戏剧艺术事业，使其成为诺贝尔文学奖的获得者。

同样是牛奶打翻到地毯上，有人气急败坏地质问"为什么不小心"，有人当机立断去处理。这就是格局的不同，大格局着眼于未来，小格局把目光盯在当下。后果如何，不言而喻。

小鱼缸里养不住大鲸鱼，只会盯着树枝上虫子的鸟儿，飞不到白云之上；心怀浩瀚江山的雄鹰，才能长空万里。

沈阳的废品大王王洪怀，当初也和其他收废品的人没什么两样，早出晚归，辛辛苦苦靠收废品，一分一角地赚着小钱谋生。但当别人还在自怨自艾，抱怨收废品利润少的时候，王洪怀却突发奇想：收一个易拉罐才赚几分钱，如果把罐子熔化成金属块，能不能多赚点钱呢？带着这个疑问，他将熔化了的小金属块带去化验，果然不出所料，这样的铝锭市场售价每吨在1.4万到1.8万之间。比他卖易拉罐的价钱提高了六七倍。于是，他专门收购易拉罐，并通过简单加工成铝锭获取利润。三年的时间，他就赚了270多万。这是其他收购废品人望尘莫及的。

曾国藩有一句名言：谋大事者首重格局。大格局是一种大智若愚的智慧，大格局是一种大巧若拙的品性，大格局是一种大象无形的姿态。

大格局才能决定大结局。

幸福条约

我从来没有考虑过这个问题，也没有追问过自己：你幸福吗？直到有一天，"幸福"两个字，跳进我的脑海里，挥之不去。

那是去年在一次国家级培训中，因为是远程网络培训，学员彼此是见不到面的。只有在互相浏览作业和讨论跟帖中，才能有文字交流。需要提交的八篇作业中，我有五篇获得了优秀，批阅的专家老师给予的评价也非常高。

我每天坚持阅读别的同学的作业，认真点评，也从中收获不少。有一天，我发现一位同班学员跟的帖子，无关课题内容，居然是短短的五个字：你是幸福的！

很奇怪，我们互相都不认识，他凭什么判定我是幸福的？是不是我作业获得的优秀多，并获得优秀学员的称号？春节收到一位远方朋友的祝福短信，也是祝福我这个"幸福女人"，难道在众人眼里，我是幸福的？

在我的脑海里，幸福的定义其实很迷惘。娱乐报道说，梁朝伟有时闲着闷了，会临时中午去机场，随便赶上哪班飞机，就搭上哪班机，比如飞到伦敦，独自蹲在广场上喂一下午鸽子，或者去巴黎露天茶座喝咖啡，不发一语，当晚再飞回香港，当没事发生过。很多人惊呼：这才叫生活。不管是去巴黎喝咖啡，还是去伦敦喂鸽子，在我的心目中，这样的生活才算得上幸福。但对我来说，这样的幸福却也是海市蜃楼，是我永远达不到的高度。

假日闲暇，在家浏览网页，很吸引眼球的标题："你是个幸福的女人吗？幸福女人20个标准，你做到了几个？"

——对照，很惊奇地发现，这些条款好像就是为我量身定做的，20条标准我基本都达到了：我有一帮知心蜜友常常小聚，不要说一台戏，三台戏都能搭得起来，所有人都是演员，很少有观众。大家争着发表自己的观点，别人想插根针都难，唧唧喳喳，有说不完的知心话。

父母也还健朗，老公也还纯良敦厚，孩子也很懂事，我基本无后顾之忧。空闲时，能静下心来读书，也能抱着零食，就着电脑看电影；更热衷于淘宝，买自己第一眼相中的、算不得奢侈的奢侈品。

生活目标也很明确，升迁的事情我就不考虑了。只是想力争免费出一本书，再写一两部中篇小说，把文风转向更文学化。那天跟文友聊天时，还在勉励自己：我在等花开。

这样算来，我应该是最幸福的女人？原来幸福这么简单，我比自己想象的要幸福得多，只是我不曾发觉。

生活中时常出现那20条标准，就能说明我们已经收到了幸福的讯号。不过，我觉得最高境界的幸福，应该是不受条条框框约束的，就像《101次求婚》中的谭小姐，真爱是不受条款制约的。

总而言之，幸福真的没有你想象的那么难，只要你愿意，你就是最幸福的人。

绿 茶

影片《绿茶》中，女硕士吴芳不停地相亲，每次和男人约会时，她都要点一杯绿茶，她相信一个叫朗朗的女孩说的话：从一杯茶预测一个人的爱情。其实朗朗就是吴芳的另一面。赵薇扮演的这个具有双重性格的女人，作为吴芳，她那副学究模样，落后于时代，思想守旧，服饰保守，性格怪僻；而作为朗朗，却是一个让人着迷的摩登女性，性感、娇媚、令人神往，却又拒人于千里之外。这个双面娇娃很难让人理解。我却一点也不奇怪，现实生活中，任何人，都是双面性的。

生活中，每个人都想将自己隐藏起来，这样似乎就更为安全，不受伤害了。但你的言谈、举止、神情，却又毫无保留地出卖了你。因而，我们每个人都是赤裸裸地袒露在他人面前的，尽管我们总是在掩饰。

今天一个朋友说我的文字，自始至终都伴随着淡淡的轻愁，尽管很淡，却很固执。不知道可不可以明亮起来。我说，我会学着让自己的心明亮起来的。但能否明亮起来，说实话，我是不敢保证的。

认识我的人都说，第一次见我时，印象最深的就是那灿烂的笑容。翻看我的相册，每张照片都在傻傻地笑着，一点都不淑女。我也莫名其妙，我这样一个阳光型的女人，为什么又会如此执著于这淡淡的轻愁呢？我可以感觉到自己对忧愁的痴迷，我喜欢淡淡的哀怨，就像是薄薄的轻烟，柔柔地缠绕在我的周围，宛如白色的蚕茧，将自己深深地禁锢在厚障蔽中。把自己淹没在无尽的闲愁中，的确很惬意，浪漫而有诗意。可以高蹈于现实之上，无需直面现实的冷峻。

不知道这样的幽怨因何而起，是潜意识中的自恋还是不满足，我无从知晓。我想我应该是那种很容易满足的女人，十年不曾见面的大学闺友，悄悄地问我："你幸福吗？"我感觉很幸福啊，这感觉是发自肺腑的。我常把现在的生活与我们小的时候作比较，现在有吃、有穿，和小的时候相比，一个在地上，一个在天上，还有什么不满足的呢？过去的苦难成了今天幸福的理由了。

或许这样的轻愁，正是自恋的一种表现吧。我应该是属于自恋型的女人，这一点我从不否认，我的文字中，唯我的成分很多，我旁若无人地表达着自己的思想，快意于自己的文字。尽管这不被认可，但认可与否，事实上，并不是至关重要的。我也不知道自恋与自爱的分水岭到底在哪里？我更没有发现自恋到底有什么不好。

于是，我私下里痴痴地将自己迷恋着，把自己放在一个自己都够不着的地方，把自己悄悄地打量着，让自己的心去仰视自我。我也跟随着心的方向，不断地去向往，不断地去追逐。我想，十个女人中，至少有九个是自恋的，只不过狂热的程度不同而已。

最近看到一本杂志的扉页上，一个妙龄少女，做了一个优美的姿势：一脚点地，另一条修长的腿竖直与身体平行着抬起，并且腿上缠绕着一条金色的大蛇，不知道为什么，少女与蛇美妙的结合，女性变得更有魅力。而蛇也不再显得龌龊、阴郁了，冥冥中倒有几分灵气。

也许女人就是人性与蛇性的结合吧。人性让女人明朗快乐着，蛇性使女人忧郁冷艳着，正是这人性与蛇性的完美结合，才可能将女人演绎到极致！恰似这绿茶，沉静中，方显茶的清香与幽雅，女人也如此！

第七辑 临窗禅

闭窗独坐，娴静思想，一窗一世界；
推开窗，我与世界没有距离。

临窗禅

在我看来，窗，是一种途径；临窗，则是一种心态。

喜欢房间里偌大的飘窗，三面凸起，有飘逸感。依窗而望，视线开阔，采光也丰裕。虽是数九寒冬，正午的阳光灿烂。一米之内，日光蓬松堆叠。玻璃隔着窗外的寒，我把自己埋进温暖的阳光里，手卷一书，应了李白的那句诗："鸟吟檐间树，花落窗下书。"

凭窗伫立，赏月观景，聆雪听雨，迎风纳凉，依偎阳光……四季更迭，窗的优势一成不变。

节假日，喜欢宅在家中。清晨，一缕阳光从窗帘的缝隙中穿刺过来，不用看钟，就可以判断时间。黄昏时，最后一抹夕阳从窗棱边滑落，便在窗前等归人。远远地看侧影，就可以认出他。数着脚步，赶在他摁门铃的刹那，开门迎客，给他一个惊喜。临窗，多了一重默契。

节气变更，温度陡升陡降。室内外的温差大，临窗是最直白的手段。探头，打量早起的路人，或者将手臂伸出窗外，添衣、减裳，心里就有数了。

常有好雨随风潜入，夜阑人静，浅睡时分，透过窗棂的"叮叮咚咚"声，雨势大小已有几分把握。最喜人的莫不过是冬季，拉开窗帘，漫天银色惊现，冰雕玉砌的雪国，是梦的印证。

"淡月笼花花映窗",月色常常有,花是少不了的情趣。喜欢养花,阳台两边的架子上都摆满了。陆蠡因为爱绿,故而囚禁绿色藤萝,但绿藤却逐渐细瘦娇弱,怀绿之人,终究因爱释放了绿。我不惮于犯他的错。那些向阳花,为了让它们有充足的日照,将它摆放在防盗窗的栏杆上。临窗,抬眼就是绿,心情也是绿色的。

有朋友来我家,惊叹异花四季当窗。再次来访,她竟然径直登门。我说她的记性好,方向感强。她笑着说:"是你窗上的花,为我做了向导!"

下班时,刻意抬头仰望,墙壁上唯一的生机,是窗前的几盆花草。临窗花,成为家的标志。

渐次,像春风吹过,邻家的窗前也绽放了绿意。卧室的飘窗外,摆放着一丛幸运草。中午做饭时,我都会将淘米水浇灌在花草上,让它保持生机。有一天,推开窗户,正巧邻居正将一盆吊兰放在窗前。我与她相视,会心一笑。韦庄说"绿窗人似花",我不曾奢望自己如窗前花,也能装点别人的梦境。

陆续,前后几栋楼上,开花的窗户越来越多。

进餐厅茶社,也喜欢临窗而坐,看窗外行人神色匆匆,夜幕下灯火阑珊,一窗之隔,我独享这份安闲。一壶玫瑰花茶,斟了一杯又一杯,续添的茶水,冲淡了花的浓香,好在朋友们谈兴正浓,忽略了茶味。

从行为心理学分析,从餐厅选择座位的习惯,可以判定一个人的性格特征。想起卞之琳的那首《断章》:"你站在桥上看风景,看风景的人在楼上看你。"想到这里,不禁有些惶恐:此刻,与我同坐的,除却我的躯体,还有我刻意隐藏的内心,在众人眼里,都一览无余了。

闭窗独坐,娴静思想,一窗一世界;推开窗,我与世界合而为一。

三重境

"懂你"

一日，曾经的学生前来探访。虽然她们已是大学生，但对我这位初中老师仍能挂念，让身边的人都欷歔不已。四年后的谋面，我们彼此丝毫没有陌生感，亲密如昨。

她们依旧是懂我的，带来的礼物，也是灵犀之作：一盆雏菊，一盆水竹。她们居然知道我喜欢侍弄花草。上学时，她俩都是我的得意门生，得意之处，不仅是几次大赛辅导获奖。更是在课堂上。与另一位老师谈教学时，共同的感受是"常有遗憾，感觉曲高和寡"。学生的知识面狭窄，且不爱读书，让老师在课堂上有悬空的孤独感。

不过，当初课堂上有她们，就是另一种情形了。我谈高山，她们能以流水应和。我想引用的诗文，说了上句，她们立马能补出下句。她们甚至能与我共同切磋红楼，谈书中人，议世上事。

伯牙有幸，有子期做知音。人们常注重生活中的知己，忽略了另一种"懂你"。在工作中，有这样一些"懂你"的人，也是件快乐的事情。

伊丽莎白女王，出现在公众场合时，左臂弯中总挎着一只手提包。

人们都会好奇，包里装着些什么呢？其实，这只包还藏着暗语。女王和客人用餐时，如果她将手提包放在桌上，就意味着她希望5分钟之后结束用餐，离开现场；与客人散步聊天时，如果她将手提包挂到一侧肩上，就意味着她想结束聊天。当然了，女王将手提包挎在左臂弯，表明她感觉谈话很轻松。她细微的举止，都能被人读懂。

多年前，满文军的《懂你》风靡一时。歌唱得很深情，但真正"懂你"之人，其实寥寥。

我觉得，人活到境界处，当是有人懂你的。"懂你"，是一重境界。

"不悔"

偶然，看见一标题——《临终前后悔的25件事》，出于好奇，浏览一番。原来临终前后悔的，也不过是些寻常事宜。诸如，没有实现梦想，做了对不起良心的事，过于相信自己，没有妥善安置财产，等等。

前些日子，发现网上竟然有人兜售"后悔药"，从一毛钱到十几元，价格不等。本以为又是年轻人的恶作剧，谁料，点开网页，发现购买者竟也芸芸。询问知晓事理的人，他们说，所谓"后悔药"，不过是一些文件，包含一些笑话和人生哲理。其中有句话，让我也从中受益匪浅：永远不能让同一件事情伤害自己两次！

其实，众所皆知，这世界上哪里会有真的后悔药呢？不过，那句话，倒是值得深思。很多时候，我们在犯下过失后，又在不断的悔恨中，让自己一伤再伤。

孩提时，看过鲁迅的《祝福》，情节其实是在后来温习的，但剧中祥林嫂在失去阿毛后，逢人必说的那段话，当时就烙印在我的心中：我真傻，真的，我单知道下雪的时候野兽在山坳里没有食吃，会到村里来；我不知道春天也会有狼……

祥林嫂似的后悔，其实是于事无补的，阿毛终究不会复生。我们都厌烦她一遍又一遍重述着她的追悔。

倘使打翻了牛奶瓶，你会怎么办？没有打翻之前，就可以做好防范，消除一切打翻牛奶瓶的隐患，这是上智之人，思维敏捷，办事周全。但我们不能事事清醒，即便自己谨慎有加，还有很多外因非我们所能控制。人生在世，过错难免。不悔，是一种境界。

遇到打翻牛奶瓶之类事情，能够迅速冷静地清理地毯上的污垢，将损失降低到最小，应该是最明智之举。事前需要深思熟虑，事中勇于担当，事后有"不悔"的豪气，这是睿智人生。

我喜欢"不悔"的境界。

"不二"

上课时，为了让学生看清幻灯片上的文字，我临时将字体从五号调整到小三号，结果，台下学生议论纷纷。听他们窃窃私语，原来是对"小三"这个词太敏感。索性换成三号字，免得他们有了困惑之资。

想起一句俏皮话："婚姻是爱情是坟墓，但小三偏偏还来盗墓。"小三成了公害，大家喜欢把责任推卸给小三，而忽视了当事人的罪责。倘使当事人能有"不二"心，谁还能成就小三呢？

九华山一座寺庙的后院里，有一侧门，门楣上写着"不二门"，狭窄的山门因此醒目。门是紧闭着的，站在高处，墙外幽谷翠竹依稀可见。"无限风景在远峰"，我想，不二门外，定然是大好风景。不过，行程匆匆，我也无暇，遂与"不二门"擦肩而过。

"不二"，其实是佛学术语，本来"不二法门"是指对事物认知的最高境界。当然了，"不二"还有一层含义，就是"不变心，专一"，这是我崇尚"不二"的真正内涵，我喜欢"唯一"的感觉。

不二，不独是感情事，其实，人生在世，凡事可以有"不二"心，专心而为，必定是无往而不前的。

"不二"，我觉得更是一重境界。

清 欢

窗外，满城月光，小城不夜，有谁在相思？洞箫清吹最关情，一曲《枉凝眉》幽幽咽咽，道不尽的人间"好了事"，清泉从指间潺潺流淌，我的心湿了、重了，如饱蘸露珠的草尖。

凤箫喑哑，余音袅袅。吹箫的人做起了织布的活，从竹管里扯出一缕缕的丝，丝线见了空气，瞬间凝成锦缎，时急时缓地抛过来，把我整个儿包裹起来。我的心在那如泣如诉的箫声里，揉碎了，又被那些细得看不见的丝缠络着，捆绑着，想分心都难。箫泉又酿成酒，不把人灌醉不罢休？失去了思考的能力，除了呼吸，我什么都没有做，就在箫声里枯坐，坐化成一片空白。

轻轻开启尘封了三个月的广口瓶塞，里面是明月亲手酿制的葡萄酒。见她用勺子舀起漂浮的酒糟，放在一只浅碟中。再小心地端起瓶子，轻缓地滗析着，酒浆流入白胎瓷盏中，仿佛一袭滑溜轻薄的丝巾，从肩头滑落。

茶有茶道，酒也有酒道。极品的葡萄酒饮用时，要提前一两个小时打开瓶盖，让酒液有充分的时间释放出它浓郁的酒香，这个过程叫"醒酒"。酒也是有生命的，需要用时间去唤醒它休眠的意识。我喜欢侍弄红酒的过程，仿佛是童话里的王子，唤醒沉睡的白雪公主，这是饮品红酒浪漫的开始。

清亮的玫瑰红，纯而不媚，淡却不寡，我疑心这酒色也叫女儿红，低头可见它少女般的羞涩。红殷殷地盛在雪白的茶盏中，清酒，白瓷，由不得人不想起那句挂在嘴边的话"红玫瑰，白饭粒"。大俗往往大雅，相依相托，不分伯仲。

紫褐色酒糟搁在白瓷浅碟中，也是一道稀罕的菜。饮了美酒，却不知道这酒糟是什么味道，可谓"不知其源"。夹一点咀嚼，味道甚好，比酒味更浓，质地柔软绵长。能吐出甜美的琼浆，必是得益于它宽厚温润的心，如同女子生了孩子，有一颗慈母心，方能分泌出乳汁。

极品葡萄美酒乃是珠玉之实，用的是上等葡萄——赤霞珠，赤霞珠具有藏酿之质，可陈年15年或者更久。美的东西要经得住精雕细琢，也能承受得起时间的考验。一杯美酒，要承受得起时间的封存、岁月的抛光，在寂寞中等待，在酒窖里发酵，最后才得沉香。成熟的葡萄美酒周身散发着隐逸之气。

愿得酝酿之心，做架上一枚葡萄，经历时光的淘洗，在日与夜中辗转酝酿。末了，成了一杯美酒，或许也只是一碟酸醋。现在还不敢妄言，时间是最后的见证。不过，思想是发酵的酶，心存悲悯，自然能流淌出清醇的酒。

一段酝酿，一场修炼。先是碎了身骨，发酵，过滤，再加糖，压榨，勾兑……酝酿的过程有融合，也有吸纳，是静静守候等待的过程。人生如茶也似酒，或烹，或酿，才能达到纯美的境地。

听说葡萄酒的酿制很有讲究，不单单从酿制的过程开始，还要追溯到葡萄的种植。葡萄酒的香味与种植葡萄的土壤和气候以及周围的植被都有关系。法国左岸波雅克的葡萄酒具有薄荷的香气，而气候类似的梅多克却没有；赤霞珠葡萄酒里面的桉树香，主要是来自于周边种植的桉树。这倒是应了荀子的话：蓬生麻中，不扶而直。

白沙在涅，与之俱黑。

　　忘却形骸品其滋味，人间有味是清欢。约几位志趣相投的朋友，寻个静谧雅致的去处，清茶薄酒，煮字为药，吹箫酿酒，医贪念，治妄心。纵使置身熙来攘往的繁华都市，也是娴静一身。

学会与自己分享

上中学时，我就养成了写日记的习惯。快乐的事，沉重的事，我都会提笔向纸张倾诉。在这个静静书写的过程中，感觉自己逐渐轻松愉快了。快乐的事情，众人面前，不能大肆宣扬，担心别人说我嚣张。但在日记中，我可以畅所欲言，没有异样的眼神，没有嘲弄的目光，没事偷着乐。忧愁也可以说出来自己听，与自己交流的过程中，说服自己，"大事需变小，小事需化了"。

写日记的习惯一直保持到工作后，直到由博客和QQ空间取代了纸上的交谈。QQ空间里有"心情"一栏，我常常用简洁的语言来记录下我的快乐、忧愁，还有对自己的激励和劝鉴。"无处安放的忧伤！""我闻见春天的味道！""害怕过年！"……这些流水账一样的语录文字，编织交汇成我的心结。并以此告诉自己，"其实我很重要"。

早晨，朋友打来电话，告诉我的征文获得了二等奖。于是，打开电脑的第一件事，就是将这个好消息写下来，与自己分享："征文获得二等奖，非常快乐！"感觉自己就像回到小时候，得了一张奖状，回家的第一件事情，就是告诉父母这个好消息。

儿子在浏览我的日志时，发现我将得奖的事情，也写进心情日志里。不解地问:"不会吧,老妈,你连这个事情也写出来?是不是有骄傲的嫌疑啊!"我笑着对儿子说:"我是为自己感到骄傲啊!写下好心情,与自己分享快乐,不好吗?"儿子听了我的话,再没有说什么,他认可了我的观点。

一部电影中,主人公一直被一段难以启齿的往事压抑着。后来,他在大树下挖一个坑,把郁积在心头的忏悔和痛苦,一起倾倒在洞穴里,然后又将泥土填埋好,宛如埋葬了一个逝者。做完这些,他如释重负地离开了。未来的生活还很漫长,此刻,他可以毫无挂碍地迎接新生活了。在书写心情日志时,感觉自己就和电影里的主人公一样,把快乐和不快乐都留在原地了,今后的生活,依旧单纯着。人生,很多东西,是需要留在原来的地方的。成就留在原地,因为它只代表过去;痛苦就地丢下,因为你还有路要走。

每个人,需要一个默默的倾听者,一个真诚的祝福者。需要一个人"快乐着你的快乐,幸福着你的幸福"。他不会鄙视你的得意,也不会漠视你的忧伤。这个最能包容你的人,就是你自己。

快乐的事情,告诉你自己,让你和自己一起分享,幸福会延长、增多。毕竟,快乐是需要不断提醒和发现的。不快乐的事情,向自己诉说,让另一个坚强的你帮你扛着。卸掉心头的石头,漫漫人生路,轻装上阵,你会走得更轻快!

学会分享自己的快乐,你会变得更加快乐!学会分担你的忧愁,你会因此更坦然!

低处的幸福

情人节那天,一位年近古稀的老人,手拿着一支玻璃纸包装好的玫瑰花,走进公交车。在拥挤的车内,因为那支玫瑰,老人成了目光的焦点:上上下下的乘客从他身边经过,都不约而同地把目光投向老人和他手里的玫瑰。我也揣度着玫瑰花的用途:花是老人买来的,还是拿来卖的呢?

显然,售票员也很好奇,他回过头来询问坐在身后的老人:"老师傅,您这玫瑰多少钱啊?"老人小心地把花往胸前靠了靠,大概是怕别人挤坏了玫瑰,略带兴奋地说:"本来是10块一朵的,不过,人家8块钱就卖给我了。"老人似乎早就按捺不住内心的快乐,急于将这个好消息告诉周围的人。售票员又问:"送老伴儿的吧。"老人毫不掩饰地点点头,应了声:"嗯!"我觉得这老人真够浪漫的,他见我笑了,赶忙补充了一句:"她给我做好吃的呢!"

楼下的草地上,一位年轻的爸爸带领着一群五六岁的孩子做着游戏。他用自制的吹泡泡水,向空中吹出一个又一个五彩的泡泡。小孩子们追着泡泡,用手中的玩具拍打着。年轻爸爸配合得很默契,一批泡泡还未破尽,他又恰当时地吹出另一批。孩子们欢呼着,神情专注地拍打着这些五彩的泡泡,俨然在完成一项庄严的使命。春日的下午，这片草地是热闹的，年轻的爸爸与孩子，都是快乐的！

用电脑软件通过综合数据测试年龄，显示我的年龄是 31 岁，比实际年龄小很多。或许是调皮的个性使然，我喜欢活在物外之趣里，所以少有烦忧。这些务虚的数据让我快乐了很久，犹如真的回到青葱少年时。

遇见一位尊长，结识他十多年来，都没见他变模样。向他讨教养颜秘诀。他嘿嘿一笑："别人都说我是'小农思想'，喝稀粥也高兴，吃干饭也高兴，有小酒喝也高兴……"我顿悟他的秘方，所谓养身，其实是养心。

清明节前一天，看到文友珊珊去世的消息，异常震惊。因为距离甚远，时隔 4 个月，才知噩耗。珊珊非常热情、勤奋，是文友论坛上的活跃分子，她经常为大家播报喜讯，跟帖的热情度极高。不想，年轻的生命就这样悄然逝去，QQ 上只留下她灰色的头像。大家在论坛上为她祈福，愿她一路走好。

有人说，天堂没有疾病。我想，珊珊在那里会少了躯体的病苦。不过，珊珊活着的时候，始终都是积极向上的。我欣赏她活着的态度。

她只在一篇文章中提及她生病住院，但她旨在向大家倾诉走出医院的轻松和愉悦，字列行间没有半点哀怨。理一理生命的线，珊珊是快乐的。她用文字充实一生，让自己活得精彩。她去世四个月后，居然还有以前的投稿在报纸上刊登，她用别样方式延长了生命的长度。她是幸福的。

活着，这个话题太大，看似沉重。可以活在当下之趣中，能戴着放大镜去看低处细微的幸福，才是最幸福。

醉 月

为了赏月，姐妹们选定了三面临湖的龟山公园，我却无半点兴致。

最近被一场小灾难搅得焦头烂额，虽然只擦碰到对方的电瓶车，他也只是腿磕青了，却称病头昏，在医院一住就是半个多月。车被扣了，时不时还接到对方电话的骚扰，生活变得无序、惶恐。

医生说他也无权催促病人出院，善意地告诫我当下只能装孙子，我现在的态度，装重孙子都够份儿了。为了能尽快拿回车子，按照对方的要求，我又缴了两千元，但他骤然又追加了新条件，我的逆来顺受换来的只是条件的层层叠加，先生说我把人想得太简单了。

心总陡然升起莫名的恐惧，不愿意出门，怕和人说话，也不敢开车，连乘车都不敢坐副驾驶位子，生怕又有电瓶车不知从哪个方向突然冲过来。我的心头就像顶了一只玻璃杯，随时随地就会砰然坠地，然后是一地狼藉。

姐妹们都希望我能走出困顿，为了不辜负她们的好意，我强迫自己走进热闹的人群。

到龟山已经快七点钟了，没想到来此赏月的，居然会有这么多人。沿着湖边栈道一路向前，远远就听见柠檬色的月色里传来的欢声笑语。他们已设亭为席，瓜果月饼盛列其中。

聚会设计得精密周详，共分四个"月"章，第一"月"章是赞月，大家通过诗歌、歌曲，吟咏明月，苏轼的《水调歌头》被朗诵了一遍又一遍，恐怕"但愿人长久，千里共婵娟"在众人的心中都落了根。

今晚的月亮很圆很亮，能做到"十五的月亮十五圆"本来就不简单，更何况，能将月亮团得这么光鲜圆润，像母亲巧手团出的圆溜溜的元宵。庭下明月虽清好，转瞬即成旧时月。错过今年的圆月，想要再得圆满，要等到2021年了。

清风徐徐，月明星稀，朦胧的路灯下，游人如织。湖风里夹杂着水藻的微腥，近处渔船上两点灯火亮得反光，活脱脱像怪兽的两只大眼睛。远处渔火点点，诗意地若隐若现着。月影沉碧，一副与世无争的淡然。无论你赞美与否，她都亮堂堂地昭彰月华，不媚不惑。或许所有的赞美都是多余，逢迎也是一种亵渎。

每位姐妹都有一位特邀嘉宾，方老师邀请的是她的闺蜜管德贞老师，管老师表演的《梨花颂》和《贵妃醉酒》两段经典唱段，顿时将晚会的档次提高到专业的高度。字句华丽委婉，唱腔珠圆玉润，缠绵又哀怨。回望夜空，海岛冰轮不知什么时候已转腾，高高地悬挂在对面的山巅上。月似玉兔皎洁，四周里乾坤分明，今晚的月色撩人心醉。

我不喜欢称她为月球，太无生气，连遐想的罅隙都没有了。碧华多性情，你若用心，能谛听到吴刚伐桂的声响。月亮也是有味道的，有人觉得月色像柠檬，酸酸甜甜的，是少男少女爱情的味道，月亮似乎能代表你我的心！

我的眼里，月亮就是一块大月饼，天上一个，水里一个。水里的月饼被涟漪切成一小块一小块的，托在玉盘上，不必品尝，光看，心就醉了。

也许我们的节目太过热闹，引得游人驻足。几个孩子更是围着我们的拜月台流连不去。一块半人高的巨石，浑然天成的祭台。除了月饼，香烛，还有苹果、橘子等象征吉祥的供品。拜月的时间定在晚上九点，寓意天长地久。策划的姐妹真是用心良苦，每个细节都考虑入微。

听说要拜月，众人都围拢来，不知是谁说了句：只有女同胞才能拜月！男士们慌忙止足，围在四周当观礼客，有男士不无遗憾地慨叹：那月亮不就成为你们女性的专属了吗？月亮是女性的，早就不是奇闻，锦文华章中，都是以"她"指代月亮。更何况月宫的主人嫦娥也是女性，月亮的周身散发着女性的阴柔唯美。

但今晚的月亮，是大家的！

拜祭过明月，最后的"月"章是许愿，每家一只孔明灯，各自写上心愿，到湖边放飞。我将笔交给先生，让他代表全家书写。他的愿望很简单：祝家人健康、快乐、平安！

一盏、两盏，三四盏，孔明灯排着队从我们身边腾空而起，奔向素丸，奔向苍茫深邃的湖面。这些灯盏，虽没有翅膀，但怀揣愿望，同样能够飞翔。属于我的那盏孔明灯升腾到天际，化为一颗明星，在酽酽的夜息里浮游，和其他星星交错，分不清哪盏承载着我们的心愿。其实，不必刻意分辨，每家的孔明灯都与"健康、快乐、平安"有关，那群星星包含了每个人的愿望。

玉轮如此博大，皓月当空，一泻千里，让人间尽享素娥之美。我的心好像和孔明灯一起放飞，忘记了白天的烦恼。

月色清澄，沉醉其中，顿时醍醐灌顶，很多事情相形之下都是微不足道、可以忽视的。放不下的困惑，只源于自己不愿意放手释怀。于是，决定明天去满足对方的苛求，如此美好的月色，不值得被龌龊的事绑架，我应该过自己的新生活！

幸福的加减法则

　　学习一篇关于幸福的课文,在做拓展思维的练习时,我们以一个互动活动的形式展开的。我要求学生们都闭上眼睛(这样他们的观点不互相干扰),然后要求感觉生活得很幸福的同学举手,经过一分钟左右的思考,陆陆续续有学生举起手来,但加起来的数目,还不足全班的1/3。睁开眼睛的同学,大概是看到我期待的目光,犹豫再三,才将手举起来,或许是赏我的面子吧,毕竟,这一节课我们都在探讨幸福的话题。

　　我找了几个比较活泼开朗的学生,要求他们陈述不幸福的缘由。一个学生说:"我妈妈外出打工了,所以我不幸福!"由于当地的经济条件制约,很多家长为了生计,不得不远赴他乡打工谋生。或许,对于一个初中阶段的学生来说,正是需要关爱的时候,母亲不在身边,的确可以成为不幸福的理由。

　　另一个学生说:"我没有爸爸,所以感觉不幸福!"小学毕业那一年,癌症夺走他父亲的生命,同时,也掠走了他们所有的财富。为了给他父亲治病,他母亲不惜债台高筑,如今他们的生活也的确非常艰苦。这么稚嫩的肩膀上,就要担起失去亲人的疼痛,这也是难以言对的痛苦。我一直很小心地呵护着他,总担心暴雨会摧折含苞的心灵。

接下来的几个同学陈述的理由也相当充分，我果真被他们说服了，也认可了他们的"不幸福"。

回到办公室，一个人静下心来仔细思量一番，觉得他们的思想还是存在反驳的空间。譬如说妈妈外出打工的学生，他生活条件相对其他同学来说，是最富裕的，他是一个生长在幸福家庭的孩子。并且，他的父亲也十分称职，经常过来询问孩子的学习状况。从他的眼神与话语中，我可以感受到，一个父亲对孩子的疼爱与厚望。

失去父亲的那位学生，他有一位坚强的母亲，生活的窘迫，并没有改变他母亲的乐观与执著。几次家访，我可以感受到这位母亲的伟大与可贵。拥有这样一位母亲，是其他同学望尘莫及的。除此之外，他还受到社会的广泛救助，他应该是一个幸运的孩子。

其实，幸福只是一种感受。假如我们左手托着的是"失去"，右手拿着的是"拥有"，一般而言，幸福的尺度，是右手上那一部分重量超越左手中的那一部分就可以了。但未必所有的人都会这么想。很多感觉不幸福的人，都是在反复地掂量着左手中失去的那一部分，而忽视了右手中拥有的那一部分。

生活中，大多数人的生存空间、工作条件、家庭背景、生活状况，都相去不远。但人与人之间的幸福尺度却相差甚远。究其根本，感觉不幸福的人，一般都是把目光集中在自己失去的左手上，而忽略了自己丰厚于他人的右手上的幸福。

幸福其实很简单，也就是我们不要单纯地只去看"失去"，幸福的获得需要通过"加加减减"的运算。

转身俯拾即幸福

夕阳迟暮，颓然退隐；暮霭静殇，仿佛明星谢幕。琼楼玉宇，帷幕悄然落下，靛蓝的夜空越发地深邃幽远。夜色随着晚风，逐渐沉淀下来，酝酿成浓醇的墨河，酽酽如凝脂，却始终不能乘风飞举。城市变得厚重而深刻，仿佛是夜行人的心事，越走脚步越沉重。

华灯次第明亮起来，明星掩映下，道旁的霓虹灯，将大厦修饰得绚烂夺目，光与影汇集成流动的河，空气中弥漫着繁华与时尚。远处霓虹彩灯，飞花流翠；近处灯影幢幢，点缀着不夜之天。白天的喧嚣与纷扰，终于回归为缕缕浪漫的祥和。少了一分焦灼，多了一分温情。

喜欢透过夜色，临窗远眺。城市因为这些华灯，不再寂寞聊赖。小区里林立的楼宇，在灯火阑珊中若隐似现。我总是设想着，每一盏明亮的灯影下，都是一户温馨的人家，在这寒冷的冬夜里，围着一盏橘红色夜灯，分享着一天的收获与快乐。我留恋窗外的风景，更艳羡青灯里幸福的人家。

对面楼房的一家厨房里，散发着橘黄色的灯光。灯下，一对系着围裙的男女，穿来往去地忙碌着，他们默契地配合着，共同经营着一顿丰盛的晚餐。隔着夜河，扑鼻的油香，撞击着我的嗅觉细胞。

这对饮食男女把他们的爱情与幸福落实于衣食住行上，让爱回归到最原始的平淡、最质朴的真实中。他们肯定不会想到，有人隔着夜幕，分享着他们的温馨和喜悦。

恰在此时，一双温暖的手，搭在我肩上，身后是可以信赖与依靠的肩膀。回身对他莞然一笑，他也正微笑地注视着我。

就在回身的刹那，我发现身后也是一片温暖而祥和的灯光，原来我也一直被幸福的灯光笼罩着。熟悉的地方不是没有风景，而是太容易被人忽视。我们只知道去欣赏别人的风景，却没有意识到自己也装点了别人的梦。

幸福的概念，看似遥远缥缈，其实简单切近。它可以是豪奢的从天而降的500万，也可以是一个简约的生活细节：幸福是你落泪时，有人及时地递给你一张面巾纸；幸福是手中的一颗糖果，随时可以品尝它香甜的味道；幸福是清晨睁开眼睛，阳光依然明媚灿烂；幸福是一句真诚的问候，是一条祝福的短信；幸福是你回家时，无论多晚，都有一盏灯为你守候；幸福是你欣赏外面的夜景时，有人悄悄地站在你身后，陪你一起静默。

幸福不是你失去的痛苦，而是你拥有的财富。学会珍惜，幸福会不断增值；主动降低幸福的门槛，就会有更多意想不到的幸福接踵而至。

灯火阑珊处，蓦然回首时，幸福原来就站在我们的身后，只需回头，俯拾即是。

幸福来敲门

坦白地说，2011年是一路坎坷。

自从房价进入拐点，我的快乐系数也跌落谷底。本来日子过得好好的，手头也有点富足的小钱，一念之差，学着别人炒房，结果，把自己给"炒"了。赶在房价最高峰买房，本指望价格一路飙升，日进斗金的，不料夏日的房价却遇到了寒流。房子还没有到手，几个月就缩水几万块。仿佛有双无形的手，将我的房子一点点地缩小。

房子成了我的敏感词，报刊、网络上关于房价的新闻，我既想看，又怕看。想通过新闻进一步了解行情，却担心负面的消息让人更加消沉，心情在遮遮掩掩中忐忑。

本来已经是够背运的。不想，屋漏偏逢连天雨。年底我们又遭遇了本年度第二个关键词：扶老人。

老人摔倒扶不扶？这个话题已经妇孺皆知了。一次，儿子问我："遇见老人摔倒，你怎么办？"为人师表，我不能说不扶。结果，答案被儿子判断为"错"，"你应该首先拿张纸，写上老人不是你撞倒的，让他签了字再去扶！"对于这样的"脑筋急转弯"，我一时不能适应。于是反问儿子："老人要是能签字，还需要你扶吗？"他想了想，又说："那就用相机先拍摄现场！"童言无忌，也没有在意儿子的话。我真的没想过，这个困扰公众的话题会发生在我们身上。

一个月前，先生回家时神情沮丧。原来他在正常行驶中，遇见一位骑电动车的老人，违反交通规则，走在马路中央。因为路面有个坑，老人为了躲避坑，先绕到坑的左边。当先生的车从右边正常驶过时，老人突然将电动车拐向右方，发觉旁边有车驶过，慌乱中自己摔倒在地。车已经开过去十几米的先生，从后视镜中发现老人摔倒，停车下来，拨打了110和120电话。

老人摔得并不厉害，只是脚面被电动车划破了。他当时很明理："小伙子，我不会赖着你的……"等他的儿子到场后，事态完全变了样。

真是雪上加霜，让我伤不起。面对迟迟不肯出院的老人，我也茫然无措。新年临近了，我不知道这个年能不能过好？

在微博上写下自己的担忧，没想到反响强烈，朋友纷纷留言，有安慰的，甚至有位学生留言："幸运、幸福都会来敲门的！"另一位朋友说："如果它们不来敲你的门，我就去敲它们的门！"还有人给我发短信："要是老头再不出院，我带几个人把他请出来！"大家的调侃，让我一时忘记了烦恼。更多的人，给我出谋划策，让我通过法律途径来捍卫权利。我很庆幸自己敞开心门，有这么多朋友通过各种形式来帮助我。

乡下除夕夜的习俗，就是把大门敞开，让财神进门。我想，今年除夕，我也会将大门虚掩，让幸运和幸福有机可乘。不如意的事情应该跟随即将流逝的2011年停留在旧日历上，我要翻开新的一页。

2012年，我静候着幸福来敲门。

平安是福

朋友八岁的孩子身患重病，我们去探望她和孩子。一眼看去，她面容憔悴。尽管她表现得很坚强，但眼窝里依旧有浅浅的泪花。不敢看她的眼睛，担心我先她流出泪水。

她的女儿在床上玩着几个芭比娃娃，一会儿给这个娃娃换上这件裙子，一会儿为那个娃娃穿上那双鞋子。她安静地玩耍着，神态安闲。除了胳膊上一条直接通往心脏的导管外，看不出她与别的孩子有什么区别。

回来的路上，同去的另一位朋友的孩子很好奇地责问她："妈妈，你不是说妹妹的病很重吗？我跟她玩时，一点看不出来啊？你是不是在骗我啊？"一时语塞，竟无以应。真是"少年不识愁滋味"，孩子都很小，怎么知道其中的厉害轻重？

儿子每次放学的第一件事，就是在电脑上播放许嵩的歌曲。通常，我都是皱着眉头忍受他这一习惯。对于许嵩的歌，我真的不敢恭维，含混的说唱方式，让人根本听不懂的歌词，纯粹自我陶醉式的。更难理解的是他那些歌名《拆东墙》《毁人不倦》《苏格拉底没有底》《别咬我》《敬酒不吃》等等，看歌名，就让人十分反感，似乎都是为了迎合低俗的少年。担心被他的歌误导，一度阻止儿子听他的歌曲。但儿子依旧十分狂热，声称全班同学都喜欢许嵩。今天，儿子放学照例听许嵩的歌，只是我不再觉得歌声有多刺耳了。看着儿子跟随节奏沉醉着、吟唱着，我也有些感动，至少我们都健康着，快乐着！

下班的路上，听人说一位熟识的前辈，傍晚散步时，突遭意外，被飞驰的摩托车撞倒，从此阴阳相隔。我不相信这场意外，总以为是段误传，但心中又放不下，打电话向海珊求证，竟然是事实，震惊之余竟语无伦次。与他见面仅几次，他与我说话不多，却多中肯。上次采风时，他还替《巢湖》杂志向我约稿，怎能相信他会这样匆匆地去了？

这段时间，为评选优秀教师的事，始终怏怏不快。我拿了一叠获奖证书去，无人问津，却用投票的方式定了输赢，是否荒谬？朋友劝慰我："你只是少了一双鞋子，当你发现别人已经没有脚的时候，你还会为失去的一双鞋子而难过吗？"话说得很有道理，但要做到笑对，很难。但此刻，什么都可以放下了，职称，金钱，名利，不过如此，"神马都是浮云"，平安健康才是硬道理。

每次下班，看见爱人的车子停泊在树荫下，会很安心，见车如见人。回家时，有人为我开门，这种感觉很温馨。我向他伸出双臂，爱人很配合地拥抱了我，这么郑重的仪式，通常只有在小别后才有。但今天，我需要，让我的心找个温暖的停靠。心中颇多感慨，一半是感伤，一半是庆幸！

人生几何？平安是福！

倾听"大象"的歌声

才搬进新楼房的新鲜与喜悦很快就消褪了,取而代之的是不适应,甚至是厌倦。

清晨晾晒的被子,傍晚下班回来,发现不仅没晒干,反而晒潮了,楼上的人又把没有甩干的衣服直接晾了出来,根本不顾及楼下已经晾晒的被子。总不能天天找上去兴师问罪。遭遇这样的邻居,只能自认倒霉。

对门的邻居老太太总是那么勤劳,每天凌晨就在卫生间里捶洗拖把,整栋楼都撼动起来,我们的美梦就在这沉重的棒槌声中告一段落。

楼梯道的自动门,总是被猛地一下拉开,经过长长的嘶叫,才"嘭"地一声合上。我常常在午夜被这巨大的声响惊醒。然后捂着被吓得砰砰乱跳的心,久久不能睡去。楼梯道的门,就像是悬在心头的石头,时时担心坠落。长期的失眠困扰着我,惊恐、烦躁接踵而来,我开始神经衰弱,只要一听见有人踏上楼梯,就神经质般地坐起来,等候接下去的三重奏——"吱—昂—嘭"。仿佛每一个晚归的人都是从我的心坎踏过的,在我的心头留下一串重重的脚印,原本脆弱的心愈加惊厥了。

很多个深夜，独自拥着被子，静静地坐在黑暗之中，竟有说不出的惆怅：作为邻居，我们总是将众人的利益放在首位，而有的人总是旁若无人地生活着，根本不考虑他人的利益。我开始怀念以前的平房生活，那里的人际关系和谐，大家相互关照，日子过得安闲自在。而现在，邻里之间都是对面不相识，彼此的眼里没有对方，更别说心里了。不知道以后的日子该怎么度过，那扇门让我望而生畏。

一天早上，与儿子一起下楼，我轻轻拉开楼梯道门，儿子突然像发现了什么似的说："妈妈，你听——"他把我轻轻合上的门又拉开了，在拉的过程中，发出长长的嘶鸣，儿子问："妈妈，这像不像大象在叫？"儿子再次拉开门的时候，仔细倾听，果真是一声大象的低吟——"昂……"

后来，只要有人开楼梯道的门，儿子就会侧耳倾听，倾听着大象仰头长鸣。久而久之，被儿子感染了，我也与他一起倾听。儿子把那扇门看作是我们家豢养的大象，把门发出的噪音，看成是大象在唱歌。他每天都快乐于这扇门的噪音中。寒冷的冬夜，出入的人很少，久不听见"大象"的歌声，天真的儿子会问："妈妈，我们家的大象会不会被冻坏了？"

有的时候，我竟也产生这样的错觉：那不是一扇只会发出噪音的门，而是一头真正会唱歌的大象。用心倾听大象唱歌，辨析着它的音调，想象大象快乐的模样。竟将最后那一声刺耳的"嘭"的那声噪音忽略了，耳际只有回旋的"昂……"乐音，我的心情逐渐平和，不再烦躁，紧绷的心弦逐渐舒缓。曾经悬在心头的那块石头，不知道什么时候已悄悄放下了。

很感谢儿子，他教会我另一种方式生活：假使痛苦不能避免，就应该坦然地面对；假使痛苦不能克服，就应该快乐地接纳，并把它转化为财富。不要因为别人的过错连累了自己的快乐！

脱身琐碎

周末，还未起床，就盘算好一天的工作计划。计划安排周详，算得上统筹学中最优化方案。

但计划终归是计划，很容易被"变化"打破格局。刚开始就卡了壳，本来预定半个小时在网上淘一件衣服。结果，左看，右看，横向比较，纵向询问，一个上午的时间就打了水漂。答应编辑今天整理好的稿件还没有着落，这本来是安排在上午处理的。午饭的时间快到了，我已经闻到楼下飘来的菜香。儿子一个劲催促，不得不放下手里的活，从书房转战到厨房。

做饭时暗自寻思，如果买衣服不那么挑三拣四，或许就能完成既定目标，都怪自己太多琐碎。

多年前，快毕业的学生们忙里偷闲地写着毕业留言册，很多学生早早向我预定，拍毕业集体照时一定要与我合影留念。如果请摄影师照相，费用必定不薄。为了帮助学生节省开支，我主动提出将家里的照相机带来给他们使用。

谁知道意外发生了，学生在抢着拍摄时，不小心将相机跌落在操场的水泥地上。就在相机掉下来的刹那，本来喧闹的人群，顿时鸦雀无声，好像被一只无形的大手蒙住了嘴巴。那个摔坏相机的学生，吓得脸色惨白。一部三千多元的照相机，当时抵我三个月的工资，学生们也知道它的价值。

在场的学生都吓傻了，所有人的目光都盯着地上的相机，包括我。还是我最先反应过来，拾起相机，相机上面的边框已经开了裂，我使劲把它往下压一压，不见效果。再试着拍摄，画面模糊。那个做错事的学生主动走到我跟前，怯生生地说："老师，我赔！"好几个学生也围拢过来，"老师，我们集体赔！"眼前这些农村中学的孩子，他们哪里有钱来赔偿呢？我定了定神说，我先去修修看吧。

相机修理过的效果依旧不佳，清晰度差远了。学生们再来询问需要赔偿多少钱时，我故作轻松地说：不用了，修好了。也许是工作繁忙，这件事不久就淡忘。相机是个冷淡物件，派上用场的机会毕竟不多。只是偶然使用时，才想起它的功效远不如昨。那个能让人心疼很久的损失，并没有让我辗转怨怼，更没有成为我与学生心存芥蒂的障碍。

前段时间，朋友们聚会。酒店门前，已经泊了很多车辆，我担心车子被刮，想停在最里面。一不小心，只听"砰"的一声，我的脑袋"嗡"的一下，知道坏事了。下车检查，车头碰到电线杆，掉了一大块漆。说真的，我宁愿自己的额头被碰破，也不愿意车子挂彩，开车的人都心疼车。按照常规，我应该打电话给保险公司，等他们派人来处理，接下去是烦琐的等待。到那时，不仅是我，在座的朋友兴致都泡汤了。想一想，掉块漆也无大碍。安顿一下情绪，轻松地上了楼。

大多数时间，车是停在楼前的树下，时常蒙上一层灰尘。远远望去那块伤痕也不显眼。我庆幸自己没有小题大做。

其实，不经意中陷入生活琐碎的大有人在。将自己从这些琐碎中解脱出来，不像祥林嫂那样反复咀嚼苦果，不愤世嫉俗，少怨天尤人，不仅可以赢得更多的时间，使身体获得自由；更能让心灵获取解脱，让形体充溢淡定坦然的静气。

芳 邻

假日，没有上班的压力，不用早起，更不用像打仗一样与家务拼杀。可以偷偷懒，晚睡迟起。但生物钟还是按时在晨曦中敲响，醒来却闲散地躺着，也是一种享受。

"咕咕——咕咕——"室外空调机柜上突然传来几声鸟叫，是斑鸠！这对斑鸠，对于我们，已不陌生。可是儿子还是忍不住，蹑手蹑脚地跑到窗前，撩开窗帘一角，想要近距离见证这对芳邻的可人之处。

透过窗帘的缝隙，我们看见那对斑鸠正动情地歌唱着爱情，每唱一声，头也会随着歌声有节奏地点一次，我们都沉醉于它们的舞蹈与歌声里了。但最终还是克制了好奇心，悄然退回，担心又惊扰了它们，中断了它们忘我的抒情。

暑假的一天下午，这对斑鸠就曾落脚在窗外摆放空调的平台上，爱人第一个发现它们，斑鸠的嘴里还衔着草，在平台上走来走去，仿佛在考察这里的落户可行性。我的心都提到嗓子眼了，赶紧拉着爱人走开，担心它们发现窗户里这么多好奇的眼睛，会改变初衷。真的好希望它们能在平台上垒窝筑巢，毋庸置疑，这对恩爱夫妻是最好的邻居。它们会成为我们生活里最亮丽的一道风景线。

可惜的是，它们最终还是没有选择这个平台安家落户。或许是儿子太急于求成，为了博取斑鸠的好感，竟将米撒向它们，结果却让它们失去了安全感。看着鸟儿飞走了，我的心好不失落。

小时候，屋前的那株高大的老榆树上，有一个喜鹊窝。清晨，常常看见喜鹊们跳跃在高高低低的树杈间，纵情地放声高歌着——"喳喳喳……"似乎是一场音乐盛会，又仿佛是在议论一件开心的事情。这时候，母亲最高兴，总是笑眯眯地说："喜鹊喳喳叫，必有喜事到！"这些报喜鸟成了我们最好的邻居，它们的歌声带给我们许多快乐与畅想。究竟有多少喜讯可以成真，似乎并不重要，有好的预言，快乐与幸福就为时不远了。喜鹊丰盈了我们的生活，我们也成为它们的庇护神。偶有顽皮的男孩子，想爬上几丈高的老榆树掏鸟窝，总会被喝止。无论他们窥伺多久，终因不能突破我们的防线，最终不得不放弃了妄想。

无论何时何地，人鸟和谐共居的环境，无疑是最佳的生存空间。我很怀念故乡那棵老榆树，也时常想念老榆树上的喜鹊。

今天，这对斑鸠又飞过窗前，在近旁尽情地歌唱，原来它们不曾飞远。只是寻找了一个更高、更寂静的地方，作为它们的家园。它们成了我们永久性的邻居。

清晨上班时，偶尔也会看见它们在花园中间的草地上觅食，或是互相倾诉着它们的衷肠。看见它们旁若无人的神态，我竟有些感动，感动于它们对人类逐渐信任，并认可了这里的家园。一些不熟悉它们的人，有时会很好奇地凑上去，想分辨它们与鸽子的差别。这时候，我会驻足凝望，看到大家都十分友好地对待这对可爱的鸟儿，才敢放心地离去。

斑鸠不仅会在清晨歌唱，黄昏时分，也可以听见它们在树梢楼宇间，高一声、低一声婉转地唱和着。抬头仰望，虽然找不到它们的踪迹，寻着斑鸠的声韵，祥和与诚信却依稀可见。

小区并不幽深，斑鸠的歌声在绿树的掩映下，格外悦耳动听。闭上眼，谛听这自然的节拍，我竟以为是身处自然的山水之间了。

简单最好

重阳节前夕,一位同事找到我,要我帮他写一封感谢信。原来嘱托人是他的邻居,一位70多岁的孤寡老人。当地一家大型超市,为了发扬中华民族的优良传统,在节日来临之前,给社区的一些孤寡老人送去了米、油等生活用品。老人非常感动,送礼品的人走后,老人才想起来,连一句"谢谢"都没有说。这个遗憾纠结着老人,觉得不写一封感谢信,实在让他难以释怀。我也觉得这样的好人好事,值得弘扬。为了能够满足老人的心愿,我还找了一位媒体的记者,凭着记者敏锐的嗅觉,他似乎觉得这是一场炒作。事情最终不了了之。老人的心愿没有实现,我的心中从此多了个心结。

在我看来,很多简单的事情,一旦社会化就变得复杂起来了。

教育系统要选拔一批青少年道德标兵。我带的班级,有位女生十分优秀,因为弟弟生病,需要常年做康复治疗,家境十分困顿。无论从情感上,还是从女孩本身的素质上,我觉得她都配做道德标兵。事情进展也如我所愿,她顺利地通过了县级筛选并报送市级参评,为了检验事例的真实性,她的事迹需要在校公示一周。从程序上说,这是无可厚非的,但我们忽略了一些情感上的细节。

一天放学后,我接到雅雅的短信,她请求我把公示撤下来,她想放弃参评道德标兵。原来隔壁班级几个调皮的男生得知雅雅的家里有个脑瘫的弟弟，总是拿这个当作笑料。严重伤害了她的自尊，同时也让她无法正常生活和学习，她说她不需要别人的同情。她有这样的感受是我事先没有考虑到的，但这的确伤害了她。窘迫的家境，患脑瘫的弟弟，或许都是她不愿意提及的隐私。

想起以前报纸上刊登的爱心人士捐助贫困学子时，宣传部门为了大力宣传，要求这个学子摆拍爱心捐助的过程，没有人留意那僵直笑容背后的尴尬。我们常在送人玫瑰的同时，使得花梗上的刺不小心也刺伤了对方。

想到这里，我尊重雅雅的想法，没有劝阻她放弃评选标兵的决定，还向主管部门提出撤下公示。我不知道，在这一周里，雅雅承受了多大的思想压力。也许在别人看来，我的做法太过幼稚。但我认为，凡事简单就好，只要雅雅可以轻松生活，为什么一定要给她幼小的心灵套上那么多繁文缛节的枷锁呢？

放学时，看门的老人拿了一包新鲜的大白菜送给我，还一再强调："没有打过农药，纯天然的。"我欣然接受。以前也有学生送给我白菜，她的理由更简单："我爷爷说，家里白菜吃不掉，送点给老师吃。"同事们都笑了，我笑纳了她的白菜。他们送的理由都很简单，我更不需要引申遐想，去揣度善良背后究竟隐藏着什么企图。

星云大师说过：心境简单了，就有心思经营生活；生活简单了，就有时间享受人生。最近，电视节目中，记者常常逢人便问："你幸福吗？你觉得什么才是幸福？"倘使我来回答，我觉得简单就是幸福。衣着简单，让人轻松自由；思想简单，使人单纯快乐，没有什么比简单更好的了。

蹭生活

第一次去西餐厅，大家都动手了，我却不敢，因为我不知道哪只手拿刀，哪只手拿叉，满桌的餐具，唯有勺子是我熟悉的。好在，坐在我身边的朋友，看出了我的尴尬，为我解围："'秀才做田，锹不如手'，不行就用手拿！都是中国人，想怎么拿就怎么拿！"还特意放下叉子，陪我用勺子。

好不容易对付完西餐，朋友低声提醒我："以后出席陌生场合，不熟悉的，且不忙动手，看别人怎么做，你就怎么做！"仿佛得了真经，醍醐灌顶。

从不避讳我的孤陋寡闻，进餐厅，我不敢点菜，因为我不清楚，那些诗意的菜谱背后，隐藏的是怎样的一道菜。一则笑话中，说一个识字不多的莽汉，进餐厅点菜，看见"**羹"，虽不认识这个"羹"，但发现下面有个"美"字，断定这道菜味道肯定可口。于是，点了十多样羹汤，当服务员把一盆盆汤水端上来时，客人们都傻了眼。我害怕闹这样的笑话，朋友聚会点份餐，我就"照葫芦画瓢"，别人点什么，我就点什么。

其实，生活就是这样，不是你"蹭生活"，就是被"生活蹭"。一天晚上，我正在写文章，QQ表情中有个头像不断闪烁。通常，写文字的人无事是不互相打扰的。点开一看,是位熟悉的文友。她说:"很苦恼,写不出来!""写不出来就不写了,休息一下!"于是陪着她,有一句没一句地闲聊。她问:"你们巢湖和大海有什么区别?"我说:"大海是蔚蓝的,巢湖是白色的!""还有呢?""大海是深沉的,湖泊是浅薄的;大海不轻易发怒,但咆哮起来,惊涛骇浪;湖泊总在絮叨,却又不能排山倒海……大海有男性的阳刚,湖泊有女性的阴柔……"在一问一答中,我挖空心思,把自己对大海、湖泊的不同表述出来。几天后,看见她发表了一篇关于大海的散文,看了看,里面有三分之一是我的思想。没想到,还有"蹭文字"的。

去银行取钱,看见大厅的椅子上坐满了人,心里"拔凉",不知道要等多久,拿到号,发现前面没几个人,原来大热天,这些人是来"蹭凉"的。不禁释然,生活中,蹭与被蹭,一种是态度,一种是资源,都是借东风!

听 雨

　　整个上午，我都依窗而坐，读董桥的散文。窗外，小雨淅淅沥沥，偶尔有雨打窗棂传出"叮咚"清脆的乐音。本来打算和儿子一起去郊外的龟山看油菜花的，可惜了这场春雨，若再等到下周，纵使天晴，恐怕也是"花事了、万事休"了，我们只有眼巴巴地张望着薄薄的雨幕。

　　春雨锁门，踏青的计划暂且搁浅了，好在清明在乡下老家已经看过油菜花了，所以心中并无多大遗憾——花开花落是年年都有的事。寻个闲暇，一个人静静地坐着，读读闲书，倒也清净自在。

　　窗外雨潺潺，天色阴沉，雨意尚浓。偷眼看看露台上那几盆花草，是昨天整理阳台时才搬出去的，经过一个冬季的收藏，花草的生机丝毫未减。春来了，该遣送它们回归自然了。只是昨天忘记了浇灌，这春雨恰到好处，润物无声，省去了我的劳动。雨水是有灵气的，嫩叶甘霖一相逢，也胜却人间无数。这花草经由雨水的点缀，更加玲珑剔透。细雨将叶片上的灰尘冲洗干净，使它们愈加生动可爱。细小的水珠，水晶一样，修饰着嫩绿的叶片，叶子温情得如低头含羞的新娘。

　　中午，陪儿子学吹笛子。老师授课的地方是间平房，儿子在老师的指导下,学着吹奏"打音"。伴着笛声,我继续看董桥的散文,一室之内皆春气。屋外雨声淙淙,从低处听雨,似乎比高楼上,更接近雨声,听得真切,还可以看见雨滴落下的情形。

高楼上汇集的雨水,打落在铁皮遮阳板上,豆子似的散落着,鸣金一般,嘈杂得很。这雨声并不诗意,难以听出情味来。近处墙角下,雨点滴在一汪春水中,"吧嗒"一声就暂且没有了下文,我索性合起书,专心等候下一滴雨水,"吧嗒"又一声,水里溅起一个"小酒窝",恰似心底荡开的甜甜笑靥。

春色弥丽,雨水洗涤过的绿树,翠色欲滴,树影婆娑,隐约听见树叶在风中说话。窗外的雨好像越下越大了,下水管里已经水流如注。这时,一个小女孩大声地叫喊着:"爸爸,爸爸,快拿一只水桶来啊!"应声而出的,是小女孩的爸爸,"拿水桶干什么啊?""快把这些水接起来啊,白白流了多可惜,云南那边多需要水啊!"我想,这是雨中最悦耳的声音。

突然想起前几天经过的那片荒地,一泓浅水中孕育着密密麻麻的小蝌蚪,接连的响晴,太阳蒸腾使水域逐渐缩小,小蝌蚪困顿在有限的生存空间里。自从那天看见它们,摇着尾巴,在拥挤的小坑里已经不能畅游的时候,我就开始担心,它们能否坚持到下一场春雨。这场及时的春雨拯救了这群小生灵,有那么满满一凼的雨水,足够它们从蝌蚪到青蛙的羽化了。

雨声稀疏,如篁如磬。时慢时急,时高时低,时响时沉。有时戛然而止,仿佛断弦之音,感觉这雨声最有听头,雨声断处的空白,宛如国画中的留白,能给人留下无尽的遐想。

雨还在下,间或,窗棂又响起"叮咚"之声。静静地聆听着雨,仿佛倾听着自己的心跳!

善待微笑

　　上班的时候，在公交车上遇到一个人，远远地看着我。我的眼睛近视，不能完全看清她的面部表情，但发现她一直注视着我，担心又是熟人，怕别人说我见到熟识的人也不打招呼，所以赶紧微笑着点了点头，算是问了好。车厢里陆续挤进来很多人，等她靠近时，我才发现，原来认错人了。正当我为自己的冒失感觉不好意思的时候，她走近我，神态自然地与我打了个招呼："你好啊！"好像我们并不陌生，而是经年已久的旧友一般，这让我的尴尬释怀。感觉很庆幸，我的微笑没有被辜负，因为她并没有硬邦邦地回答我："你认错人了！"

　　想起在宏村旅游时，与我们同行的，还有一位外国人。背着一个硕大的行囊，络腮胡须，透过茶色眼镜片，他深邃的眸子里，闪烁着西方人特有的气质。担心失了礼节，我没有像孩子们一样，好奇地上上下下打量着他。一路上，他都默默地跟随着我们，导游讲解的时候，他一会儿看看导游，一会儿看看江南特有的建筑，没有谁留意他听懂没有。在进一家书院参观的时候，我与他，恰好同时走到高高的门槛边，他很绅士地微笑着做了个"女士优先"的动作，他那温醇的笑容，一下子拉近了我们的距离。我也礼尚往来地挥着手与他打了个招呼："hello！"他见我用英语和他说话，他一下子来了精神，其实，我的口语水平，是一眼看得到底的，这次可以鼓起勇气用英语与他交流，或许是怕辜负了他那善意的微笑。

在半月形的池塘前留影的时候，我礼貌地用英语邀请他一起合影，他欣然答应，并且脱去帽子，以示郑重。可以看出来，他也很愿意与我们交流的。我用生涩的英语与他攀谈，我问他："你可以说汉语吗？"他用手指比划着，用汉语回答我："一点点！"我们都笑了。

记得在湖南农大时，刚好一位外教给外语教师做口语培训，我常常浑水摸鱼，偷偷钻进课堂，为了避免后面人说话干扰，听得更真切些，我一般都是坐在最前排，结果屡屡被外教请出来回答问题。不知道为什么，总感觉张不了口说英语，只好红着脸说："I am sorry（对不起）！"外教很无奈地耸耸肩膀，让我坐下。但不知道为什么，这一次，我竟然敢于用这二百五的水平，与这位来自澳大利亚的朋友对话了。或许是他的微笑，让大家彼此心灵相通，微笑无国界，没有人会在微笑面前无动于衷的。

微笑是发自内心的、最直白、最简洁的世界通用语。无论走到哪里，微笑，就是一张交流的通行证，是一架沟通心灵的桥梁。微笑可以打破僵局，微笑可以化解危机，微笑可以温暖人心，微笑可以树立信心。

浅浅一个微笑，却有着如此的力量。善待微笑，不仅是珍视别人的微笑，别忘了在自己的脸上，也多一点微笑！

删除好友

手机出现故障，恢复设置后，原有的通讯录信息丢失很多。恰好一位朋友打来电话，屏幕没有显示姓名，以为是陌生人。劈头就问："哪位？"对方停顿片刻，言语中似有不快："我的号码你没有储存？"原来是旧友，难怪号码如此熟悉。解释了半天，不知道她信了没有。

我是喜欢怀旧的人，对草木皆怀见面之情，更何况是老朋友，怎么会轻易删除好友？

因为工作特殊，上班就是讲话，课上讲，课下讲，还有别的琐碎工作，都需要用言语表达，嗓子受不了。下班回家，多一句话都懒得说，宁肯多走几步路，或者用个手势表述。最惬意的，就是把自己关在书房里，可以看看别人的文章，写写自己的心情，唯一不想做的，就是说话。偏生QQ里有一两个特别喜欢说话的人，不咸不淡地拉着你唠嗑。我这边开了头的文字乱了思绪，忍不住要发牢骚。儿子见我嘟哝着对方"话多"，建议我"删掉"，主意是好，就是太过薄情，下不了手。

不过，有的人就不像我这样优柔寡断。以前加入一个写作群，但群主规矩太多，每次有讲座必须去听，一副恨铁不成钢的架势。她哪里知道我们是有时差的，她那边的晚上10点钟，大约也就是太阳刚落山不久，我们这里就已经是小半夜了。尤其是天寒地冻，谁能忍受得了这个戒规，更何况写作本来就是消遣的事情，何必搞得比上班考勤还要严厉呢？索性就不去了，开始她也就是抱怨几句，我说几句软话，她便原谅了我。不过，最终还是被她踢了出来。一直以为我不会有这样的结局，因为与她私交甚密，又算得上为她立过汗马功劳，不至于兔死狗烹吧？

从群里被踢出来后，她还不依不饶把我从她的个人号码里也黑掉了。坦白地说，我一点不生气，觉得没必要，删除就删除吧，往后再无瓜葛。

在我的记忆中，我被对方删除，这是仅有的一次。后来，偶尔遇见另一位文友，问及群主近况，她不屑地说，我早就出来了……

假如说当初被她删除，心里没半点怨诉，那不是事实。但现在，我心底一片敞亮，被对方莫名删除，非我过失。人若薄情寡义，交往下去，也无裨益。

很多人，或许很多年来，一直只在你的QQ里沉寂着，连头像都没有亮过，也没有与你有任何交流。就让它静静地搁置在那里吧，或许有一天，那个人闲暇时，走进你的空间，你才记起——哦，原来是朋友！电话簿里，那些尘封的号码，会被新保存的号码压到箱底。偶尔想起来老朋友，翻箱倒柜，找出号码，发条问候的短信也未尝不可。

见过有人炫耀他的通讯录，这是某名人，那是某领导，只是淡淡一笑，他已经偏离了生活本来的方向。相比之下，我更喜欢那些写满亲属，朋友，同学，同事，还有故友的通讯录，平淡是平淡了点，却散发着浓浓的生活味。

无论是电话簿，还是QQ，太过功利，太过重视，生命的意义就所剩无几了。

不如跳舞

　　小区附近的洗耳池休闲公园，环境清馨宜人，四周绿树环合，亭台轩榭错落有致，垂柳翠色与湖水相映。走在曲折回转的栈桥上，沐浴着清凉的晚风，常有误入西湖畔的感觉。黄昏时分，来这里散步消闲的游人穿梭如织。秀丽的风景加上极高的人气，让这里成为一道都市风景线，而风景线上的最亮点，当属公园中心的露天广场了。

　　夜色微阑，一群人的轻歌曼舞使这里生气倍增。不分年龄大小，也没有尊卑显赫，在这里，每个人的身份都是统一的——快乐的舞者。只要你愿意，随时可以投身其中，跳上一曲。你也不必担心技艺不佳，大家都是来锻炼的，图的是快乐，只要随着音乐动起来，你就是一个舞者。音乐的流波，清泉一样滋润着心绪，跟随着曼妙的舞曲翩跹起舞，感觉自己就像飘浮水面的一瓣馨香。

　　喜欢这份闲适、自在，兴犹未尽地我向爱人提议："我们每晚都来跳舞？"他的回答让人失望："现在哪有那么多闲暇？等退休后天天陪你来！"我盼望着退休的那一天，但退休的时候，我们可能不再像这样手挽手来散步，或许羸弱到一个搀扶着另一个，或是坐在轮椅上被颤颤巍巍地推过来。记得一家饭店面前有这样一副对联：

"为名忙，为利忙，忙中偷闲，且喝一杯茶去；劳心苦，劳力苦，苦中作乐，再斟两壶酒来。"尽情跳一曲，也应形同于这一壶茶、几两酒，是忙里偷闲的惬意。

前几年，一曲《不如跳舞》风靡歌坛，它深得青年朋友喜爱的原因，是源于它向大众传递了一种新的生活的理念："不如跳舞，让自己觉得舒服，这是每个人的天赋。"不如跳舞，也是一种生活方式。跳舞是件幸福的事情，跳舞的人，在快乐的环境中释放着身体里的能量，耳畔回旋着曼妙的乐曲，搁置心头纷纷扰扰的芜杂，让一日的心情就此初始化，明天又会是崭新的一天。

不如跳舞，还是一种人生态度。从蒸汽机发明开始，车速也越开越快，人人如同赛车手，尽力将自己的马达发动到最高速，沉湎于目标的穷追猛索，忽视生活的本源，这无异于舍本逐末，把自己从生活舞台的主角身份驱逐为周遭的看客。快节奏生活的附属产物相继产生，精神的高度紧张，情绪的持续低迷，社会问题、心理问题接踵而至。与其抑郁着，不如跳舞。央视节目中播放的一位跳街舞的老人，几年前因为身体不太好，老伴也弃她而去，人生两彷徨之际，她选择振作，学会了跳舞，不仅重获健康的体魄，还因此享受了快乐的人生。

在我看来，不如跳舞，是生活的一种智慧。

第八辑 好心情是自己给的

旅游玩的是心情,导游是这样说的。多一点宽容,多一点理解,心境祥和,才能悦纳山川!

好心情是自己给的!

好心情是自己给的

从凤凰古城到张家界需要几个小时的车程。沿途的好风景,让我按捺不住内心的激动,于是,在微博上书写心情:一路好风光。很快就有朋友回复,路过好风景,一路好心情。

风景是佳,但未必人人都有好心情。

第一天去张家界,还没进景区,豆大的雨点劈头盖脸砸下来,虽然带了雨伞,还是敌不住四面袭来的雨水,好在兴致没有被浇灭。

上了山,四周一团雨雾,近处山峰好像悬浮在烟波浩渺的大海深处,稍远的景致都迷失在云雾中。拍照显得很困难,既要护住相机,还要当心脚下,实难两全。打着雨伞照相,景色被雨伞遮住了,不撑雨伞,雨淋得睁不开眼。相机被雨水打湿,照出的图片蒙了一层烟似的。没办法,天公不作美,有人怕被雨淋湿,匆匆乘缆车下山了。我们游兴不减,六奇阁、摘星台……秀美山色,尽收眼底。

导游说,山里就是这样的,说下雨就下雨。既来之则安之,只有顺应天气。为了看到更多的风景,我们全家和为数不多的同伴,步行下山。出乎意料,沿途竟有几处好景点,刚才从高处看得不真切的南天一柱,如今就在眼前。烟雾笼罩,一阵风吹过,杉林幽径揭去盖头,水洗过的清清朗朗。一路下山,回看风景,远近高低各不同，好风景是为有心人准备的。有人抱怨遇到坏天气，其实，张家界的风光是"水光潋滟晴方好，山色空蒙雨亦奇"。平心静气地欣赏，山是美丽依旧在，只是呈现的方式不同而已。

第二天去武陵源，又是骄阳似火。因为昨日大雨，滞留很多客人，登天子山时，等电梯的队伍排了好几里地，导游说至少要等3个小时，不如先游十里画廊，于是调转车头。

走到了三姊妹峰，已近晌午。导游打电话咨询天子山的排队情况，回答仍是"还要等很久"。眼下，想登天子峰只有徒步爬山了。听了这个坏消息，队伍就像炸开了锅，有的人责备导游自作主张，早晨就应该坚持等下去，不该改变行程，更何况时已中午，没吃饭谁爬得了山？一行人喋喋不休地抱怨着，回酒店吃饭了。我领着儿子加入了登山的队伍。

没有吃午饭，带的零食也不多，但可以在歇脚的地方买个土家饼充一下"电"。停停走走，两个小时后，再询问迎面而来的游客："还有多远？"那人回身指道："就在前面！"

天子阁赫然出现在眼前，先到的同伴们笑盈盈地等候在那里。我们宛如红军会师，虽然人数不足一半，但还是登上了天子峰，导游也夸我们，坚持到最后的都是精英。凭栏览尽天上景，果然不同凡响，有御笔峰、仙女散花……无限风景在险峰，不登天子山，哪能观赏到旖旎风光？我真为那些没有上山的同伴感到惋惜，他们与这么美丽的风景擦肩而过了。

时间过得很快，回程中，很多人抱怨，到张家界尽看些不着调的景，天子山也没去，黄石寨就乘缆车上山下山，啥景色都没看到，亏大了！还有人抱怨导游，行程安排得不合理，中午时间安排登山……我觉得他们最亏的，就是花了钱，却换来一肚子的怨气，太不值。

快回到目的地时，导游拿出反馈意见表，请我填写，我给他打满分。一行 50 多人，小导游要兼顾大家实在不容易。他很腼腆地说："你不要写得这么好啊，我受之有愧！"我笑了："满分是给你的表扬，也是对你的鞭策！"他笑了。

旅游玩的是心情，导游是这样说的。多一点宽容，多一点理解，心境祥和，才能悦纳山川！

好心情是自己给的！

四月啜翠

人间四月，是芳和菲的世界，久违的阳光，暖得有点妩媚。影子很短，亦步亦趋地不离半步。心情是温暖的，这是阳光之外的。

趁着清明小假，举家春游踏青。龟山湿地公园依山临湖，山秀水灵兼而有之，又距市区不远，自然是最佳选择。

走近龟山，抬头便见半山高林处，一座仿古建筑依山壁立，摇曳在林木掩映中，细看，是风动影从。匾额黑底金字，上书"啜翠轩"，听说匾额是古建筑的眼。而这匾额中"啜"字落笔惊心，也最有嚼头，应是眼中瞳仁吧？窥"啜翠"而知天下秀，周遭碧山翠水，仿佛极品新茶，需小口饮啜，方能品味出其中神韵。

春日登高，心比风筝，有乘风飘举的轻盈。眺望湖面，对岸青山叠嶂，是环绕湖堤的绿屏。立于山巅，如蹈神龟背脊，湖水微澜，恍惚间身随涟漪蠢蠢欲动了，这座千年龟山也恰在漂移。

四月的田野是幅暖色调的彩锦，春风真是大手笔的画家，随意挥毫点染，于是，山绿了，花红了，天蓝了，湖翠了……

小草萌发，浅浅细细的绿针，仿佛是山的刺青。山花野性十足，棠梨花白春似雪，花开得尽兴时，一株棠梨染白了半亩山坳。蓝莹莹的小野花，簇拥成团，把草地绣成花毯，让你不忍心从上面踩过。

儿子采来一朵黄色的蒲公英，插在我发间。《本草新编》中提及蒲公英："至贱而有大功。"原来这花地位卑微，但对一个小小男子汉来说，凡花皆是美，我欣然接受他的馈赠。据《纲目》记载，蒲公英又名黄花地丁。查阅资料时，无意中发现杨花也解释为"黄花地丁"，心中疑窦顿生，莫不是蒲公英就是杨花？但《辞源》中"杨花"解释为柳絮。为了得到更为准确的答案，我查找了很多资料，终不可得。倒是柳絮与蒲公英也有几分相似，飞絮淡淡似花也非花，终究都是漂泊命。

前些日子拍了几张风景照，画面都是大篇幅的绿：嫩绿的竹叶，鹅黄的青草，明亮的绿叶。朋友感叹：再好的季节，再好的风景，都离不开绿叶。这句话推翻了人们的陈见，绿叶不仅只配做衬托，也能成主宰。决胜景致，也是这"绿"字做了大文章。

远望龟山，山形如龟探头，欲饮湖光，啜山色。面向大湖，春暖花开。凭栏啜翠轩，浩瀚的巢湖就是一方半透明的青白软玉，色泽温润，水头更是没的说了。湖边湿地芦芽短，雀舌般的芦芽从枯黄的宿根边滋生，新绿剑一样照眼欲明。几株古柳枝条如烟，它们最清楚风吹来的方向。

湖心水深浪浅，仿佛锦鳞游泳，浪里白鲦凌波起舞。岸边风无遮拦地卷起湖水，狠狠地砸向堤埂，湖水碎了，是晶莹剔透的浪花。是水乘了风势，还是风成就了水花？我开始怀疑风的初衷。

一群白鹭从天际飞来，在浅滩盘旋飞翔。天与湖的距离，因为它们变得切近。最自由的形式，莫过于飞翔，可以跨过千山，越过万水，心是飞翔的高度。我喜欢那些长着翅膀的生灵，它们都是天使。

归途中，我的心中是一湖春水。

秋风吹过的村庄

秋深，入夜格外凉。劳碌了一天的母亲早早去睡了，我抱着枕头，跑去与她抵足而眠。都说就算一百岁的孩子，在父母面前仍然只是孩子，今晚，我的角色是孩子。和母亲从村东头的李家，聊到村西头的吴家，话不知聊到哪里就打住了，我入了梦乡。

半夜里忽然醒来，屋外的风一阵比一阵紧，还夹杂着雨点儿。惦记起阳台上堆放着要晾晒的棉花，遽然急呼："下雨啰！"

"是刮风！"母亲是醒着的。

"不会吧，好像有雨点落在瓦上？"

"是风吹着屋后的柿子树，枝桠扫着屋顶的声响。"母亲应着。分明是雨点轻叩屋瓦，怎么会没有雨？不放心，索性到天井里看个究竟。伸手，真的不见雨点，果然是风。从天井望天，天阔得看不到边，但不见星星，月亮也不知飘到哪里去了。不过，屋外是亮堂堂的。

钻进被子里，暖，自外而内的。母亲抱着我的脚，嗔怪道："这么凉！"我怕冰了母亲，把脚缩了缩，硬是被她又拽了过去。母亲像这样给我焐脚不是一次两次了。上学时，晚上熬夜，母亲怕我睡不热，就搬过来与我同睡。母亲是用身子把被子焐暖的，她还用毛衣把我冰凉的脚一裹，顺势抱在怀里。

很奇怪，母亲不用看就知道不是雨声，而是秋风！是的，母亲在这个家住了五十年，闭着眼睛也能轻松地找到她存放的一针一线。五十年的暑去寒来，哪一个节气里没有凝结过母亲的心血？我不懂时节，是因为我只会用眼睛看世界，母亲是用心看周遭的。

又一阵秋风吹过村庄，柿子树的叶子被吹黄了，又吹落了。柿子越发的红亮，灯笼似的高高地挂着。树顶上的柿子，被鸟雀啄破了头。这些精灵鬼，他们知道树顶上的柿子没人有本事摘下来，就早早地享用天赐的美餐。小时候，偷柿子时专挑鸟雀啄过的，鸟儿比人还要精明，它们能嗅出熟柿子的味儿。

院子里的橘子树依旧是碧绿的一团，今年是大年，橘子挂满了枝。父亲要我采摘点，我说城里买橘子很方便，父亲有他的看法，"哪有自己家种的好？"摘了一大袋子放进车里。

秋风萧瑟天气凉，草木摇落露为霜。冷袭袭的，秋风像长了眼，总能瞅得空往衣服里面钻。翻翻日历，已是霜降，田里的草木都要御寒了，不再生长。

吹枯了山坡的秋草，吹白了田里的棉桃，也吹老了这个村庄。每次回家，母亲都会隔三差五地提起，村里哪个又"老了"。"老了"，是避讳的说法，就是去世了。王沼边的坟头又多了一座。

回来时，邻居三子的车子停在村口，我只好把车开到后门。刚坐定，母亲急不可待地告诉我："我们把门口的大榆树卖掉了，三百块！"老早就有树贩子盯上这棵大榆树了，父亲硬是没卖："养了五十年的树，就跟家里的人一样亲，不能为了几百块钱就打发了。"

"这次你们怎么下得了决心？"我问母亲。

"要修环村公路了，我和你爸爸商量，还是见谅点，自己砍掉树，别等着人家找上门来！"

门前的路的确狭窄了。几十年来，村里人肩挑背扛，从这条路上走过，路是阔绰的。现在要走的是车子，四个轮子的家伙霸道，路不拓宽不行了。显然，老榆树成了拦路石。父亲向来很明智，他做的决断，肯定错不了。

又一阵秋风吹过村庄，我不想问风吹来的方向。

潜川，潜川

> 人是土地里长出的行走着的庄稼，民风是土地的标签。
> ——题记

《说文解字》中，"潜"有一种含义就是"藏"。不知道潜川大地里，究竟藏着哪些稀世珍宝？

一

土地和她的子民的性格是相像的，如同母亲和孩子，眉宇间总有几分神似。

一方水土养一方人，古话没有错。土地厚重，人风也干净质朴。庐江的朋友是豪情的，我喜欢他们的真。

潜川好客。朋友安排我们游览冶父山，进山前，仁兄前锋一再交代，冶父山的签很灵验，务必求签，为孩子求功名签，求家宅平安签，再求个婚姻签。仁兄仔细叮嘱，形同父兄。我本不信签，但我能听出他话语的中肯，欣然接受这份祝福，于是一一应下。

拾阶而上，穿行于绿树翠竹之中，山涧时有悬泉遗迹，秋旱无雨溪水早已断流，从斑驳的痕迹上，能想象出它饱满时的奔放。

山林幽深处，杉树林立。抬头仰望，蓝天白云在树梢只见依稀。山岚如黛，隐约了山中寺院。

我和儿子打头阵，一股劲往上爬。余下的人边走边聊，路越走越长，话也越叙越深。倘使跟随他们身后，就可以拾掇起一串串欢声笑语。许是季节的缘故，秋季的太阳温和多了，不时有山风袭来，凉丝丝的。我们像一把勤勉的木梭，在"之"字形的山道上穿梭。

远望山势平平，拐了几个弯，仍不见主峰，才知道山原来这么有城府。儿子走不动了，牵扯着我的衣襟，央求多息一会儿。

盘旋的山道上，两位身背大行囊的驴友，"噌噌噌"地下得山来。向他们打听："到山顶不远了吧？""远着呢，你们才走了一小半……"这句话就是一把锥子，把我们的劲头戳破了，皮球一样瘫软下来。

似乎看出我们的失望，跟在后面的人转身给我们打气："山上风景很不错的，尤其是肉身菩萨，值得一看，不去可惜！"好东西是需要与人分享的，他竭力向我们推荐着。

青石台阶窄得只容下一人往来，山门也没有想象的恢弘。山寒寺敝，香火倒旺得很。文化大革命中得以保全的寺院不多，就凭这点，就算得一奇了。是天佑还是人佑？或许二者兼而有之。

通常肉身菩萨都是五心向上的，但妙山禅师却似在低头闭目沉思，与罗丹的思想者有几分神似。不知道他跏趺坐缸后，如何能在黑魆魆的地下，四年独善其身？或许他早已把心事掏空，空则生慧，慧又生莲花。这副不朽身靠的是地上修，地下炼。禅院清浅，肉身和尚却是接二连三产生，这奇迹是慧根所致，也是"场"的缘故吧？

何为"场"？小酒厂通常与名酒厂比邻，听说能得益于大厂四周空气中弥漫的发酵酶。这就是场，我的理解就是氛围。正如不善饮酒的我,与潜川的朋友聚会,也能痛快地仰起脖子一饮而尽,醉一回又何妨?

场,是一种抗拒不了的魔力。

二

一棵树的生长离不开土地,泥土里有水分和养料;也缺不了风,只是我至今没有琢磨透,风里到底包含了几多玄机,但风的魔力是断不可小觑的。我可以从古人敬畏的"风水"一词中窥破端倪。风,水,都与生命有关。

山得了风,自然成了趣。水有了风呐喊助威,就跳跃翻腾成花,白色的,风大浪就急。花朵也少不了风,有了风为媒,传授花粉花才可以孕育成果实。

裙袂藏风的女人,轻盈婀娜,风姿绰约。善于以风装点,女人能以风情胜出。优秀的男人有着山一样的脊梁,风是雄性勃发的诱因。我觉得,男人有风骨才配称得上"汉子"。风就像是助产师,总是在推波助澜。风行久了,就会约定俗成。

有人留下躯体,让人顶礼朝圣;有人留下英名,使人千古景仰;有人只传下姓氏,让你我有无尽的猜想。她是谁?对,是小乔。史册中零星的记载,更丰富了人们的想象。我知道她倾城倾国。

电影《赤壁》,把曹操这个北方汉子从斗士改写成情种,赤壁那一战就是为了谋得美人归。是不是曹操在月明星稀夜,望乌鹊南飞,割舍不下"美人兮天一方"?已无从考证。或许,那是中原的一场特洛伊,战事的起因就是那个和海伦一样的绝色佳人。故事虽有点牵强,但胭脂井里的水的确是赤红的。是那夜的赤壁战火,烧红了井水?还是泣血小乔留下的相思泪滴?

想到这里,我又有些愤愤不平了,为周郎,也为小乔。上苍嫉贤妒能，周郎去得太早了。

有位美女作家说，这世上，只有两个男子是她心仪倾慕的，古有大都督周瑜，今有大将军孙立人。没有到过潜川，很难参透这重隔世的爱恋。青冢有幸埋忠骨，站在胭脂井旁，借一把时空的穿越力，就可以一睹周郎的骁勇。雄姿英发，羽扇纶巾的周公瑾谈笑间樯橹灰飞烟灭，惹得后人赤壁一赋又一赋。

低檐平舍，依稀可见昔日的繁盛，但远不及将军的叱咤威名。一张一张的景仰粘贴在墙壁上供人观瞻，流连在这些黑白照片前，我被主人的儒雅打动。旧时的照片是黑白的，如同这日子，黑夜，白昼，时光就是这样黑白更迭的。

庭院里的木瓜树，有些年头了，百年古树却不见沧桑。或许这就是树与人的区别。

十年树木，百年树人。若干年前，旧宅院被改造成教书育人的学校，多年过后，学校又报反哺之恩，重修将军故里。立人，树人，我反复咀嚼着，是巧合？其实不意外，是世风。

是自然的风和民风交错写成的流行体。

三

一两土二两油，肥沃、饱满的黑土地是大自然馈赠的宝藏。一池活水养一塘鱼，什么样的土壤种什么庄稼。可以说，作物是土地又一张脸面，它是土地精、气、神的凝结。

浅啜，清香，洗心润肺的清爽。就算是黄土地，沙土地，都可以有茶叶的供奉，但叶子与叶子还是有差别的。

看似寻常的叶子，却让人痴迷得上了瘾。不奇怪，初春的新毫是有天赋的，这是土地的恩赐。土地枯涩，长出的庄稼就瘦弱。肥美的土壤像体格健壮的妇人，能够产下硕壮的婴孩。潜川？是不是泥土里隐逸着一条地下河，这块土地才显得如此滋润？

土地上的植被，纵使一片绿叶，都略带些甘甜，这是土地的味道，我想抓一把土舔尝一下，看看是不是甜的？又觉得多余，地下的水已经是甜的了，还需要别的佐证吗？想起那句话：橘生南为橘，生于北就为枳，又是水土。

我开始敬畏这片土地了。

魅力湘西

湘西，人间圣境，美得让人走不动路，未入仙界心已倾。

接待我们的地导是土家人，他的普通话极不标准，h与f、d与t读音不分，声调也难辨别，听他说话，似乎没有去声，多数声调都集中在阳声上，讲解多抑扬少顿挫，倒也有趣。索性请他用土家话解说，发现土家话与徽州方言竟有几分相似之处。

早就听说湘西有很多稀奇事，如今有幸遇到土家人，想探得究竟，于是，与导游一路攀谈。

土家族风俗很多，譬如哭嫁。别的地方虽有，但也只是女子出嫁当天才哭，远不及土家人哭得轰轰烈烈。土家女子出嫁前一个月就要哭，哭一个月，谁受得了？不过，也不必担心，这里的哭嫁是有讲究的，待嫁女子，约来同村要好的十来个姐妹，你一句我一句，倾诉对亲人的不舍，诉说对父母的感激。长歌当哭，悲而不伤，别具风情，是湘西特有的民俗画卷。

湘西三蛊中的"湘西赶尸"从书中早有所闻，觉得太过神奇，又有些恐怖，连地导也难说出其中玄机。

谈及"辰州符"，导游又是一番神情，可以看出他对"辰州符"的敬重。原来他生于大山之中，以前交通不便，倘使有人头疼脑热，不能及时去山外就医，当地人就选择向巫医请符。把符化成水喝下，可以达到治病救人的效果。导游说他小时候也喝过符水，难怪他对辰州符有特殊的感情。我觉得巫医画的符上是不是沾了草药，治病的根源在草药而不在符，我的观点被导游断然否决，他还向我介绍符的其他用途。

他爷爷以采药为生，进山采药前，为了防止毒蛇猛兽的攻击，通常要用符"封山"，也就是贴一道符，镇住山中毒蛇猛兽，以免伤人。采好草药出山时，要揭掉符，让山中的毒物恢复常态，这就是"开山"。导游还说，他曾亲眼见过一个人被毒蛇咬了，巫师用符招来咬伤人的那条蛇。

年少时，家里人要求他学习画符的本领，学了几日，觉得那似画非画，似字非字的符太过繁杂，还要忍受饮食上的禁忌，譬如不能吃狗肉等，他终究受不了这个戒。后来，他出了大山，进城读书，渐渐地远离了这些乡俗。

"符"在湘西很常见，上山采药要用符，种稻子种菜也要用符确保种子不烂，出苗粗壮，虫鸟不侵，五谷丰登；兴修桥梁贴"符"，能确保过往行人安全；狩猎场地贴符，能确保野兽不乱跑，满载而归。我们当地过年时，除了贴对联，也会在鸡笼猪圈上贴上"六畜兴旺"横幅，还喜欢在门楣上贴一个大大的"福"字。"符"与"福"读音相同，也都有祝福之意，不知其中有几分相通之处？

放蛊是湘西第三蛊，是苗家女子用来解决情仇之痛的，放蛊于负心男子，使其致病或受控于女子。影视剧中苗家女子多为投毒高手。

汽车从凤凰到张家界的途中，途经宋祖英的故乡古丈县的一家茶场，导游让大家下车稍作休息。早有苗家妹子恭候，请大家进去喝杯茶。茶过三盅，苗家妹子给大家介绍各类保健茶。不约而同，上车时发现同伴们都大包小包拎着各种茶叶，有绿茶、绞股蓝茶，还有红茶、黑茶，沿途这样大规模的采购还是头一遭。不知道是想为宋祖英故乡作贡献，还是刚才喝茶时中了苗家妹子的蛊？

湘西，神奇得有点诡谲，牵扯着衣袂，让我欲罢不能！

徽州俏姻缘

为了见证徽乡的风土人情，我主动要求加盟外甥的迎亲队伍。出发前，先生突然通知我："你不能去迎亲了，只能去十三个人！"失望又奇怪，追问他："十三不是单数吗？""我们这里作兴十三个，加上女方三个人，就是双数了！"先生解释说，"九子十三孙，寓意多子多孙、多福多寿，'十三'图的是吉利。"想亲历当地婚俗，几乎不可能了，不免有些失落。好在先生看在眼里，几经协商，为我争取了名额，并且是个"闲差"。

车队浩浩荡荡，走村过庄，半小时后，到达新娘家。迎亲的人，今天是贵宾。无论在男方还是在女方，都会受到最高礼遇。不曾想，此时新娘家却是大门紧闭，媒人带着新郎，一边往门缝里塞着红纸包，一边唱歌似的，与屋里人讨价还价。红纸包塞了一大叠，终于打动了娘家人，开门纳客。

上茶时，一位当地的中年女子，用筷子夹着浸泡过的茶叶，逐一放进茶杯里，再行冲泡。有些奇怪，当地盛产茶叶，难道喝茶另有讲究？妇人递茶时，一再强调："喝一杯清茶！"经人点拨，我才明白，茶叶经过水煮，泡出的茶是清的，代表姑娘出嫁时是"清清白白"身！简单的一道茶水，也赋予它特殊的含义，真是太有想象力了。

吃茶点时，娘家人又为难起媒人。双方你一句，我一句，用当地的土话，争论不休，最后还是媒人让了步。悄声询问身边的小伴娘："他们在争什么啊？"小女孩笑眯眯地回答："新娘家嫌红烛小了，要一斤重的，我们带来的每支只有半斤重！"半个小时后，男方派人补送蜡烛，还是半斤一支的。原来，街市上买到的最大的蜡烛也只是半斤一支，新娘家只好让步。我倒是不解，明明是件欢喜事，何必为了区区蜡烛，来折腾大家呢？

吃过糖果点心，娘家人就给迎亲的人端上来莲子、板栗和红枣做的甜汤。递上甜汤时，众人赶忙道贺："喜庆生子（莲子），早早（枣枣）得力（栗）。"一碗甜汤，也满载着美好的祝福，还巧用了谐音，不禁敬畏起徽文化深厚的底蕴。

蜡烛终于点完，新娘可以出门了。母亲的眼泪一把接一把：女儿在家是孩子，出门就是大人，做娘的怎能不心疼？新娘见母亲流泪，也难过地舍不得离去。我突然领悟，新娘家要求点最大的蜡烛，原来是想多挽留女儿一会儿。在众人劝说下，母亲抹着眼泪，挥了挥手，示意女儿出门。哥哥搀扶着新娘，在门槛上换了男方送来的红色新鞋。此时的新娘，穿戴全是婆家的衣物了。新娘的哥哥将她交给新郎，伴娘赶紧为新娘撑开一把红伞。

嫁妆的交接仪式，也是在大门槛上进行的。又一个习俗难倒了我们：迎亲的人，每人只准拿一件嫁妆，又不准走回头路。我们人少，一次拿不走全部嫁妆。大家争抢着，力争多带一件。还有不少嫁妆没拿来，媒人叫新郎："你赶紧雇请新娘家人帮你拿吧！"于是，一声吆喝，一群娘家的年轻人，七手八脚地把余下的嫁妆都拿来了，新郎也给他们分发了红包。

先生怕我误解这些人，为我解释习俗蕴涵的意思："我们这里叫'争发'，争争吵吵，越争越发财！"

徽乡婚俗，成就一段段俏姻缘！！

烟雨江南秋色里

十月国庆,秋不深,也不浅。江南,真是个温情的地方,秋雨也下出了春意,朦朦胧胧,如烟似梦。

青山浸润在微雨里,越发清秀峭拔。满山柔曼的秀竹,饱蘸秋雨,似有羞涩,微微顿首,竹梢一堆叠一堆,翠色欲滴。有的山坡,高节竹细如拇指;有的山林,楠竹粗壮如树。沿途皆是,翠竹林立道旁,雨水打湿了竹叶,湿漉漉的,秀颀水灵,静女一般。东坡说:"宁可食无肉,不可居无竹。"江南的乡亲,祖祖辈辈依山傍竹而居,是何等优雅清闲?

想起去年在黟县看到电影《卧虎藏龙》中,竹海打斗镜头的拍摄地。影片中白衣武士,白鹤似的,栖息、飞转于竹树梢头。可惜,今天有雨,否则,随处也可见白鹭竹林腾空的景象。

途经青龙湾,一座牌坊似的标志建筑,引得游人纷纷泊车于此,我们也停车小作休憩。四面环山,山涧围成一湾湖堤,山溪注成水泊。潭深水碧,往来垂钓之人,络绎不绝。水清鱼肥,吃法也独特,"一鱼三吃",宣传标语这样招揽着游客。但逗留下来的,未必是因为鱼味的鲜美。秋水涨秋池,可能不是垂钓的好时节,只是醉翁之意不在鱼,在乎山水之间!古有独钓寒江雪的雅趣,我想,这些雨中的钓叟，也是在垂钓满湖的秋色吧。

雨天路上少闲人，车行速度很快。雨是横着下的，在车窗上掸下一连串匀和的虚线，窗外风景也变得虚无。怅惘之际，车钻进幽深的隧道，除了车灯，周围一团昏暗。山走得越深，隧道钻得越勤，一条接一条。我们穿过一座又一座的山峦，向青山更青处进发。脚下的路，宛如一条蜿蜒曲折的河流，径自流向深山远谷。车行碧山间，人若游画里。

抬头望去，远处，近处，满眼是山，峰峦叠嶂。远峰被云雾轻描淡抹，雨迷近景，雾失山峦，山，越发高不可测了。江南的山，好像没有季节之分，永远都是苍翠的。

山势回环，道路盘旋曲折，倘使不看导航仪，根本不知道路伸向哪里。峰回路转处，山外依旧是山，看不尽的秋光山色。

车突然停住了，打开车窗望去，前方是长龙一样的车队。一打听，才知道，前面的山体又滑坡了，阻塞了交通，工程车正在抢修。这里前不着村，后不着店，假如滞留于此，想喝一口热茶都有困难。我们在焦急中等待着，不多时，前面的车居然缓慢移动了。挖掘机挖开一条应急通道，车子一字排开，缓缓穿过。悬着的心放下了。

终于走出群山，遇见一座集镇，竟然叫"鸿门"，不知道此鸿门是否就是刘邦奔赴的"鸿门"？好在，我们只是路过，别无惊险。青山嵯峨，古镇庄凝，忍不住掏出相机，将秀色美景，囊入其中。

路边溪流低浅，河床上的鹅卵石圆滚光滑，大的如枕，小的似拳。依山傍水，水随山转，苍山叠翠，碧溪欢流。

一座村落的影墙上写着——湄川村，不觉惊叹起徽州丰富的文化底蕴。湄，意为"在水滨"；川，河流之意。湄川，顾名便可思其意。江南的山川是紧相连的，地名也基本与水有缘，"屯溪、临川、深渡、三潭……"山的挺拔，水的轻灵，把江南点缀得格外风雅。

江南，真是块风水宝地！

又见炊烟

又见炊烟时，暮色已笼罩大地。汽车刚跨入黄山地界，先生就激动地喃喃自语道："到家了！"汽车在崎岖的山路间蜿蜒盘旋，青山浸润在暮霭里，格外古朴庄凝。一群群倦鸟相与飞回山林，无论白天飞到哪里，它们都不会迷失家的方向。

山坳里，几户白墙青瓦的人家，屋顶上都升起袅袅炊烟，透过薄薄的轻烟，我闻见晚餐的芳香。淡色的炊烟升腾着，弥散着，缭绕成村外的乡愁，涂抹不掉。山岚蒸腾，与炊烟交融，远山更加迷离。寻烟识村落，炊烟，就是人烟。

喜欢炊烟，也喜欢在灶膛下烧火。靠山吃山，靠水吃水，这句话不错的。江南家家户户的房前屋后，都整整齐齐地堆积着一垛垛劈好的柴火。在灶下烧火，就是将干柴一根接一根地塞进锅洞，这项工作本身不具有诗意。但观看柴火的燃烧，却是曼妙有诗意的。干柴烈火，伴随着"噼里啪啦"的爆裂声，艳红的火焰舔食着黑漆漆的锅底，热浪从灶口一股股送出来。灶台上，热气从锅盖四周冒出来，锅里的火腿炖干笋，散发着竹子的清香。

厨房里热气腾腾，暖暖的。我知道炊烟又在屋顶升起了。一捆捆的柴火，搬进来时，十分沉重。经过火焰的煅烧，树木的肢体与灵魂分开。这是灵与肉的剥离，灵魂化作青烟，从烟囱里逃遁，飞向遥远的天际，不知所踪。躯体逐渐枯化成一抔青灰，绵薄、虚无，没有生机。灰烬轻盈如蝶，与炊烟同为月白色，轻薄得几乎没有了重量。或许，重量都随灵魂升入天际。失去灵魂的机体，是无重量可言的。

主人不断催促我不要在灶下烧火，以免弄脏了衣服，还沾上烟火气。我却是喜欢青烟味道，那不是烟灰味，是灵魂的味道，也是安身立命的滋味。

参加晚辈的婚礼，新娘回门那天，娘家人提着两只崭新的火笼，送给新娘。不知所指，询问当地人，原来，当地寒气重，火笼是不可或缺的。并且，火笼还代表送来人间烟火，有家的感觉。引烟火作种，青年夫妻就要过柴米油盐的烟火日子了。

喜宴持续三天，远亲近朋，都赶来道贺。先生见到了许多阔别20多年的亲友，他忙着倒茶递烟，与他们一起共忆往事，不时爆发出一阵阵欢笑声。正说着话，身后走来一位穿白衬衫的青年，拍着他的肩膀，笑着问他："你还认识我吗？"先生迟疑了，他果真没有认出这个年轻人。旁边有人赶紧提示："大姨家的……"一语提醒，先生拍着脑门，大悟道："是小兵，对吧？都长这么大了！""这么多年没见了，还不长大？"小兵反问道。又是一堂欢笑。

坐在屋里，对面青山只在一箭之处，真正品尝了开门见山的感觉。堂前挂着一副对联：江流天地外，山色有无中！出门环顾，四野炊烟袅袅，淡淡的，空灵得宛如思乡的轻愁。

他 乡

他乡,有不尽的情缘。未离别,告别宴会上同学们就哭得一塌糊涂。我怕经不起感伤泪,离开青岛那天,拒绝朋友相送,避开众人独自出门。

他乡,留存着太多的记忆。宾馆后的美食一条街,最喜欢光顾。这里有各地特色小吃,云南过桥米线、天津狗不理包子、山西刀削面、陕西肉夹馍、东北熏肉大饼……一条街吃下来,等于走遍大半个中国。

一家南京灌汤包是我常去的地方,付账时问店家:"老板是哪里人?"她低头找我零钱:"安徽的,"

"安徽巢湖?"我追问道。

她惊奇地抬头看着我,"从你口音中听出来的",她的普通话里还零星散落着些乡音。

遵从她"多来照顾生意"的嘱托,我放弃吃遍这条街的打算,经常光顾那家小店。

店家有个小女孩,十四五岁。听说我是同乡后,每次见到我都抿着嘴笑。我好奇:"你怎么不读书啊?"她害羞地挠了挠头:"不想读!"她母亲插话:"成绩不好,春节说要跟我一起出来打工,就带她来了……"想起我那些留守的学生,他们的父母也长期在外打工,或许有一天,他们也和小姑娘一样,选择辍学打工,我不知道如何挽留他们。

有幸应邀参加几位退休老同志的文艺沙龙,张传发先生听说我在青岛学习,给大家出了道题目:合肥以外还有哪座城市以"巢湖"命名道路?青岛是以全国各地的城市命名道路的,这个问题我能回答,但他下一个问题,就难倒了在场所有人:在青岛有一座巢湖人的雕像,谁知道他的姓名?

查看资料,得知李慰农原名李尔珍,早年投考设在芜湖的安徽省立农业学校,改名"慰农"以示志向。赴法留学时与周恩来、蔡和森并肩战斗,1925年去青岛领导党的工作,后来不幸被捕,受尽酷刑,坚贞不屈,于同年七月在团岛英勇就义,年仅三十岁。

带着对革命烈士的景仰,我决定找寻李慰农的雕像。关于他雕像的信息很少,只有大致的方向应该是在贵州路上。决定下来,哪怕就是全程走完贵州路,我也要找到这位巢湖同乡。

在他乡,路在脚下,也在嘴边。一路问寻,很多是和我一样的游客,他们也不知晓。在西陵峡路边,遇到一对老年夫妇提着菜篮子,像是本地人。上前询问,妇人摇了摇头,倒是老人指着不远处的小公园告诉我……

终于找到了李慰农,4米高的雕像面朝大海,30岁的他身穿西装,清俊儒雅。站在先烈的面前,忍不住想问一句:你在他乡还好吗?

时下,在巢湖知道这位革命英烈的人已经微乎其微。我们需要以物质的形式,让后人铭记他。但听说他的故居迄今为止尚未修缮,或许我们愧对这位革命同乡了。

从不同的角度拍摄雕像,带给几位老同志瞻仰。我在小公园里也独坐良久,只想多陪陪这位客居的同乡人。

他乡别故人,我的心越走越沉重……

晚来的春

整个冬天，我都在关注上班路上那几株玉兰花。冬意尚浓，枝头就已经挑起一朵朵花囊。厚实温暖的花萼，紧紧包裹着娇嫩的花瓣，宛如密闭的信封。东风渐次柔和，信封一天天鼓起来，花树写给春天的心情文字越积越多。

历经一季的酝酿，半个月前，信封终于打开了，露出纯白的信纸，是深情款款的无字书。情到深处自然浓，我想，春风定能读懂其中真情。

玉兰花是我判断春天到来的物候语言，花落满地的那一天，我来到青岛，在地图上看似不到一拃的距离，温差却大得出人意料。

黑河的学员刚到青岛就病倒了，班长打趣地问："是不是嫌这里太热了？"他的话不无道理，青岛的温度虽然只有三四度，但相比黑河零下二十多度的严寒，应该算得上高温。

而我，是被重新发配回了冬天。出发时，巢湖的最高温度已飙升到26度，性急的年轻人都穿上了夏装，我以为春天被煮沸了，转眼就会是夏天。三月的青岛依旧清寒，翻遍行李箱也寻不到一件敌得过海风的厚衣裳。无奈，赶紧在网上淘了件大衣。

太阳很不给力，漠然地挂在半空，冷眼旁观。海风更加犀利，路人行色匆匆，我亦不敢停留。昨天去看海，只是半天的时间，脸就给海风吹咸了，如猩红的腌鱼。

培训大楼旁也有几排玉兰树，花骨朵刚刚露出一丝儿白，要完全绽放，恐怕还有时日。这里的春天缓步迟来，比巢湖晚了半个月的光景。

不行走不知道路有多远，不登高不清楚山外还有更高山。人到中年，再次回到大学校园，与20年前的感受截然不同。来青岛培训，接触的是全新的知识领域。再一次切身感受到知识体系的博大精深，只是不再是当年的莽撞少年，心中多了几分敬畏，懂得高山仰止。在庞大的知识海洋中，常常卑微地觉得自己渺小得连大海里的一滴水都不如。

一种急切的求知欲望激发我像海绵一样，最大限度地去吸取。每次上课，我都是挑最前排的座位，这样听课效果更好。下课还将老师的课件拷贝下来。有时候中午也不休息，去电子阅览室查找相关资料。很多我们在校外获取不到的资料，在海大的校园图书馆里可以捷足先登。

同桌见我终日忙碌，有点不屑：值得这么辛苦吗？我与她是有代沟的，她还年轻，感受不到春去春又来的仓皇。

三月的青岛真的很冷，呵一口气就凝结成白雾。宾馆前的葡萄架憔悴得看不出一丝春意，还有几株从来没见过的另类柳树，枝条弯曲，好似烫过的发丝。王路问我：它是不是也冻得发抖了？我凑得很近，才发现枝条上附着的嫩芽，春已经不远了。

很庆幸，一年里二度逢春。日日走过玉兰树，花蕾的笑容越发璀璨。我也从容了很多，不再功利于开花的瞬间，我有足够的耐心去等待。

鹊都青岛

七年前去青岛旅游,导游风风火火的,每个景点都掐着秒针数时间。生怕被导游丢在人生地不熟的地方,亦步亦趋地跟随着导游走马观花。如今除了几张发黄的照片,青岛的美丽,在我的脑海里只是空洞的概念。

再次来到青岛,亲切却又陌生。在青大东院站刚一下车,便闻听几声"喳喳"的鸟鸣,是喜鹊?印象中的喜鹊都是农村户口,栖居于林荫蔽日的乡村或山林里。繁华的都市也能招引来喜鹊,由不得人不对这座城市刮目相看。

寻着叫声,很容易找到那对报喜的鹊儿,它们就在站台边光秃秃的法国梧桐上歌唱,面对熙来攘往的乘客,丝毫不怯场。

下午闲暇,在校园里独步,发现喜鹊原来是这里的寻常鸟儿。一只,两只,甚至还有三只,同在一株梢头嬉戏歌唱,旁若无人。有一只喜鹊似乎不满足于空中主人的地位,悠闲地在人行道上踱着碎步,时不时在地上啄食着。担心惊扰了它,我放慢脚步。小家伙很灵动,一眼看出我的礼让,摆起谱来,时不时停下脚步,仿佛在考验我的耐心。

校园深处,一株朝阳的梧桐树上,竟然一高一低地建了两个鸟窝，相去不到两米。没想到，这里不仅人与鸟能和谐相处，就连鸟儿之间，也是睦邻友好的。

青岛是个年轻的城市，很多道旁树也不过手腕粗，我居住的宾馆前，一排不够粗壮的小树上，竟然并排着四只喜鹊巢。这些鸟儿真是太随便了，随处都可以成为它们的家园，高峻挺拔的水杉树上，粗壮遒曲的法国梧桐上，就连一些不知名的低矮杂树，它们也不嫌弃，鸟巢如同结在树干上褐色的硕果，成了青岛的一大特色。

一日途经香港东路交叉口，发现两只半大的喜鹊静候在鸟巢上，大约是在等候老喜鹊带回丰腴的食物。鸟巢建得很低，离地不足两米，这对老喜鹊太大意了吧？任由小鸟在车水马龙的街道旁。细细一想，我的担心是多余的，毕竟，这对小鸟已经羽翼丰满，它们从来就是安全的。

躺在床上，坐在教室里，时常听到喜鹊登上高枝，"喑喑哑哑"地诉说着它们的快乐。查看相关资料，青岛至今还没有确定市鸟，呼声很高的都是海鸟，这符合青岛海滨城市的特色。但我觉得，喜鹊是再合适不过的候选鸟儿，没有哪座城市有如此繁多的喜鹊，它们有能力担当起青岛名片的角色。

沿着海岸线步行，随处都可以听见婉转的鸟鸣。还时不时看到三五成群的喜鹊在草地上、林荫道间悠闲地踱着方步，神情淡定，若如履无人之地。这些喜鹊太安逸了。

每座城市都应该有自己钟爱的都市精灵，美国有小松树王国，野鸭子王国，旧金山是鹿的王国还是海兽鸟城，青岛算得上是喜鹊的王国吧？

舒乙曾感怀，北京往日繁盛的乌鸦如今也稀疏了，纵使枝头落了一两只，也变得呆滞、缺乏生气。不知道他看到青岛随处可见的喜鹊，会有怎样的惊奇？其实，判断一座城市是否宜居，无需精密的测量仪器，只要抬头看看湛蓝的天空，侧耳倾听啁啾的鸟鸣，你的心里就有数了。

大山更深处

一

山很高,冬阳照得到东边,就照不到西边,太阳没办法越过这么高的门槛。夏季,大白天热得流黄油,过了午夜,盖条棉被也不夸张,白天和黑夜犹如冰火两重天。不过,山里人从来不用海拔来衡量,时间是他们度量山高的唯一标尺。

我花了一个多小时才爬到半山腰。对我来说,这个"爬"字比"登"更确切,让人想见我上山的艰难。山民上上下下如履平地,如同轻功笃厚的武林高手,轻轻从身边飘过。怕耽误他们赶路,只要听到身后有"噌噌噌"的脚步声,我就赶紧避让,山路很窄,容不下两人并肩同行,何况他们的背后还常常背着比他自己还要高大的背篓。

石径曲折盘旋,山坡上修剪过的茶树,低矮得不足以遮阴。我觉得自己还没有这些植物坚强,茶稞在太阳地里,精神头十足,直邈邈地挺立着。日头毒辣辣的,能把人晒化了,补充的水分不够淌出的汗,衣服前胸后背都能拧出汗来。山越高,离太阳的距离越近,路上沙石吸纳的热量"汩汩"地蒸烤,脚好像踩在火炕上,体外温度高于37度，形成了热倒流。一瓶矿泉水已经喝得底朝天，我怕剩下的那瓶水不足以维持到目的地。

俯视来时的路，新安江正好在这里转了两个大弯，形成上头小、下头大的倒"S"。像连接在一起的双钩，钩住南来北往的游鱼细虾。江水沿着山势溯洄流转，流速平缓多了，更适合鱼虾的生长繁衍，也许就是这个原因，这段江水里鱼肥虾美，上游下游的渔人都望尘莫及。高山环绕，涧水终年流淌，走进山谷，不见水源，但时时处处泉声不绝于耳。

气候适宜，生民逐水而居，聚集成几个较大的村落，还有零星的小村庄卧藏在苍山峻岭之间。放眼望去，山高水远，山脚下的徽派房舍，只见得星星点点的白。抬头目测村庄的远近，还在大山隐约处，我的路还很长呢！

远山如莲，在天边虚无淡化，很难说哪里就是尽头，只是视觉达不到而已。大山套小山，山上有山，没有哪座山是另一座山的复制，巨峰尽显各自的威猛。想起一个词——步步生莲，青山如莲，若论步步生莲，从此山跃到彼山，需要多么大的脚步？除非仙人有此能耐。

我们要去的村庄几近荒废，只有几户人家，每日燃点炊烟，维系着牛脚宕微薄的烟火人气。

二

几根从山下拉上来的电线杆上，标注着它们的归属——牛脚塘。其实，这是个误读，村庄本应该叫"牛脚宕"，"宕"本义是坑洼。牛脚宕，即言村庄之小，小得如同牛脚踩踏出来的坑。这个有趣的村名来自何人之口，已经无从考证。村民们口口相传，至少上百年的历史了。先人虽已作古，但村里依旧有几位耄耋老人，来佐证村落的悠久。

七八十年代，村庄经历人口爆发期，高峰时人口接近两百。辉煌只是刹那的，改革开放，打通了外界和大山联系的道路。

外面的世界，很快吸引了越来越多的青壮年人，他们不再像父辈那样，顺天由命，和老天商量着吃口粗茶淡饭。

村里有个笑话，老少皆知：大跃进、大生产的年代，公社干部托人带来口信，说公社分给牛脚宕村一只订书机。从来没有见过世面的村民，欢呼雀跃，他们一厢情愿地以为带"机"的东西，肯定就和脱粒机、烘茶机一样庞大、孔武有力。

队长选派了四个年轻力壮的汉子，吃饱、喝足，一大早就下山去抬机器了。村里人也翘首企盼，他们还没见过订书机模样呢！四个壮汉子却空手而回，没有抬着他们向往的大机器。生产队长心里直打鼓：机器没分到？为首的汉子从衣袋里取出订书机……

这个笑话现在很多年轻人都听不明白，他们无论如何都不会相信，连订书机都不知道啥样的？我第一次听先生说这个笑话，也笑得眼泪都掉下来了。倘使搁在此时，是无论如何笑不起来了。

三

拾阶而上，石缝里渗出来的水洇湿了台阶，绿茸茸的青苔，是村庄长出的锈。走的人少了，路也成了蛮荒。

路旁一株两米多高巨型野生槟榔芋十分扎眼，斗大的盾形叶片舒展豪放，好像每时每刻都在警惕外敌的入侵。不必说我，就是有过几十年深山生活经历的先生，也大呼奇特。石阶是通往村庄的必由之路，算不上幽僻。偌大的村庄，只剩三四户人家，基本都是上了岁数的老人，他们的体力不能支撑跋山的辛劳，鲜有人往来于这条石径。罕有人迹，槟榔芋落得逍遥自在，独享着自己的热闹，摄地气,汲山泉,清修成精,岁月是造化万物的催化剂。

伞一样庞大的叶子反把人显得渺小。草本质地,支撑起木本的挺拔,生命的执著往往超出意料。

小村悄无声息,一只松树窜过石径跃上树梢,村头树荫下一只慵懒的大黄狗抬头看看我,似乎不屑于理睬,一声不吭,又把头贴在泥地上,眯缝起眼睛从泥土里透支一些清凉。听人说,狗见到犀利的人,就会警觉地狂吠。大约它能够洞彻我的善根。

第三户还有人居住,敞开的大门前,摆放着两只高高的木架,几张养蚕的大簸箕斜靠在泥墙边晾晒,这是收获的季节,蚕已经停食。门前还搭着阴棚,架子上整整齐齐地摆放着纸盒做的网格,每个方格恰好能容纳一只蚕茧。蚕似乎通晓人性,明白主人为它们准备的家园,乖乖地爬进去,慢条斯理地吐着丝。很多网格里已经结好了白白胖胖的茧,犹如围棋棋盘上,布满白色的棋子,这是执白者的完胜!

头一回看到这么多蚕,如此生动地在阳光下悠然自得地吐丝结茧。对我们的谈话置若罔闻,仿佛这个世界与它们毫无关系,它们就像瞌睡的婴儿,只想尽快给自己垒一座城堡,找一个安身立命的场所。并不是所有的蚕都很听话,也有几条顽皮的蚕,沿着架子挪动着肥胖的身躯,迟迟不肯把自己结进茧里,它们太渴望自由了?或许没有先辈告诉它们,只有甘于茧里的寂寞,才能羽化出飞翔的翅膀?

黑瘦的男主人,袒露着古铜色的肩膀,见我对蚕茧架感兴趣,以为我不知道蠕动的白虫是蚕,用蹩脚的普通话解释:织丝绸的……很感激他的殷勤,山里人都很好客,沿途休息时,家家门口有简易的板凳供歇脚的人坐。最为奇特的是一段三根枝桠木桩,倒扣着,上面订一块木板,就是三条腿的板凳。浑然天成,是自然的,也是天然的。

架上的网格设计十分精致，一张网格里刚好可以结一斤左右的茧，粗略地数了数，大约有二十多张网格，也就是二十多斤，这些就是他这一季的收成。按照均价每斤二十元计算，还不到五百元。

听到有人说话，一个扎着马尾辫的小姑娘也出来了，她端的饭碗里，只有白饭，没有菜。一直盯着我，和我看蚕茧架的惊奇眼神一样，彼此陌生。她大概不能理解我对蚕茧架的惊喜，对于她来说，这或许就是她下学期的伙食费。给她拍了几张站在架前的照片，我的心里只有惊喜和好奇，根本没有发现她赤着脚。

下山的时候，先生告诉我，那个小女孩是村子里唯一的少年。村中仅剩的两三户人家，她的父亲应该算年轻的，不过，也有五十多岁了。

因为贫穷，那个黝黑的汉子四十岁时仍然孤身一人，后来经人介绍，花了大价钱，从更远的深山里，"娶"回她的母亲。贫瘠的地里长不出茁壮的庄稼，清浅的水中养不住大鱼，贫穷的家庭，也没能留住她的母亲。那个女人席卷了家里所有的财富，也不过一万多块现金，远走高飞了，给他留下的只有这个女儿。

不禁有些黯然，难怪那个小女孩一直紧跟着我，我走到哪里，她都跟到哪里，她实在太孤单了。出于职业习惯，见到学龄孩子，总喜欢询问他们上学的状况。她已经上五年级了，瘦削的形体与她的年龄并不相称，平时要去山下的渡口，乘船去十几公里外的小川读书，每周回来一次。

我的心里，有个愿望，希望小姑娘快快长大，她和我一样，都是这座山村的过客。只不过，她还在等待中化蛹成蝶。再隔若干年，她长得足够高，有足够大的力气去打工，在外面的世界邂逅一位中意的俊俏少年，然后带着她的父亲，搬离这座山村，这是我为她规划的蓝图，也是她必然的未来。

我盘算着谁是这座村庄最后一位村民，或许是耄耋老人百老归天，为这个村庄画上一个句号；也或许是这个女孩子嫁出深山，改写了她户籍所在地……

四

整整一天，自始至终先生的情绪都像盛夏的温度，飙升到极点。沿途我们走走停停，各自用手机拍摄着风景。远山，长河，一朵野花，一株夏枯草，都是我采撷的美。他事无巨细，一草，一木，统统毫无选择地拍下。我觉得不起眼的，他却大加赞赏，我开始质疑他的审美价值观。回头想想，完全可以理解。因为喜欢，风物才成为我眼里的好景致；而他的心里，是浓厚的故乡情。山亲，水亲，人更亲。山风吹拂的泥土味道，他都能闻出青草香。

茶稞上的嫩芽，在烈日下泛着光，芽尖有寸把长，是养眼的黄绿。已经是第三季茶，品质和春茶一样，只是少了春茶采摘的繁忙。去年春天，大姑子秋霞还带着儿子回家采新茶，今年春天他们都不愿回来了。辛苦不用说，工地上的工资远远超过这笔收入，取舍是自然的事。旧宅久无人居住，门前长满半人高的蒿草，先生奋力地锄着，却锄不去村里的荒凉。客厅里也湿漉漉的，不能落脚，器具散落在地。没有任何约束，那些野猫太肆虐了。

村庄冷清，我像寻夜的更夫，在村里走走看看，家家门前一把锁。好几家房舍都成断壁残垣，门户洞开，锁是多余的装饰。一户墙体倾颓的屋舍前，泥墙被贪食的虫子，啃得坑坑洼洼，墙角裂开一道缝隙，手指都可以塞进去，我不敢靠得太近，怕它突然坍塌。旧式的木门上，挂着一把两寸来长、满是铜绿的古铜锁。这样的古董，我大约三十年没见过了，不知道这扇门是何年何月尘封的？

转过山墙，又有意外的惊喜，泥墙中间有黑板大的白石灰底板上，还依稀可见"毛主席语录"的字样，风吹雨打，字迹斑驳。

下面一段话中只能看清"人民"两字。岁月的留痕，正一点一点地磨灭。

村东头，还居住着一对老年夫妇。他家墙角的柴火堆上，靠墙叠放着两只木桶。虽然没见过，但我从倒扣的木桶底部的缝隙处，看到出出进进、忙碌的小蜜蜂，就能猜出这是养蜂的。

山里人用最原始的方法靠山吃山，先圈围蜂王，蜂王在哪里，蜂巢就在哪里，这是蜂世界的规则，蜂王有至高无上的权威。工蜂不知道它们辛辛苦苦采来的蜂蜜，已被主人割去了大半，剩下的蜂蜜只能维持一冬。

土方法养土蜂，在大山里一代传承一代，或许就此失传了。等这个村子最后一位村民离开时，土蜂可能又恢复了深山主宰的地位。没有人为的分享，土蜂有足够的粮食繁衍后代。

五

十多年没有回过村庄了，老家的人陆续搬迁出去，山村在记忆里逐渐淡忘。倘使不是为去世多年的婆婆做八十岁阴寿，恐怕兄弟姐妹也聚不得这么齐。

深山里有很多隐秘的东西，譬如瘴气，我无法描述它究竟以什么形式、附着在什么地方，但同行的好几个人身上都莫名地发了很多红疙瘩，奇痒无比。大山总是高深莫测的，很多我们能感受到的东西，却无法目睹它的真实形态，风土人情是透视大山的镜子，帮助我们剖解不为人知的秘密。第一次听说"阴寿"这个词，觉得有点诡异愚昧。不过，把这习俗与偏远的江南深山联系在一起，就更为神秘了。深山老林里酝酿的风土文化，和山一样高深莫测。

仪式没有我预想的那么怪异，只是一种祭奠的形式。纸钱代替了金钱，一对对纸盒做的钱箱里，分别摆放着草纸、金元宝和冥币。

还有剪成巴掌大的一块红纸,被人为定义为衣服,只是制作太粗糙,衣袖和前襟都没有分开,我端详了半天都没看出像衣服。真的是"糊鬼"?大伙都笑了。

焚了纸钱,放了鞭炮,仪式就算结束了。如果说人世和阴司只有一土之隔。一缕青烟,就将这两厢沟通,元宝金钱顺利地"捎给"地下的亲人,真是比快递还要顺风。

大山太偏僻了,交通永远交而难通。回程的船下午只有一班,耽误了这班船,就回不去了。山上的村民越来越少,下午几乎没有了生意,因为有政府的补贴,船家才勉为其难地开一趟,另外几条船早早收了缆绳,停泊在渡口。

歙县县城的公交车只有四条路线,都是才开通不久。县城的规模吹气球一样膨胀着,大山里的村民,很多都成了县城的市民。我的小叔子,大姑子也相继购买了新房。

牛脚宕最后的村民还能坚守多久?我不知道。中国每天都有几十个村庄消亡,或许我应该乐观地看待村庄的失落,村庄和城市,此消彼长,这是历史不可阻挡的河……

紫竹茶人

从市区到焖炀的湖润紫竹园，差不多20公里。开车，算不得远。太近的地方有亲和力没神秘感；距离太远，奔波至此恐怕已是劳顿不堪，哪里还有游兴？王子猷雪夜兴起泛舟剡县访友人，至而不见，就是这个道理。经过一夜航行，还没见到戴安道，旅途的倦怠就使得兴致已尽，哪里还有心情与他见面呢？

这其实是一种无奈。距离太远兴致往往如强弩之末，"一矢"之距，恰到好处。紫竹园恰到好处地坐落于不远不近处，坐在车里，心里畅想着这座亲水庄园，兴致如弓弦，被逐渐膨胀的憧憬拉成满弦。恰在此时，汽车减速，徐徐转入路边的庄园。大红灯笼，沿途高高挂起，一直延伸到竹林深处。朋友们一个个精神头十足，犹如射向靶心势头正猛的利箭。

紫竹园，肯定少不了紫竹。庄园里竹树环合，竹凉亭，竹美人靠，还有成片的幼竹已初具规模，用不到三五年，这里将紫竹成荫。头一回见到紫竹是在普陀山，听说南岳衡山有紫竹林，终南山也有，大约有善根的地方都有紫竹，我对紫竹有莫名的虔诚。

紫竹纤细袅娜，段之可为管箫。传统的洞箫，以4年生的紫竹为材料，音色坚实浑厚。箫是最富文人气质的乐器，箫声低沉哀郁，袅袅余韵更是如怨如慕，很有穿透力。

一栋古色古香的木屋依水而建，门前小径左右各栽种一株三叶梅。三角型玫红色的花瓣，为蓬勃的绿叶点染出一团团欢喜。

以杉木搭建的两层的原生态木屋，门楣的匾额上书——紫竹茶人，匾额是建筑的眼。茶人，宽泛地说，爱茶惜茶的人，都算得上茶人。拿到茶艺师和评茶师的两个红本本后，自以为很懂茶。一位茶专家问我茶和茗的区别，还有采茶时，掐和扳对茶叶品质的影响？顿时哑然，这些都是我读的书中不曾提及的，我不知道早晨采的为"茶"，黄昏采的为"茗"，更不知道不同的手势，还会对茶叶的品质产生影响。我哪里算得懂茶？我连最起码的茶心都不具备……

穿过长廊，沿阶而下，是一方凌驾于水面的亲水平台，四把撑开的遮阳大伞下摆着小圆桌，很休闲。水面开阔，一直延伸到远处。平台下新荷还稀稀疏疏，参差错落。有的高高擎起如一把伞，有的漂浮水面如一叶萍。我喜欢漂浮在水面的荷叶，好像在河塘这块画布勾勒出的翠荷图。荷花有的绽放，还有好多是花骨朵，风标一样矗立着。

从对面的月亮湾湿地的导览图中，我意外发现这湾池水，还有个风雅的美名——荷风塘。

没带相机，只能借助手机，攫取每一片叶子，每一朵荷花的美。一切才刚刚开始，我相信明年夏天，这里必定是接天莲叶无穷碧。

池边水草萋萋，几只鸳鸯在水草边戏水。芝麻说她上次来，看见三只鸳鸯同戏水。众人纷纷猜度，三只鸳鸯？难道还有第三者插足。我觉得其中有一只肯定是它们的子女。我的心目中，鸳鸯是忠贞的表率。晋崔豹《古今注·鸟兽》记载："雌雄未尝相离，人得其一，则一思而死……"

远处几只长腿的鹭鸶在水草茂盛处觅食，时而一只惊起，另一只也跟着飞起来,继而一群齐飞,像一片白云从水中扬起。这是城市里看不到的风物。

　　有位朋友总抱怨生活不快乐,其实,他的工资不比人少,地位也不比人低。或许,他应该换一种心境,节假日不妨约几个朋友,或陪同家人,哪怕就是骑车,缘湖而行,观景赏荷,沐浴湖风。中途劳顿还可以坐歇紫竹园,做回紫竹茶人,岂不快哉?